本书荣获中国人民大学建设世界一流大学(学科)和特色引导专项资金资助

比较文学与中国文体的现代转型

高旭东 著

北京大学出版社
PEKING UNIVERSITY PRESS

图书在版编目(CIP)数据

比较文学与中国文体的现代转型 / 高旭东著. —北京：北京大学出版社, 2017.9

ISBN 978-7-301-28456-8

Ⅰ.①比… Ⅱ.①高… Ⅲ.①中国文学—现代文学—文学研究 Ⅳ.①I206.6

中国版本图书馆 CIP 数据核字 (2017) 第 144336 号

书　　名	比较文学与中国文体的现代转型 BIJIAO WENXUE YU ZHONGGUO WENTI DE XIANDAI ZHUANXING
著作责任者	高旭东　著
责任编辑	于海冰
标准书号	ISBN 978-7-301-28456-8
出版发行	北京大学出版社
地　　址	北京市海淀区成府路 205 号　100871
网　　址	http://www.pup.cn　新浪微博：@北京大学出版社 @培文图书
电子信箱	pkupw@qq.com
电　　话	邮购部 62752015　发行部 62750672　编辑部 62766820
印刷者	三河市国新印装有限公司
经销者	新华书店 660 毫米 ×960 毫米　16 开本　19.25 印张　230 千字 2017 年 9 月第 1 版　2017 年 9 月第 1 次印刷
定　　价	42.00 元

未经许可，不得以任何方式复制或抄袭本书之部分或全部内容。
版权所有，侵权必究
举报电话：010-62752024　电子信箱：fd@pup.pku.edu.cn
图书如有印装质量问题，请与出版部联系，电话：010-62756370

目 录

前　言　003

001　第一部分　跨文化视角：现代文学史的分期、发展与经验教训

中国文学的近代、现代与当代须重新划定　003
现代中国文学西化追求的阶段性及经验教训　040
对现代中国文学一味趋新之教训的反思　050

063　第二部分　比较文学与中国文体的现代转型

悲剧精神在中国现代文体转型中的错位　065
中国戏剧的现代转型及"样板戏"现象　084

105　第三部分　走向世界：鲁迅、莫言研究

鲁迅：文化身份的规定性与当代解读的片面性　107
夏志清贬损鲁迅的意识形态操控　122
莫言获诺贝尔文学奖的现代意义　139

151　第四部分　跨文化视野中的现代中国文学"异端"

　　清华：现代文学被压抑的传统及中国比较文学学科的诞生　153
　　白璧德中西弟子命运迥异的原因探源　173
　　钱锺书对中西悲剧精神研究的合理性及其界限　192

203　第五部分　西方批评家的理论矛盾与作家作品的价值重估

　　伯林批评理论的矛盾及文化身份的根源　205
　　解构的解构：德里达的理论支点与哲学怪圈　216
　　基督教文化的金秋硕果：重估陀思妥耶夫斯基小说的
　　　　文化价值　225
　　一个温情的生态神话：《查太莱夫人的情人》的哲理意蕴　242
　　《哈姆莱特》在当代中国的研究、改编与艺术重构　251

269　第六部分　学科的反思与名家的追忆

　　世界文学的跨文化反思与学科重估　271
　　季羡林：比较文学学科复兴的主将、跨文化研究的典范　283

前　言

本书获得中国人民大学 2016 年"双一流"("建设世界一流大学（学科）和特色引导专项"资金）资助，项目名为"比较文学新视野"，那么，本书都有哪些新视野呢？

本书以跨文化视野重新划分了中国文学的近代、现代与当代，并且赋予这种划分以尽可能充分的论据，凸显出传统分期的不合理，并进而反思了现代中国的西化追求与一味趋新的教训。本书认为，由于中体西用的文化选择方案，从 1840 年到 1894 年的文学还不如明代中叶（李贽与公安派）与清代中叶（《儒林外史》《红楼梦》《镜花缘》）的文学更有现代性。中国文学进入现代，不应从鸦片战争而应从甲午战争算起，甲午战争后的文化与文学翻译，文界、诗界与小说界革命才真正迈开走向现代的脚步。"五四"使中国文学真正进入了多元混杂形态的现代，1927 年兴起的革命文学在"左联"时期成为文坛主流，五四时期作为多元之一的红色文学，逐渐以一元超现代的面目排斥多元，并在延安一统文坛。1949 年之后，全国成为扩大的延安；在胡风与"右派"对一元超现代模式进行挑战失败后，一元超现代模式就一统大陆文坛。"文革"期间，一元超现代模式走向僵化并发生解体，完成了从追求现代性到一元超现代的现代性模式解体的循环,这就是中国文学的现代。中国文学从1979年进入当代,第一批优秀的小说与现代文学的不同,不是以反传统而是以寻根拉开了当代的帷幕。

　　本书从中国文体的现代转型切入,论述了胡适以西方悲剧精神批判中国传统小说、戏曲缺乏悲剧精神的大团圆,但却在新诗倡导中张扬乐观精神,使得中国诗歌的现代转型并不成功,新诗并未取代旧诗,而是成为现代文人并用的两种文体。而中国古代诗歌中一以贯之的悲剧精神却被以鲁迅为代表的现代小说承传下来,小说与散文是现代转型最成功的两种文体,尽管本书没有专门论述散文的现代转型。戏剧就像诗歌,话剧的引入并未取代戏曲,相反,京戏的辉煌恰恰发生在现代,只是到了"样板戏",传统戏曲才真正发生现代转型,然而这是没有后代的"骡子"式的转型。

　　本书从文化身份与文学史的角度讨论了现代文学史上的巨人鲁迅与获得诺贝尔文学奖的当代作家莫言之后,重点讨论了中国现代文学的异端——被压抑的清华文学传统。中国现代文学的激进主流是由"北大"造就的,中西文化的激烈撞击在北大人身上产生了撕裂,就是最激进的西化、革命与极端保守、保古的两极对立;"清华"在现代中国的文化选择基本上是融通中西,中庸稳妥,我们以吴宓、梁实秋、钱锺书为例,以见其在现代被冷落、被批判的原因。有趣的是,白璧德的西方弟子 T. S. 艾略特尽领时代潮流,而出身清华的白璧德的东方弟子一回国就陷入被批判的保守主义阵营,本书深入分析了现象背后的文化根源。

　　本书还以世界文学的视野,对西方的一些理论家与作家进行了重新审视。伯林被称为著名的自由主义批评家,但是我们却发现了他在浪漫主义与启蒙主义之间、在浪漫主义与消极自由之间、在多元主义与一元主义之间，都存在着不可调和的内在矛盾。譬如，伯林在贬低刺猬而推崇狐狸的同时，把世界上伟大的文学家与思想家二分为刺猬阵营与狐狸阵营，按照伯林的逻辑，浪漫主义是狐狸而不是刺猬。然而问题就来了：为什么被称为刺猬的柏拉图却对浪漫主义发生了持续不断的影响，远远超过亚里士多德这只狐狸呢？最为伯林讨厌的卢梭难道不是哲学与文学上浪漫主义的鼻祖吗？被伯林称为刺猬的尼采不应该归入浪漫主义阵营吗？还有，当伯林把孟德斯鸠、狄德罗、卢梭、休谟、维柯、康德等启蒙运动的领袖或者与启蒙运动有着千丝万缕联系的学者都看成是抵抗启蒙运动的勇士时，启蒙运动还存在吗？伯林认为自由的多寡与专制和民主无关，那么假如将来的独裁者以保护消极自由为名不让任何公民争取自由，按照伯林的逻辑是不是应该受到歌颂？本书也对解构大师德里达进行了分析。德里达说海德格尔是最后一个形而上学家，海德格尔说尼采是最后一个形而上学家，按照这个逻辑，我们是否可以站在德里达身后，以其延异（différance）为现象以其踪迹（trace）为本体，说德里达是最后一个形而上学家？陀思妥耶夫斯基生前的稿酬甚至不如冈察洛夫，但死后的巨大身影却遮蔽了19世纪几乎所有的文学大师，我们认为西方的陀思妥耶夫斯基批评与苏联的陀思妥耶夫斯基批评都各执一端，没有将陀思妥耶夫斯基的文化深度及其复杂性阐释出来。而要认识陀思妥耶夫斯基无与伦比的伟大的奥秘，就不能从西方与苏联的陀思妥耶夫斯基评论的综合着眼，而应该着眼于陀思妥耶夫斯基文本中所显示的基督教文化从成熟到衰落的内在危机及其全部复杂性。劳伦斯因为性描写而惹争议的《查太莱夫人的情人》，其实是一部饱含象征的杰作，然而却被电影改编成普通的通奸故事，我们从反异化的生态批评角度分析了长篇小说的哲理意蕴。

本书最后对世界文学进行了跨文化反思与学科重估。中国人喜欢"咸与维新",什么东西时髦就搞什么,于是很多"外国文学史"教材被冠以"世界文学史"的名目出版,我们认为,世界文学并非各国文学的相加或总和——甚至在研究世界文学上取得举世公认成就的大卫·达姆罗什(David Damrosch)都有这种误解,而应该以比较文学的方法将各民族文学的发生发展以及相互之间的影响渗透探究清楚,理清世界文学的发展脉络,使世界文学史成为一个有机的人文整体,然后在筛选出世界文学作品的基础上,才有资格撰写世界文学史。本书还发掘了比较文学复兴的主将季羡林在跨文化研究方面的贡献,追忆先驱者的足迹。

本书的各章节大都在刊物上发表过,进入本书后有的保持原貌,有的则进行了较大的修改与增益。我们的学术追求是以新视野出新观点,能不能达到这一点,则留待读者评判了。

高旭东

2016年11月2日于天问斋

第一部分

跨文化视角：
现代文学史的分期、发展与经验教训

中国文学的近代、现代与当代须重新划定①

只要研究中国文学的人，就不可能不面对这么几个时间概念：古代、近代、现代与当代。这四个时间概念将中国文学划分为四大块，古代文学指1840年之前的文学，近代文学指1840年到1917年的文学，现代文学指1917年到1949年的文学，当代文学指1949年至今的文学。这种历史分期已经被广泛地接受，以致形成了不同的学会：中

---

① 本文的第1—4小节曾以《近代、现代与当代文学的历史分期须重新划定》为题发表于《文艺研究》2012年第8期，发表时曾进行删削，现在将删削的部分补上。文章发表后，我在《文学评论》2014年第2期上看到严家炎先生的文章《中国现代文学的"起点"问题》，将现代文学的起点上推到黄遵宪1894年出版的《日本国志·学术志》提出言文合一以及戊戌变法时陈季同在与曾朴谈话时提出"世界文学"，文学则以陈季同1890年在巴黎出版的法文长篇小说《黄衫客传奇》为起点。我与严先生的观点大同小异，如果有什么不同的话，那就是我认为通过甲午战败，才使得处于边缘的现代性因素向中心移动，并且画出与前代截然分明的现代起点的界碑。至于当代文学的起点，我发表在《当代文艺思潮》1986年第6期的《略论中国当代文学发展的三个逻辑层次》就力主从1979年开始。这是学科重建的大问题，亟需一部按照这种设想撰写的中国现代文学史作为支撑，因而此后我就撰写了一部《中国现代文学史》，本文第5部分就是写完这部文学史之后的学术心得。

国古代文学研究会、中国近代文学学会、中国现代文学研究会以及不止一个的中国当代文学研究会。这种分期还形成了不同的学科以及与此相适应的教研室：中国古代文学是教育部认定的中国语言文学的二级学科，在各大学是单独的教研室，中国现代文学与中国当代文学合并为"中国现当代文学"，也是中国语言文学的二级学科，在多数大学，中国现当代文学是一个教研室，但在少数大学，譬如在北京大学，中国现代文学与中国当代文学分属两个不同的教研室。中国近代文学仿佛是一个被丢失的分块，只有学会而没有与之相应的学科，而且在很多大学是将中国近代文学划归中国古代文学的版图。那么，现在还在学界占支配地位的这种文学史分期有没有道理呢？

（一）问题的提出：近代、现代、当代文学之传统分期的谬误

我们认为，这种流行的文学史分期是很荒谬的：近代的英文是modern，是与传统（tradition）对立的概念，modern literature 是与 traditional literature 对立的文学概念，然而我们的文学史却将中国近代文学划入中国古代的传统文学之中！当代文学的英语是 contemporary literature，意指当前时代的或同时代的文学，问题在于，当前中国文坛最活跃的作家，几乎都不是毛泽东时代登上文坛的，而那些80后、90后的作家，听到"反右派"、"大跃进"、"大饥荒"、"文化大革命"几乎就像听说天方夜谭的故事一样好奇和隔膜，然而我们却想当然地将之划入同时代的当代文学之中！

也许有人会说，不要以英文的词汇来理解我们中文的词汇。然而问题是，正如我们现在运用的阳历纪年、世纪、星期等都是从西方进

口的一样,近代、现代、当代的时间概念也都是从西方取来的,取其概念而不顾概念的含义,割裂概念的能指与所指,是很不妥当的。否则,按照中国传统的以朝代或皇帝的年号为特征的历史划分,称为清代文学、民国文学、共和国文学不就可以了吗?事实上,古代、近代、现代与当代时间观的使用,是在否定了中国传统的循环时间观之后出现的一种以追求进步与发展为特征的直线时间观的结果。与传统的循环时间观越古越好(孔子、墨子、孟子、老子、庄子是一个比一个更向往远古时代)不同,新的时间观是厚今薄古,以致两千多年的文学史只有一个国家一级学会和一个二级学科,而不到二百年的文学史却有三个以上的国家一级学会和一个二级学科。而且这种历史分期在实践层面也是取法西方的。西方的近代史是从文艺复兴开始的,其标志是冲破中世纪的封建制,此后的宗教改革与大航海都代表着资本主义的兴起,世界现代史是从1917年的十月革命推翻资本主义制度、建立社会主义制度开始的。于是我国学者加以模仿,认为中国古代史是1840年鸦片战争之前的历史,由于西方资本主义列强的介入中国进入了近代,1917年的十月革命给中国送来了马列主义,使中国革命的性质发生了变化而进入现代。但是中国学者关于中国近现代史的分期所依据的世界史划分的观点,在目前的国际学术界并没有获得认同,即以世界上比较权威的剑桥世界史(分为古代史、中世纪史和近代史,其中的《新编剑桥世界近代史》就有14卷)为例,世界近代史是从文艺复兴到第二次世界大战结束。既然中国文学史四大块的划分在本源上仿照的是西法,那么在概念上也应该大致与西方相近。然而,人们会发现,西方横跨几个世纪产生了莎士比亚、塞万提斯、歌德、巴尔扎克、托尔斯泰、陀思妥耶夫斯基等文学大师的近代,在中国几乎没有什么作家与之对应。其实,"近代"的英语表述为 modern,与"现代"是一个词汇,因而将近代文学作为古代文学的尾巴来处理,将近代文学放在古代文学中进行讲授,无论如何也说不过去。

更为荒谬的是,中国的"现代"只有短短30年,而当前时代的"当代"却有60年!从时间上看,把半个世纪之前的文学称为当代很不妥当;从文学形态上看,1979年改革开放之后的文学形态与1949年到1979年的文学形态差异很大,统称为当前时代的、同时代的"当代文学"很难说得通。1986年笔者在《当代文艺思潮》第6期上发表《当代中国文学发展的三个逻辑层次》,建议将1949年之前的具有现代性(modernity)或者反现代性的中国文学划为近代文学,只有这样才可能与西方的近代相提并论,建议将1949年到1979年的中国文学划为现代文学,中国的当代文学应该从1979年开始算起。当然,当时文章的重点不在讨论文学史的分期,而且那时离1979年只有六七年的时间,是名副其实的当代。所以本文将以那篇文章为起点,结合当下的研究,对从古代分离之后的中国文学分期进行重新的反省。

不合理的历史分期影响了文学研究的深入,中国当代学者们早就意识到了。从1979年到现在,对近代、现代与当代的传统分块论进行挑战,并且在学术界产生了较大影响的,是将"20世纪中国文学"作为一个整体加以研究的论说。因为该论说产生于20世纪后期,当时以其整体系统的观念,起到了冲破近代、现代与当代机械主义地分块切割的作用,给文学研究者引来了创新的清泉,笔者也曾在自己的论著中使用这一概念。然而问题就在于,"世纪"本身就是西方文化以一百年为单位对时间的一种假定,所以这一百年很难正巧在其前后给文学划出分明的断代。如今21世纪也已过去了10多年,我们不难发现,"20世纪中国文学"的分期,既不能说明20世纪最初5年的文学与19世纪最后5年的文学有什么不同,也不能说明20世纪最后5年的文学与 21 世纪最初 5 年的文学有什么不同，这就使一百年为单位对文学断代划分的科学性大打折扣，更说明不了什么问题，因而对中国文学的历史分期必须重新划定。

（二）1894：中国文学的近代开端与前五四的现代热身

我们认为，中国文学的现代性（modernity）既不是从 20 世纪初的 1901 年开始的，亦非从中国进入近代史的 1840 年开始的。在这里我们首先应当注意的，就是文学史分期与历史分期的矛盾与背离。中国的现代性不是中国自发生长出来的，而是早在文艺复兴时期就进入近代的西方强加的。然而，当西方列强通过鸦片战争把中国从传统的酣梦中拖入现代世界的时候，仅仅是在传统的"外王"层面上，中国有进入近代的企图，这就是从魏源的"师夷长技以制夷"开始，经过洋务派的发展而逐渐完善的"中学为体，西学为用"。它意味着，中国文化特有的典章文物、礼教道德、文学艺术等价值核心仍然要以中国为主体，是不需要改革的，需要改变的仅仅是在"奇技淫巧"、"坚船利炮"等技术层面。这就是所谓泰西以实学胜，若论诗赋辞章还是中国第一。从这个意义上看，即使在传统的"外王"层面，中国摆脱传统进入近代的企图也是极为有限的，政治制度、经济管理等很多属于传统"外王"之学，就没有看到洋务派的引进，就更不用说中国一向引以骄傲的文学。因此，从鸦片战争到甲午战争的 50 多年中，中国文学总体上不具有现代性因素。我们把这 50 多年可以称之为"文学排外而停滞的时期"。尽管其间洪秀全的拜上帝会以基督教为意识形态，并且对孔孟的文化传统进行了反叛，但是这和中国历史上很多农民造反以形形色色的会道门为旗帜没有多大差别，洪秀全、石达开的诗歌与黄巢等造反领袖的诗歌也没有多大差别。

正是从这个角度，将所谓的"中国近代文学"放到中国古代文学史中讲授，才显得有其合理性。而抛出"没有晚清、何来五四"的命题，过分夸大这50多年文学的现代性因素又显得极为不合理。譬如，王德威为了证明"没有晚清、何来五四"，认为王韬发现并刊行于1877年的沈复的《浮生六记》以及1879年付梓的张南庄的《何典》，"具有在文学传统以内另起炉灶的意义"。① 但这无疑是为了证明自己的立论而夸大了《浮生六记》和《何典》的现代性因素，更何况《浮生六记》根本就不是产生于晚清，是沈复1808年的创作，《何典》绝非什么了不起的作品，其戏谑与漫画式的表现技巧也看不出背离中国文学传统而另起炉灶的取向。如果将1840年之后50多年的文学与清代中叶50年多年的文学相比，我们实在看不出有什么将前者划入近代文学的理由，因为在很多方面，清代中叶的文学比1840年之后50多年的晚清文学具有更多的现代性因素。大约从1750年到1784年，清代相继产生了《儒林外史》《红楼梦》等杰作，1808年又产生了沈复的《浮生六记》，这些作品比《何典》具有更多的现代性因素，而且《儒林外史》《红楼梦》对五四文学产生了巨大的影响，这种影响甚至使整个晚清文学的影响都显得相形见绌，那么，我们是不是应该得出"没有清代中叶，何来五四"的结论？

现代性虽然是西方人强加于中国人的，但是中国文化本身并非没有批判传统的具有现代性因素的文学文本，只是它们被强大的传统所

---

① 王德威：《被压抑的现代性：晚清小说新论·导论：没有晚清，何来"五四"？》，北京大学出版社，2005年，第4页。

淹没,是真正的"被压抑的现代性"。越过《儒林外史》《红楼梦》再向前追溯,我们发现明代中叶的李贽与公安派的文学主张,比50多年排外而停滞的文学时期具有更多的现代性因素。反对复古的文学进化论是五四文学革命的发难者胡适、陈独秀等人共同的理论基石,而李贽与公安派也在反复古的斗争中形成了一种文学进化论思想。李贽说:"诗何必古选,文何必先秦,降而为六朝,变而为近体,又变而为传奇,变而为院本,为杂剧,为《西厢》曲,为《水浒传》……更说甚么《六经》,更说甚么《语》《孟》?"①袁宏道接着说,在白话文学《水浒传》面前,《六经》显得并非"至文",司马迁的《史记》也相形见绌。所以,他与"一时代有一时代之文学"的胡适同调,认为"秦汉而学六经,岂复有秦汉之文?盛唐而学汉魏,岂复有盛唐之诗?"他还推崇"无拘无束","任性而发","独抒己见,信心而言,寄口于腕者",认为好的文学"大都独抒性灵,不拘格套,非从自己胸臆流出,不肯下笔"。②五四文学革命的发难者在反对模仿古人和文以载道的旗帜下,主张文学张扬个性,独抒个人的情感,胡适要求"语语须有个'我'在",③鲁迅说"是黄莺便黄莺般叫;是鸱枭便鸱枭般叫",④周作人更将"人的文学"界定为个人主义的文学。而李贽推崇"童心",认为"童心"即"真心":"盖声色之来,发乎性情,由乎自然",而"《六经》、《语》《孟》,乃道学之口实,假人之渊薮也,断断乎其不可以语于童心之言明矣"。推崇个人的自由,就会走向肯定私心的自然人性论,李贽甚至认为"无私则无心",按照这个逻辑发展下去,必然导向

---

① 李贽:《焚书·杂述·童心说》,《焚书 续焚书》,中华书局,1975年,第99页。
② 袁宏道:《序小修诗》,《袁宏道集笺校》,上海古籍出版社,1981年,第187—188页。
③ 胡适:《文学改良刍议》,《新青年》1917年1月2卷5号。
④ 鲁迅:《热风·四十》,《鲁迅全集》第1卷,第322页。

肯定七情六欲、推崇自由的"恶的文学",而这正是五四文学重要的审美特征。因此,反对新文化运动和文学革命的林纾,认为倡导新文化的那些人物并没有新的东西,不过是"拾李卓吾之余唾";①而为五四文学革命提供了重要思想资源的周作人,后来在反省新文学的渊源时认为,胡适的理论去掉那些科学的成分,剩下的就是公安派的文学主张;他甚至认为公安派的"信腕信口,皆成律度","就连胡适之先生的八不主义也不及这八个字说的更得要领"。②那么,我们是不是应该得出"没有明代中叶,何来五四"的结论?

  无论如何,我们决不能因为1840年中国被西方列强强行拖入现代世界,就认为此时中国文学也进入了近代。同是人类精神史,把文学史与哲学史等同都可能陷入荒谬,韦勒克说:艺术与哲学之间的平行论就会招致很多疑问,"这只要看英国浪漫主义诗歌鼎盛时代的哲学便可以明白,当时英国与苏格兰的哲学中充斥着普通哲学与功利主义。"③那么,把历史的近代与文学史的近代混淆,会产生更大的谬误。这主要是因为当时主导中国思想文化的"中体西用"之说,仅仅是在"西用"层面上走向了近代——从这个意义上将1840年界定为中国历史进入近代有一定的道理;但是"中体西用"却阻碍了中国文学迈向近代,而在50多年的时间里仍然止步于传统的家园中,甚至其现代性因素还比不上明代中叶、清代中叶的文学,所以我们有充分的理由将1840年到1894年的中国文学拒斥在近代之外,将其还给传统,让中国古代文学史的教授去研究和讲授。

---

① 林纾:《致蔡元培书》,张若英编《中国新文学运动史料》,光明书局,1924年,第103页。
② 周作人:《中国新文学的源流》,人文书店,1932年,第43、46、47页。
③ 韦勒克·沃伦:《文学理论》,三联书店,1984年,第126页。

中国文学进入近代的标志性大事件，我认为不是1840年的鸦片战争，而是1894年的甲午战争。正是甲午战争使中国人从中国文明天下第一的酣梦中惊醒，而中体西用的文化选择方案也随之破产。表面上看起来，这不是西洋而是东洋的压迫，但实际上仍是西方列强的压迫，或者说，是东洋的日本由于"脱亚入欧"通过明治维新而进入了列强的行列，使中国人觉得中国摆脱列强欺侮的唯一选择，就是像日本那样全面学习西方。因为日本本来是中国文化的学生，但是能够很快通过模仿西方而崛起，在中国的家门口打败了中体西用的北洋水师，尤其让中国人震撼，觉得全面师法西方刻不容缓。正是在这种语境中，严复将西方的进化论（《天演论》）、自由论（《群己权界论》）、社会学（《群学肄言》）、经济学（《原富》），以及逻辑学（《穆勒名学》《名学浅说》）等西方文化的"体"，全面系统地翻译成能够为士大夫知识分子所接受的中文，并受到了热烈的追捧。康有为在公羊三世说的大筐子里，将自由、民主、个性解放、婚姻自由等西方文化的"体"统统地装了进来。梁启超除了在政治与思想上追随康有为，其重要贡献就是促使中国文学进入近代。他以一支"笔锋常带感情"的笔，唤起青年使中国焕发青春的梦想，将西方的自由、进步、公德乃至法律、政治等，播撒到读者心田。小说是西方近代以来的主要文学文体，但是在中国传统那里却是下九流的"闲书"而不登大雅之堂，梁启超在《论小说与群治之关系》中则反传统之道而行之，大抬小说的地位："欲新一国之民，不可不先新一国之小说。故欲新道德，必新小说；欲新宗教，必新小说；欲新政治，必新小说，欲新风俗，必新小说……何以故？小说有不可思议之力支配人道故。""故今日欲改良群治，必自小说界革命始！欲新民，必自新小说始！"① 这标志着中国告别了中体西用，即告别了在用的方面近代化而体的方面要保持传统的文化选择，在文化与文学上真正进入了近代。

既然中国的现代性在很大程度上是西方强加的，那么，对西方文学的翻译就是一个最重要的指标。1840年之后，鸦片给送进来了，为了打造坚船利炮科学技术也拿进来了，然而，从1840年到1894年的50多年的时间里，对外国文学的翻译几乎是一个空白。有趣的是，这个时期班扬的《天路历程》等被翻译过来，却是外国人向中国人的推销。由中国人自己翻译并且独立成册的文本，只有小说《昕夕闲谈》和长诗《天方诗经》两种。这种翻译文学的状况恰好表明，中国文学并未走向近代，而仍在传统之中。翻译文学的大量涌现，则是在甲午战后的1894年之后。从1894年到1906年的十多年间，就出现了516种翻译小说，而从1907年到1919年的十多年间，则有翻译小说多达2030种。② 翻译文学直接促成了五四文学革命，这从陈独秀、鲁迅、胡适、周作人、刘半农等文学革命的发难者与弄潮儿都是20世纪初翻译文学的积极参与者，就可以看得出来。不过，这个时期最著名的翻译家却是不懂外文的林纾。林纾翻译的《巴黎茶花女遗事》一炮打响，使中国人从情感上对西方文化有了进一步的认同，感到西方人与我们是一样的。此后，林纾一发而不可收，翻译了大量的以英国小说为主体的西方文学。在文学创作上，李伯元、吴趼人等人的谴责小说具有了更多的现代性因素。尽管鲁迅对谴责小说的评价并不高，但是俄罗斯学者谢曼诺夫还是将其作为鲁迅的前驱，全面探讨了谴责小说对鲁迅的影

---

① 《梁启超文集》，北京燕山出版社，1997年，第282，287页。
② 郭延礼：《中国近代翻译文学概论》，湖北教育出版社，1998年，第29，45页。

响。黄遵宪"我手写我口"的诗歌创作倾向尽管在1894年之前就已经存在，但却并未发生多大影响，黄遵宪诗歌的巨大影响是在甲午战争之后，尤其是戊戌变法前后被梁启超推崇为"诗界革命的旗帜"之时。而裘廷梁1898年发表的《论白话为维新之本》，可以说是后来胡适的白话文革命的先声。

鉴于传统的"晚清文学"的概念有点似是而非——如果具有现代性特征的文学只是从1894年到1917年这个阶段，那么从1894年到1911年的辛亥革命，真正属于"晚清"的时间只有十几年的时间，其中还包括了民国的准备阶段。从1911年到1917年，民国初期的文学也有六年的时间，因而统称为"晚清文学"就很不恰当。笔者建议将这二十多年的文学称之为"前五四的现代热身阶段"，作为中国近代文学的起点。这个阶段的文学当然以维新变法的文学为主，但是随着革命派的崛起，在文化选择上出现了不同的路向。如果说维新派不同于洋务派的中体西用的，是想在中国文化的外衣下，尽可能吸纳进西方文化的主体精华，其在文化与文学上西化的倾向是非常明显的；那么革命派的文化选择就极为复杂。一方面，革命派将清王朝看成是欺压汉族的外族政府，要求驱逐鞑虏，恢复中华，进行民族革命，所以很多人将这场光复中华的革命看成是"反清排满"，甚至是"反清复明"，于是，朱舜水的文集被推崇，扬州十日、嘉定屠城都成为鼓动对清王朝进行革命的大事件。这种光复旧物的文化选择必然导向弘扬国粹，所谓"以国粹激动种姓"，这使得革命派文学的现代性特征还不如维新派的文学。另一方面，取代虚君共和的民主革命是比戊戌变法更为现代的政治革命形式，邹容在《革命军》等书中向往自由民主，将中国的二十四史看成是一部大奴隶史，鲁迅在《文化偏至论》《摩罗诗力说》等文中张扬了极端推崇个性自由的西方浪漫文学思潮与现代人学思潮，提出了改造国民性的启蒙课题。这才是五四文学的真正先声。然而相对而言，后者被忽视了，致使鲁迅在寂寞的荒原上奔驰了很多年，成为真正的"被压抑的现代性"，以至于使很多人相信，五四新文化运动是对辛亥革命在思想文化上的一种补课。

既然中国文学的近代开端不是鸦片战争而是甲午战争，那么，如果沿用五四新文化运动是现代的开端之说，那么"前五四的现代热身阶段"只有从1894年到1917年短短的23年，作为单独的一个文学时代从时间上显得理由不很充分。而且，在传统的近代文学、现代文学与当代文学的分块论中，如果近代的时间是23年，现代的时间是32年，当代的时间却是60多年，就显得更为不合理。从文学特质上看，1894年到1917年的文学翻译、文学思潮和文学创作，很像是为五四文学革命的热身，其文学特质与五四文学的差异，远远小于五四文学与延安文学的差异。那么，为什么延安文学可以与五四文学共存于一个时代之中，而要把甲午战争后"前五四的现代热身阶段"的23年文学排除在这个时代之外呢？相比于西方从文艺复兴到第二次世界大战的近代史，中国文学的近代史为什么不能够从甲午战争到1979年的改革开放呢？

从1894年追求文学的现代性，到"五四"之后最终选择了一种"革命文学"的现代性模式，到1979年这种模式的自我解构，正好完成了一个循环。即使中间要强行划出一个"现代"，那么这个"现代"也不应该从"五四"划起，而应该从1949年划起，因为戊戌变法是中国文学现代性的一个起点，五四文学标志着中国具有现代性特征的文学全面而成功地占领了文坛，1949年却是排除了其他文学现代性的选择而确立了一种文学现代性的模式。从起点到确立一种文学现代性模式应该是一个历史阶段，从确立到这种模式的自我解构应该又是一个历史阶段。其实，在英语中，近代与现代本来都是 modern 一个词，而且衡量是不是近代文学或现代文学的标准也只有一个，那就是这种文学是否具有传统文学所不具备的现代性，以及这种具有现代性的文学在文坛的位置。李贽与公安派、《儒林外史》与《红楼梦》，在传统时代都没有成为文坛的正宗，因而虽然具有现代性因素，中国文学的近代却不能以明代中叶或清代中叶作为起点。中国文学的近代以甲午战争为起点，以戊戌变法为标志性的事件，是最为合理的。

（三）从五四到四九：多元混杂的现代性与超现代的一元确立

事实上，当中国现代文学的研究者将 1917 年而非 1919 年作为"现代"的起点，就已经在遵循文学史的逻辑而没有沿用一般历史的分期。按照中国历史学家的观点，中国近代史与现代史的分界线是 1919 年的五四运动，譬如胡绳的《从鸦片战争到五四运动》。这种历史分期的根据就在于，毛泽东在《新民主主义论》中将反帝爱国的五四运动看成是新旧民主主义革命的分水岭，因为五四运动是经过俄国十月革命洗礼的无产阶级领导的彻底反帝反封建的运动。如果把现代史的起点说成新文化运动，把时间提到胡适发表《文学改良刍议》与陈独秀发表《文学革命论》的 1917 年初，那么就会出现常识性错误，因为十个月之后才发生俄国的十月革命。五四运动是新文化运动的结果还是十月革命的结果，我们可以交给历史学家去讨论，但新文化运动肯定不是十月革命的结果，因为 1917 年初以文学革命为标志的新文化运动在全国发难的时候，十月革命还没有发生。因此，大多数文学史家没有遵从历史学界 1919 年五四运动的"现代开端"说，而是以新文化运动与文学革命为现代文学的起点,即使是钱理群、温儒敏、吴福辉的《中国现代文学三十年》,也没有因为恰好凑够三十年去迎合1919年的"现代开端"说,仍然是以1917年作为现代文学的起点。这充分表明,文学史的分期不能以历史的分期加以框定。

新文化运动同甲午战争之后的戊戌变法的文学与文化选择,有着密切的精神联系。五四文学与文化的西化与反传统倾向,在20年前的严复那里就能够找到精神渊源。严复的《辟韩》打响了近代反传统的第一枪,后起的新文化运动有过之而无不及,提出了"打倒孔家店"的口号。但是,在系统翻译西方文化的典籍方面,即使在新文化运动与文学革命的洪流中,也没有一个人超过严复。新文化运动的代表性人物陈独秀、胡适、鲁迅等,都受到了严复的翻译尤其是《天演论》的深刻影响。五四文学革命的"一时代有一时代之文学"的进化论根据,沿袭的并非李贽与公安派的精神资源,而是直接从严复的《天演论》那里来的。胡适的白话文革命,正是继承了裘廷梁等人未竟的事业。以鲁迅为首的五四文学的小说革命为什么能够轻而易举地取得成功?那是因为梁启超颠覆了视小说为小道的传统而将之视为文坛的正宗,也是因为谴责小说造成了广泛的影响以及在这之前已经有近两千种的外国小说的翻译文本,所以无须一个革命性的论证过程,小说在"五四"就顺利登上了文坛正宗的舞台。黄遵宪虽然张扬"我手写我口",但他并没有做到,他的诗歌甚至还不如某些宋词和元曲更接近白话,而胡适等新文化同仁使黄遵宪的"我手写我口"真正得以落实,在郭沫若、闻一多、徐志摩、艾青等人的努力下,推出了与传统诗歌断裂的白话新诗。甚至五四文学的话剧创作及演出,在这之前也有春柳社等的文明戏实验。因此,讲新文化运动和文学革命而不讲甲午战争之后的前五四现代热身阶段的文化与文学,就会使人感到新文化运动与文学革命是一个突然空降的狂飙运动。如果按照 1894 年为近代文学的起点，将五四文学也一并划入，那么，文学的发展就显得顺理成章了。

尽管前五四的现代热身阶段，应该与五四文学一起划入中国文学的近代，但是与五四文学相比，前五四的现代热身阶段的文学尝试很像是为五四文学准备的一次不很成功却是充满多元的富有生气的预演。正如王德威所说的，这个现代的热身阶段的文学尝试充满了各种可能性。仅以翻译小说而言，就出现了政治小说、科学小说、侦探小说、教育小说等各种文体，这些小说形式在此之前的中国从未出现过，在"五四"之后的中国文学中也很少看到。而且这些小说形式对中国传统的小说形式都构成了挑战和冲击。科学小说不同于中国传统的志怪小说、神魔小说，侦探小说不同于中国传统的侠义公案小说，儒勒·凡尔纳的科学小说，柯南·道尔的福尔摩斯探案，在这一时期成为文坛的热门。然而，无论王德威对这一时期的文学描绘得如何生机勃勃，都不能过高评价这一时期的文学。首先，很多文学形式都仅仅是实验性的、草创性的，甚至是宣传性的，很少作品有深刻的思想洞察力以及对人情细致入微的描写。其次，如果不是从研究的角度，而是从文学欣赏的角度，那么这一时期的小说和诗歌，最终能够传世的作品很少。也许，这个时期的翻译就很能说明问题。尽管在这个现代的热身阶段翻译了很多外国文本，但大都是二三流的作品，一流的西方文学的经典文本并不多。而且很多翻译都是所谓"豪杰译"——"随意的翻译"，译者可以将原作中的人名、地名、称谓等中国化，删掉不符合中国人欣赏口味的大段大段的景物描写，而且可以随意增添原作中没有的文字，甚至把原作中的主题、人物、结构加以改造，有的还扮成章回小说家的面孔在叙述故事之余出来"说话"。林纾的小说翻译虽然比这些"豪杰译"优秀，但诡异之处在于：第一，起源于宋代勾栏瓦舍的话本小说，本来就是白话形态的，但林纾却是以桐城古文来翻译外国小说。这似乎意味着，这个阶段的欣赏者在深层意识上还是瞧不起白话文，正如为《天演论》作序的吴汝伦赞赏的是严复的桐城古文做得好一样。第二，最著名的小说翻译家却是一点也不懂外文的古文家林纾，与这个阶段能够容忍甚至欣赏"豪杰译"是一致的——在"五四"之后再也不会容忍翻译者不懂外文。经过五四文学革命的冲刷，无论是文学还是哲学，全部运用白话文，而且前五四之现代热身阶段的主要代表人物，居然全部成为新文化运动的对立面。尤其是林纾，公然致信蔡元培指责新文化运动，一个翻译了那么多西方小说的文人，说他看不出西方伦理与孔孟伦理有什么不同。第三，五四文学的主要代表人物一旦谈到自己的创作乃至文学史时，几乎没有人谈到这个时期的创作与自己的创作有什么精神联系，鲁迅说他的小说创作是靠读了百来篇外国作品，在中国小说中鲁迅更推崇《儒林外史》和《红楼梦》，他甚至以《儒林外史》为讽刺文学的准绳贬低这一时期的谴责小说；郭沫若说他的雄浑豪放的诗是受了惠特曼、歌德的影响，清丽冲淡的诗是受了海涅、泰戈尔的影响，谈到中国文学他更推崇屈原、李白。这充分表明五四文学确实在传统与现代之间划出了一条明显的界限，此前的热身仅仅是一种并不成功的预演，或者说是一种过渡。

如果从近代中西文化冲突以及中国文化的主体选择的角度看，那么新文化运动确实是一个鲜明的界碑。在此之前，是一浪高过一浪的向西方学习的西化大潮，到新文化运动达到了高峰。而且在这一浪高过一浪的西化大潮中，后浪往往是以否定前浪的形态出现的。值得注意的是，前浪在后浪涌来的时候往往都被甩出主潮，譬如严复在戊戌变法前后明显是以西化为文化选择的，但是当新文化运动发生时，第一次世界大战的灾难性后果使他质疑西方文化而开始钟情于传统。尽管严复没有像林纾那样站出来反对新文化运动，但已经明显是时代的落伍人物。既然是一场全盘的反传统与西化的运动，那么，此前从洋务运动、戊戌变法、辛亥革命开始接受的科学技术、民主自由，都是新文化运动推崇的对象，但是这场运动不同于此前历次运动的，就在于它是一场伦理道德（善恶）的价值革命与审美观念（美丑）的文学革命，它颠覆了合群的伦理本位而推崇自由的个人本位，试图通过价值革命与文学革命为民主政治与科学的发展扫清道路，进而使中华民族走上政治文明与经济富强的崛起之路。新文化运动之后，是从西方引进的新文化对中国社会真正施加影响的过程，也是向中国文化妥协的中国化的过程，可以说，这是一个中西文化在现代性的旗帜下互动的过程。

不像前五四的现代热身阶段对西方文学的选择杂乱无章，"五四"之后，文坛的主流选择的是以浪漫主义、现实主义、现代主义为主导的西方现代文学。在这里我们应该特别注意的是文学理论的倡导与文学创作之间的矛盾。从五四文学革命的发难者胡适、陈独秀，到文学研究会的主要理论家茅盾，倡导的都是写实主义（现实主义）。但是由于新文化运动是一场个人从传统的礼教与家族制度挣脱出来的个人主义的革命，所以"五四"之后第一个十年的文学真正客观写实的作品并不多。鲁迅《呐喊》与《彷徨》的怀旧情绪和浓重的抒情诗特征，明显受到了浪漫主义与现代主义的影响，因为鲁迅最喜欢的主要不是客观再现现实社会的现实主义作家，而是尼采、拜伦等典型的浪漫派与现代派哲人与诗人，喜爱反语、讽刺和幽默的果戈理、显克微支，以及安特莱夫等象征主义作家，阿尔志跋绥夫等颓废主义作家。冰心、王统照等人那些"爱"与"美"的小说和诗歌，庐隐对痛苦情感的大胆吐露，许地山那些充满传奇情节、宗教情调和异域色彩的小说，几乎都伴有一种浪漫感伤的情调。即使是写出《校长》《潘先生在难中》等较具客观社会性小说的叶绍钧,令他着迷的哲学家却是为现代主义提供理论基础的伯格森,而其《春游》《潜隐的爱》等也蒙上了"爱"与"美"的虚幻的主观色彩,连茅盾都说他早期的小说是不那么客观的。甚至在自然主义的倡导者茅盾那里,其长篇小说《蚀》和短篇小说集《野蔷薇》,也具有浓重的个人主义情调和主观抒情性。至于创造社作家,如郁达夫的浪漫感伤和自我忏悔,郭沫若的激情喷发和个人自由,就更是将文学的五四精神推向高潮。在鲁迅的《野草》、沉钟社作家以及象征主义诗人那里,我们可以发现现代主义游魂在中国文坛的律动。正是在这个意义上,梁实秋以"浪漫的趋势"来概括整个五四文学,茅盾在《子夜》中以《少年维特之烦恼》来象征"五四",著名汉学家普实克认为五四文学最显著特点是个人主义与主观主义,佛克马认为五四文学是浪漫主义和象征主义占主导地位,"中国只出现了为数很少的现实主义小说。"① 但另一方面,五四文学又兼容了现实主义。尽管鲁迅的艺术选择是浪漫主义和现代主义的,以此达其"任个人"、"张灵明"的目的,但是,鲁迅强烈的感时忧国精神以及改造国民性的使命感,使他不可能不注目于国民的社会现状,因而也就不可能排斥现实主义。即使像《狂人日记》那种浓重的抒情与象征,《故乡》那种深情的怀旧,《伤逝》那种浪漫的独白,《兄弟》那种对人潜意识的开掘,也展示了主人公赖以活动的社会与文化背景。因此,尽管《幸福的家庭》中有意识流的技巧,从《孤独者》中能听到拜伦、尼采的"恶声",而《铸剑》则是一篇具有现代意味的浪漫传奇,但是,鲁迅又表现了在现实

---

① 佛克马:《俄国文学对鲁迅的影响》,乐黛云编《国外鲁迅研究论集》,北京大学出版社,1981年,第282页。

社会中,"幸福的家庭"是难以存在的,"孤独者"也受到了"众数"的迫害,所以鲁迅让人们"铸剑"向现实的暴君和良民"复仇"。①郭沫若是以浪漫主义登上五四文坛的,但是西方的浪漫主义具有浓重的反科技倾向,现代生态批评从浪漫主义那里吸取灵感是不无道理的,但是在郭沫若的《女神》中却充斥着科学的英文名词,他甚至把工厂冒出的黑烟这种西方浪漫主义极为反感的象征物,赞美为世纪的名花,"黑色的牡丹"。②"专求文章的全(Perfection)与美(Beauty)"的成仿吾也不能呆在"艺术之宫"中免俗。温儒敏认为,成仿吾"在阐说对文学本体论的认识时,赞同'表现说',把文学的本质看作是生命意志的自然流露与发抒;在理解文学的价值论时,又努力将'自我表现'的意义导向社会"。③郁达夫的小说以忧郁感伤乃至病态的自我暴露而著称,但是《沉沦》中那个苦闷得要自杀的主人公在自杀之前却大喊希望祖国富强的口号。正是这种对祖国命运的关心,使郁达夫后来写出了《薄奠》《春风沉醉的晚上》等较具社会写实性的作品。而在五四文学主流之外的吴宓、梁实秋等清华文人那里,又试图将反现代的西方古典主义文学输入中国文坛,并且探索与中国文学传统的对接。因此,我认为王德威所谓的"晚清文学"具有多种可能性而五四文学反而走向单一的结论,并不符合事实。五四文学其实是多元混杂的,甚至在鲁迅一个作家身上,就兼容了浪漫主义、现实主义和现代主义,而且这种现象在同时期其他作家和诗人那里也是很普遍的。另一个引人注意的现象是,西化已成为精英知识界的共识,甚至反现代的古典主义,也要借着西

---

① 详见高旭东:《鲁迅的艺术选择与文化选择》,《山东大学学报》1993年第2期。
② 郭沫若:《笔立山头展望》,《〈女神〉及佚诗》,人民文学出版社,2008年,第60页。
③ 温儒敏:《中国现代文学批评史》,北京大学出版社,1993年,第56页。

化的外衣进行言说。①

新文化运动之后，虽然现代性的旗帜高高飘扬在中国文坛上空，使中国文学传统在精英知识界受到了致命性的打击，但是传统的语法规则却潜在地发挥着对西方文化与文学的选择作用，而这一点却经常被研究者所忽视。事实上，新文化运动反传统最根本的精神内驱力与内在根源，却是来自于中国文化传统中那种不以信仰为重的实用精神，以及家国社稷的兴亡是第一位的文化传统。因为世界上那些面临危机的民族，包括几度国亡流散世界各地的犹太人，并没有放弃自己的信仰而反传统。由于中国的西化深深植根于传统之中，所以"五四"所造就的新文化，既非西方文化的简单移植（如胡风所说），亦非中国自身现代性因素的直接结果（如周作人所说），而是中西文化合璧的产儿。这是一种反抗列强入侵的感时忧国精神与个性的自由精神的结合。如果仅凭"五四"人物的西化言论，以为新文化就是西方文化，就会找不到理解这种新文化的门径。文学精英选择的往往都是于立人兴国最为直接的西方的民主科学与个人自由，对西方文学的基督教根基却弃置不顾，而后者恰恰是西方文化之为西方文化的根本。夏志清在写完现代小说史之后，发现中国作家对西方文学的罪感传统完全没有兴趣，他甚至奇怪学习西方文学"究竟使中国人的精神生活丰富了多少"！② 正因为近代中国作家是以兴邦救国为职志，加之中国文化没有为一种信仰现身殉道的传统，信什么就需要从什么得到益处，所以他们接受西方某一流派的文学很快，但抛弃西方某一流派

---

① 这在梁实秋等人身上表现得很突出，他倡导古典主义，肯定儒家对于文学的意见，却要借着美国白璧德的理论。

② 夏志清：《中国现代小说史》，香港友联出版社，1979年，第432页。

的文学也很快。

从新文化运动到1949年的全国统一，文学是在由多元混杂的现代性走向一种单一的现代性模式。"五四"的三位代表性人物，就各有不同的哲学文化背景。胡适的哲学文化背景是美国的实用主义与自由主义，鲁迅的哲学文化背景则主要是尼采的超人哲学和个性自由思想。陈独秀在新文化运动的发难时期，还在弘扬西方个人主义而反对中国的家族本位主义，但是随着十月革命的爆发，李大钊传播的马列主义很快感染了陈独秀，这种转变使《新青年》同仁很快就解散了，《新青年》后来变成了中国共产党的机构刊物。虽然陈独秀的转变对五四文坛影响并不很大，因为受新文化运动洗礼而起的文学研究会与创造社，都推崇个性自由而没有共产主义色彩，但是，在后起的留日文人冯乃超、李初梨、彭康、朱镜我等将五四文学的西化方向由西欧转向东欧和俄国之后，创造社的老作家们纷纷转向，后来连鲁迅也加入到"从文学革命到革命文学"的转变中，从而使整个文坛的西化方向发生了转折。而马克思主义在俄国的实践之所以引起了五四文学西化方向的转折，是有着深刻的文化根源与现实动因的：第一，如果说以经济上的市场竞争与伦理上的个性自由为特征的资本主义社会是现代性的标志，那么社会主义是作为一种超越资本主义（超现代性）的西方新学说而出现的，既能满足"五四"以来中国文人激进的西化心理，又能避免资本主义的恶性竞争给人带来的精神痛苦。第二，苏联建设的成功与资本主义世界1929—1933年的经济大危机，是使中国文人在20年代末、30年代初大规模向左转的社会根源，而这又植根于中国文学传统的感时忧国精神和现世的务实品格之中。第三，尽管马克思主义的辩证法与中国文化传统的中庸之道有否定性与肯定性的文化差别，但是在西方各种学说中毕竟只有马克思主义更像中国文化那样注重整体性而反对片面性，中国人走俄国人的路似乎比走欧美的路更符合中国的国情。而列宁对中国作为弱小民族的支持乃至在领土问题上对沙俄扩张的不满，对于以救国兴邦为己任的现代中国文人有着强烈的感召力。于是，以个性解放为核心的五四文学精神很快就被一种新的崇尚整体的文学热情所取代。茅盾从《蚀》《野蔷薇》到《子夜》《农村三部曲》，王统照从《微笑》《沉思》到《山雨》，冰心从《悟》《超人》到《分》，许地山从《缀网劳蛛》到《春桃》《铁鱼的腮》，老舍从《赵子曰》《猫城记》到《骆驼祥子》，丁玲从《莎菲女士的日记》到《水》，郁达夫从《沉沦》到《出奔》，蒋光慈从《少年漂泊者》《丽莎的哀怨》到《田野的风》，鲁迅从推崇浪漫主义的《摩罗诗力说》，译介现代主义的《苦闷的象征》到推崇现实主义的《艺术论》，新诗从郭沫若、徐志摩的浪漫抒情到臧克家、蒲风描绘人民的现实苦难……整个新文学的主流在向现实主义的方向转折，文学的社会客观性在明显地强化。值得注意的是，这种"超现代"的激进文学追求，又在向着黑格尔、亚里士多德的古典理性与史诗传统回归，使得理性、认识、再现、反映以及典型、百科全书等，成了新的文学理论的中心词汇。

现代中国文学西化方向的转变，与抗战也有关系。尽管有 20 年代末"革命文学"的横扫文坛以及 30 年代"左联"的成立，然而与此同时，在左翼文坛与国民党的帮闲文人之间，一些自由作家如老舍、巴金、曹禺等仍在继承"五四"摄取西方文学的路线，一些苦闷的文人对现代主义的热衷与介绍在某些方面甚至超过了"五四"。施蛰存、刘纳鸥、穆时英等对日本作家看取西方现代主义而形成的"新感觉派"作品的摄取，卞之琳等人对波德莱尔、马拉美、梅特林克、瓦雷里、里尔克等现代派诗人以及纪德、普鲁斯特、沃尔夫等现代派作家的广泛翻译，现代派大师艾略特和乔伊斯在 30 年代的得以介绍，都表明了这一点。但是，抗战则使个性的自由不得不服从民族生存的整体，在民族危亡的关头过于执著于个人的悲欢有点不合时宜。抗战时期关于"民族形式"的论争就是这种转折的理论信号，虽然五四文学的摄取方向在胡风的文学理论以及路翎的《财主的儿女们》等文学创作中，还顽强地保留下来，但是在主流派文学中已显得有点"逆历史潮流而动"。当故土失落于日本人手中的时候，攻击家乡的旧物就不如感怀旧物的美好更受欢迎。试比较老舍抗战之前揭露国民性的《猫城记》与描写抗战而弘扬民族气节的《四世同堂》，就会明白抗战对作家的文化与艺术选择产生了何等巨大的影响。事实上，在抗战之前，从《老张的哲学》《赵子曰》《猫城记》等以反语幽默或象征寓言的形式对个人奋斗的推崇、对国民劣根性的控诉，到《骆驼祥子》描述个人奋斗的无能为力，老舍作品已经从反语幽默与象征寓言向客观写实迈进，只不过在抗战之后，老舍更自觉地将个人服从于抗战，更注意弘扬中国文化而已。因此，抗战伊始，作家纷纷放弃个人的自由而投入为民族争自由的斗争，汇成了一曲雄壮高亢而排斥其他音符的"黄河大合唱"。写出湘西之美而具有几分浪漫色彩的沈从文，在沦陷的上海忆旧与言情的张爱玲，在抗战的烽烟中还坐在雅舍之中谈男人谈女人的梁实秋，曾经提倡静穆之美的朱光潜等人的不谐和音调，就被这排山倒海的"黄河大合唱"完全淹没了。

超现代性的一元现代性模式一方面在排斥其他文学选择的斗争中，证明自己的政治正确，左联的反民族主义文学、反自由人、反第三种人，就是对文学异己的排斥；另一方面，是这种模式的现代性与中国民间文化的结合。于是乡土中国的愿望开始受到推崇，而这种推崇又在新潮学说中找到了理论上的依据。这就是中国文学西化揉入民间化的新方向。于是，民歌、民间文学受到了重视，经过新潮理论的改造之后，就变成了李季的《王贵与李香香》、赵树理的《小二黑结婚》《李有才板话》等新文体。这些有头有尾讲故事而结尾大团圆的作品有悖于五四文学的传统而与中国传统文学更近，其民间文学的形态显然经过了新潮理论的过滤，使之少了一些原始乡土色彩而多了一些"政治意识形态"。到后来，这种文学就演化成了寻找民间的感性材料以图解政策，融理想于现实之中的创作新方法。中国传统文学的中和之美借着西化的词汇变成了"理想与现实的水乳交融"，中国文学的伦理教化传统借着西化的词汇变成了政治教化……

尽管在1949年全国统一之前，整个文坛还是多元的——在30年代后期和40年代，钱锺书和张爱玲在中国传统白话小说的叙述语言和西方小说的现代技巧的融合中，发掘人的恶性，表现人的孤独和隔膜，显示了中西文学富有创意的结合的新路向；在西南联大的文人那里，艾略特、奥登、里尔克、卡夫卡等现代派大师还在滋养着他们的灵思，而胡风、路翎等也在左翼文学内部顽强地坚持着五四文学个性自由的西化方向；但是随着共产党在战场上的胜利，这一政治意识形态与民间文学结合的左翼文学主流基本上排斥了所有逆流或非主流，并在1949年以后统一了中国文坛。从李大钊传播马列主义和陈独秀的左转，到20年代的红区文学和"革命文学"，从30年代的"左翼文学"，抗战文学，到《在延安文艺座谈会上的讲话》孕育出来的文学，一直到1949年全国变成了大延安，标志着一种以超现代面目出现的现代性模式的确立。

（四）从四九到七九：超现代的一元模式从僵化到解体

中国文学超现代的一元模式的一统天下，是在1949年7月在北京召开的第一次文代会上。这是被分割在"国统区"与"解放区"的中国文学界在毛泽东旗帜下的一次大聚会，大会的意图就是要把所有文人的思想都统一到毛泽东文艺思想上来。这次大会悬挂的不是毛泽东和朱德的画像，而是毛泽东与鲁迅的画像。但是，鲁迅却被一种巧妙的二分法而高贵地悬置起来：鲁迅是在"国统区"，杂文针对的是敌人，而在"解放区"的作家针对同志就不能用这种杂文笔法；鲁迅的小说所揭露的是旧社会的黑暗，而对"解放区"的新社会革命的作家则要歌颂而不是暴露。于是，鲁迅是文豪，因为他的笔刺破了整个旧社会的腐败，但是现在的作家却不能够像鲁迅那样写作，因为新社会需要的不是批判性与揭露性，而是肯定与歌颂。鲁迅是文艺界最伟大的旗手，但是现实已经发生了翻天覆地的变化，必须有一种适合新形势的文艺原则，这就是毛泽东《在延安文艺座谈会上的讲话》（简称《讲话》）所指引的方向。这里暗含着一个假设：鲁迅如果能活到现在，根据他"俯首甘为孺子牛"的诗句，会欣喜于人民政权的建立而歌颂人民的；而歌颂人民就要歌颂党，因为共产党是人民利益的代表。因此，在"解放区"以及1949年之后的中国大陆，《讲话》才是新文化的方向，这就是文艺不能再与政治对立而必须从属于政治，现实的缺陷不是不可以描写，但必须不能以批判与对立的姿态加以审视，而应该以光明来烛照黑暗，以团圆来弥补缺陷。

第一次文代会宣告了五四文学多元混杂的现代性的终结，确立了超现代的一元文学模式。在大会上，周扬代表"解放区"所做的报告充满了胜利者的自豪，而茅盾代表所作的关于国统区文艺状况的报告

《在反对派压迫下斗争和发展的革命文艺》则相当低调。事实上，抗战之后"国统区"巴金的《寒夜》、萧红的《呼兰河传》、钱锺书的《围城》、路翎的《财主底儿女们》、老舍的《四世同堂》等小说与曹禺的《北京人》、陈白尘的《升官图》、郭沫若的《棠棣之花》等剧作，比起"解放区"赵树理的《小二黑结婚》、周立波的《暴风骤雨》、丁玲的《太阳照在桑干河上》等小说和《白毛女》《兄妹开荒》等剧作，放在艺术的天平上一称就知斤两，大会其实完全可以像评价鲁迅那样，将前者高贵地悬置。然而具有讽刺意味的是，周扬汇报解放区的文艺报告《新的人民文艺》是那样意气风发，而茅盾汇报国统区的文艺报告则仿佛是在做检讨。这就表明，即使是反对国民党揭露旧社会的文学，因为具有过多的个性精神与揭露技巧，在国民党被赶出大陆之后，也是不受欢迎的。既然全国的统一意味着延安文学的光芒照亮了全国，自然周扬就以胜利者的姿态傲视天下了。

然而，周扬的姿态并没有得到来自"国统区"所有文人的认同。对于茅盾所作的关于国统区文艺状况的报告，胡风以及许多国统区作家就表示反感而且不能接受。五十多年后，绿原在为胡风的《三十万言书》作序的时候回忆这次文代会说："茅盾上台作国统区文艺工作报告，奇怪的是他片语未及经毛泽东肯定过的鲁迅的'方向'，而是以上世纪40年代即鲁迅逝世后十几年为期限，把国统区的文艺工作贬得一无是处，其中特别对胡风的文艺理论和编辑工作不点名地进行了批判。会下和会后，原国统区作家们议论纷纷：就用这份报告来'欢迎'我们么？鲁迅的'方向'在国统区没有起任何一点作用么？"[①] 胡风与绿原

---

① 绿原：《试叩命运之门——关于胡风"三十万言"的回忆与思考》，《胡风三十万言书》，湖北人民出版社，2003年。

等都感觉这个报告可能是报告起草者的问题,否则,为什么台上会悬挂鲁迅的画像呢?国民党除了将鲁迅定为"堕落文人",会在全体文艺工作者面前悬挂鲁迅的巨幅画像吗?他们没有看到,鲁迅的文学传统在"解放区"以及1949年后扩大的整个中国大陆已被高贵地悬置起来了。而鲁迅的学生、朋友胡风、冯雪峰、萧军等作为鲁迅的精神苗裔,都在试图扩张鲁迅传统的现实活力,而不愿将这一文学传统悬置起来,尽管那是一种无比高贵的悬置。

除了1949年之前就因为东北《文化报》事件失去话语权的萧军,胡风、冯雪峰都利用自己在左翼文坛上的巨大影响,试图通过弘扬鲁迅的文学精神,把五四文学的传统在新的超现代性模式中保存下来。然而这里的矛盾是很显然的,既然是一元现代性模式,那么当它取得胜利而排斥异己的时候,对胡风、冯雪峰也不会留情。而胡风因钟情于五四文学传统,对于1949年之后的文坛创作现状非常不满,认为这个文坛是被僵尸统治着,胡风以及围绕着胡风的那个"集团",几乎发表一篇作品和批评文章都会引来批判的声音。阿垅的两篇论文被史笃说成是"伪造马克思主义","美化特务分子",冀汸的两部长篇小说先后遭到批判,尤其是胡风最赏识的以为真正继承了鲁迅文学传统的路翎,几乎发表一部小说就遭到一次批判。胡风忍无可忍,在上书毛泽东的《三十万言书》中,认为造成文学创作在中国与世界人民面前不得不低下头来的原因,是架在作家颈上的五把刀子:第一把刀子是强调世界观对创作的指导,第二把刀子是只有工农兵的生活才算生活,第三把刀子是只有思想改造好了才能创作,第四把刀子是片面强调民族形式,第五把刀子是以文艺从属政治为特征的重大题材决定论。尽管胡风认为问题的症结在于文坛总管周扬的宗派主义及其对中央的蒙蔽,但是,明眼人一看,胡风对作家的个人自由和创作自由的呼吁以及对五把刀子的批评，是对《在延安文艺座谈会上的讲话》的批评和对五四文学传统的推崇，是在超现代一元模式中发出的最不和谐的声音。于是，等待胡风及其"集团"的就是"反革命"的帽子和被捕入狱。1955年之后，胡风及其"集团"就从文坛上消失了。冯雪峰在党内的地位曾经比周扬高，1953年召开的第二次文代会，曾受命起草大会报告，但他的报告却不被采用只能以《关于创作与批评》为题发表在自己主编的《文艺报》上。他用了肤浅、低下、拙劣、粗制滥造等词汇形容1949年之后的作品，他甚至说这些作品与中学作文差不多。冯雪峰强调作家的能动性以及独立思考问题的能力，反对文艺从属于政治以为文艺首先必须是文艺，反对以感性画面图解观念的"写政策"以及"思想上的管制"，要求尊重作家创作的权利和自由，这些观点都与胡风的观点不谋而合，也能够看到鲁迅遗产的影子。这也注定了冯雪峰不幸的命运，他虽然没有像胡风那样被彻底打倒，但此后的每次运动都要把他牵涉进去。

通过对胡适、胡风的批判，五四文学的自由主义以及左翼文学的异端声音，都被清除了，文坛充满了歌功颂德的声音，超现代一元模式愈加巩固。但是，在1956年的大鸣大放中，一个全国范围的挑战超现代一元模式的文化思潮与文学批评，在文坛上出现了。当时确实有不少文人效法鲁迅，以鲁迅式的杂文抨击邪恶，小说、诗歌也出现了与超现代一元模式不谐和的声音。然而在1957年，一场全国性的反右派运动轰轰烈烈地展开了。冯雪峰由于在1954年和1955年不断遭受批判，反右时期反而没有什么值得批判的言论，于是就用历史问题将他打倒。可以说，1957年的反右是一个标志性的事件，与超现代一元模式不谐和的声音被彻底清除了。

与此联系在一起的，是1949年之后著名作家大规模的搁笔事件。

除了老舍等极个别的作家在1949年之后还有较大的艺术成就之外，其他的著名作家，不是写点应景文章，如郭沫若的诗歌、巴金的散文，就是像钱锺书、沈从文等大批作家的完全搁笔，甚至茅盾也只写点文学批评模样的文章，完全放弃了小说创作。有些作家的搁笔特别令人惋惜，如小说创作达到成熟阶段（标志是《寒夜》）却放弃了小说创作的巴金，写成传世之作《围城》后又构思好了另一部长篇小说《百合心》的钱锺书。活跃在文坛上的，主要是在延安成名的作家以及在1949年之后历次运动中涌现出来的新作家，他们大都文化水平不高，中国古典文学与外国文学的知识都很有限，但是"革命热情"却很高。从1949年到1966年的所谓"十七年文学"，除了老舍的《茶馆》等少数作品可以真正列为经典之作，其他几乎是清一色的"红色经典"，其中最受当时读者欢迎的，有写大革命前后的《红旗谱》《播火记》，写学生运动的《青春之歌》，写抗战的《敌后武工队》《烈火金刚》《铁道游击队》《苦菜花》，写解放战争的《保卫延安》《林海雪原》，写农民走向合作化道路及农村阶级斗争的《创业史》等长篇小说。

周扬是靠左联起家的，当他真正取得了文坛的话语权之后，他也在忧虑文坛的繁荣与创作的质量。他在肃清胡风、冯雪峰、萧军这些异己分子之后，并没有极力地向左转，反而略有向右转的倾向。从1961年到1962年，周扬先后主持召开了北京新侨会议、广州会议、大连会议，主持制定了《文艺八条》，起草了《为最广大的人民群众服务》的社论，批评了粉饰太平的倾向以及一个阶级一个典型的公式化概念化倾向，要求尊重艺术的特殊规律，给作家以更多的民主与创作自由，允许反映社会的阴暗面，题材也要扩大，由为工农兵服务变而为广大人民服务。但是，从《讲话》开始，毛泽东却在缔造一种与左翼文学略有不同的"红色文学"。这种红色文学的设定是：彻底抛弃自由主义与个人主义并与之划清界限，不能有丝毫的私心杂念，在道德忏悔与个人反省中将一己之水融入廓然大公的红色海洋之中。这种红色文学传统是左翼文学的极端发展，但是比左翼文学更加反自由反个人，要求"毫不利己专门利人"，"狠批私字一闪念"。这是将反对私有制赞美公有制的马克思主义道德化与中国化的一种结果。这种文学的代表作在小说中有金敬迈的《欧阳海之歌》，在诗歌中有"文革"后期出现的《理想之歌》，在戏剧中最典型的就是样板戏。男女之情是属于个人的私情范围，在这些作品中没有任何儿女私情。《林海雪原》中的少剑波与女卫生员白茹本来是有点罗曼蒂克关系的，然而到样板戏《智取威虎山》中，就纯化成革命同志的关系。李勇奇是有媳妇的，然而一出场就遭到了不幸。《海港》《龙江颂》等剧中的男女主人公都是独身，最典型的是《红灯记》，祖孙三代全是光棍。从这个意义上讲，《沙家浜》中的郭建光率领新四军在胡司令结婚的那天去"擒贼擒王"，显然有禁欲主义的象征意味。总而言之，男女不能在戏台上出现夫妇或恋人关系，而且连思念异性的念头也不能有。猎户老常的女儿小常宝在向杨子荣控诉土匪时唱道："白日里，父女打猎在深山上；到夜晚，爹想祖母我想娘……"但这是在没有阶级觉悟的正面的群众的唱腔，而在有阶级觉悟的革命者哪里，则应该像李玉和唱的："人说道世间只有骨肉的情谊重，依我看阶级的情谊重于泰山……"《欧阳海之歌》就表现了一己之水在不断的自我忏悔与道德反省中，怎样在廓然大公的红色海洋中得以圣化。

一般人将1966年到1976年看成是"文化大革命"的十年，其实，这也可以分为两个阶段。从1966年到1969年，是"文革"的爆发期，在这几年里，所有的中外文学都被打翻在地，包括1949年到1966年的文学，几乎都被看成是"大毒草"，很多作家被红卫兵揪斗，有的不堪凌辱而自杀，如老舍；有的被打死，如海默。这个期间最走红的文学，就是不断被吟诵、传唱的《毛主席语录》与《毛主席诗词》，还有一些歌颂毛主席与红卫兵造反的颂歌和战歌。"九大"之后，尤其是 1971 年的林彪事件之后，文坛略有松动。除了"革命样板戏"之外，《艳阳天》的作者浩然被解放了，写出了《金光大道》，诗人贺敬之被解放了，写出了《西去列车的窗口》《回答今日的世界》。1975 年左右，《人民文学》与《诗刊》等复刊了，刊登的大都是"革命性"很强的作品。文学成了立竿见影地紧跟形势的跟班，"批林批孔"运动，报刊上充斥着"批林批孔"的作品；"评《水浒》批宋江"，报刊上充斥着"评《水浒》批宋江"的作品。然而，在林彪事件之后，人们开始借着各种合法的借口走出文化沙漠，借着马克思主义经典作家对希腊神话、莎士比亚、拜伦、雪莱、托尔斯泰等的高度评价，去研读这些外国文学，借着毛泽东"读点鲁迅"与"《红楼梦》要读三遍"，去研读这些中国文学，甚至借着"评法反儒"运动，把中国很多非法家或者与法家沾边的作品，放到《法家诗选》里加以研读。因为"文革"有三反：反帝，割断了与西方国家的文学关系；反修，割断了与苏联、东欧国家的文学关系；反封建，割断了与中国传统文学的关系。最后评论家说："文革"期间的文学是"八个样板戏"走在"金光大道"上。从李大钊、陈独秀开始，经过 20 年代的革命文学，30 年代的"左联"文学，40 年代的延安文学，一直到"文革"，把这种超现代的一元现代性模式推向了极端，也造成了这种红色文学的僵化，从而发生了崩溃和解体。其实，在"文革"后期，人们已经不相信这种文化状况会持续很久，钱锺书已经开始《管锥编》的写作，季羡林也开始进行《罗摩衍那》的翻译。

当然，这种超现代的一元现代性模式的解体的标志是 1979 年。从 1976 年到 1979 年的 3 年是过渡。过渡时代的文化氛围与"十七年文学"很相似,一方面,华国锋为了清算"文革"派,使那些从延安过来的文艺战士纷纷登上了舞台;另一方面却又在标榜"两个凡是"。1979年,邓小平通过十一届三中全会清算了"两个凡是",标志着思想解放与改革开放航船的启航。1979年至今的文学形态,不但与"文革"十年不同,而且与1949—1966年的"十七年文学"也不同,而是恢复了五四文学那种注重个人的传统,从此,中国文学真正进入了当代。谢冕在《文学的绿色革命》一书中,反复强调了当代中国文学对五四文学传统的弘扬。在文学接受上,当代文学也恢复了五四文学那种对外国文学的敏感,欧美文学的新潮、拉美文学的爆炸,都在中国文坛上留下了痕迹。从1979年到今天的30多年,当代中国文坛从现实主义、现代主义到后现代主义,经历了诸种文学思潮与流派的更迭,甚至像五四文学一样,在一个作家身上,就有不同文学流派的痕迹。另一方面,今天的"五个一精品工程"中的一部分作品,也是对近代左翼文学的某种继承,并构成了近代文学到当代文学发展演变的一条重要线索。可以看出,从1894年之后前五四现代性的文学预演使中国文学进入近代,五四文学真正将中国文学推向现代性阶段,到1949年排斥了多元混杂的现代性模式,确立了超现代的一元现代性模式,一直到1979年这一模式的解体,中国近代文学恰好经历一个循环。而1979年至今的文学则是当下时代的文学,就是与我们同时代的文学,可以称之为中国当代文学。我们认为,这种文学史分期要比传统的三块论更有合理性。

(五) 新撰《中国现代文学史》的特点

根据文化冲突与融会的比较观念，我们以新的历史分期撰写了一部《中国现代文学史》。① 通行的中国现代文学教材是现代文学史是一块，现代文学作品选是一块，本教材将文学史的描述与文本的细读相结合，加大对诗歌的引用与对小说故事情节、人物描写与结构安排的讲述，并在讲述中多引原文。在此过程中才体会到鲁迅的《中国小说史略》在讲述情节与引证原文之后才寥寥数语加以点评的苦心。夏志清曾贬低鲁迅撰写小说史的方法，其实受过学院教育并有理论修养的学者不读作品就横加议论太容易，但写出的文学史的客观性就大打折扣。这就是夏志清的《中国现代小说史》虽标新立异但终究不如鲁迅的《中国小说史略》更为经典的原因之一。追求文学史的客观性，在当下中西文化都陷入价值危机、阐释的任意性得到肯定而一切历史都被说成是当代史的语境中是一种绝望的抗战，但我们还是努力向着客观性的方向走。试举一例：我们在分析鲁迅与周扬论争及其对文学史产生的重大影响时，对周扬评价不高；但在讲述歌剧《白毛女》的作者时却强调了周扬的作用，因为这是客观事实，周扬对于歌剧《白毛女》所发挥的作用要超过现在那些集体项目的主编。

如果说文学史的客观性是我们的第一追求，那么，以比较文学的视野理清文学史发展的脉络就是第二追求。比较文学在西方刚刚产生时，被看成是文学史的一个分支，只不过是国际文学的关系史；中国文学的现代正是打破封闭与自我封闭而融入世界文学的过程。从这个意义上，比较文学的方法对于中国现代文学史的写作不是外加的，而

---

① 高旭东：《中国现代文学史》，北京师范大学出版社即将出版。

是存在本身。过去我们强调文学模仿生活，文学史往往是先写时代，然后再写文学对时代的表现与再现。然而中外文学的发展表明，文学确实模仿生活，但文学更模仿文学。没有从宋代市民土壤上产生的话本小说，曹雪芹可能就会以诗词的文学形式表现大家族的败落及其伤感；没有西方戏剧的影响，曹禺就可能以戏曲的形式表现周萍一家的悲剧。由于现代文学的西化倾向，我们在描述其发展流变的脉络时，除了像鲁迅的小说史那样追溯前代文学的影响，更要注意来自西方的影响及其在中国发生的文化变异。我们描述了鲁迅所受中外文学的影响以及七月派、萧红等很多现代作家所受鲁迅的影响，也描述了张爱玲以传统小说技巧表现现代意识的文体创新与所受张天翼的影响。值得注意的是，影响与变异往往同时存在，现代中国的诗意小说可以追溯到鲁迅的《社戏》与《朝花夕拾》，但是，当废名、沈从文、汪曾祺与孙犁等人将诗意小说加以发展时，又是对鲁迅小说传统的背离。在描述现代文学的发展脉络时我们还注意到，新的文体产生并不意味着旧的文体的消亡，受西方影响的新诗出现了，并不意味着旧体诗的消亡，在鲁迅、郁达夫、老舍、钱锺书与毛泽东等人那里还顽强地显示着活力，毛泽东的《沁园春·咏雪》在重庆发表时所发生的巨大反响是无论哪一首新诗都比不上的，现代文学史对旧体诗只字不提无论如何是说不过去的。话剧的产生也不意味着戏曲的消亡，现代中国对世界戏剧界发生重大影响的恰恰是梅兰芳的京剧。现代中国话剧发达而西方歌剧久久未入的原因，可能与戏曲是一种歌剧有关，《白毛女》最早的谱曲用的正是秦腔曲式，后来在重写中才告别戏曲曲式，但仍受其影响。甚至文体转型最成功的现代小说，也没有将传统小说赶尽杀绝，并在鸳鸯蝴蝶派的小说中吸引市井细民的眼球。抗战期间鸳鸯蝴蝶派与主流文坛发生了对流，张恨水等放弃章回体写出《八十一梦》

等小说，介入到文坛的主流中，而茅盾、林语堂、马烽等作家则以章回体小说服务于抗战。当鸳鸯蝴蝶派等"旧体小说"都进入现代文学史，而鲁迅、毛泽东、钱锺书等人的"旧体诗"被挡在现代文学史外，尤其令人不解。

本教材第三个追求是披沙拣金与扶正祛邪。披沙拣金就是哪些作家该进入文学史，哪些作家不该进入文学史；哪些作家篇幅长一点，哪些作家可以一带而过。扶正祛邪有两个含义：第一是艺术上的，文学史就是要让真正有文学价值的文本多占一点篇幅，让没有多少文学价值的文本少占篇幅，甚至从文学史中消失。本教材专章讨论的作家只有鲁迅，因为鲁迅在中短篇小说、散文诗、杂文、旧体诗与文学史研究五个文学领域都达到了顶尖水平，尤其是《野草》，将现代汉语的表现力提高到一种令人惊叹的境界。本教材的一个基本判断是，专节讨论的作家大部分都具有获得诺贝尔文学奖的艺术实力，专章讨论的鲁迅，就是没有获得诺贝尔奖的托尔斯泰、易卜生、乔伊斯一流的艺术大师。其中，将端木蕻良、路翎、陈白尘与老舍、茅盾、巴金、沈从文、曹禺等一起进行专节讨论，还是会有争议，但是，我们细读《科尔沁旗草原》《财主底儿女们》《燃烧的荒地》与《升官图》，感觉它们列入世界文学也是优秀之作。毛泽东列为专节可能争议更大，但就艺术而论，与古今诗词相比他的诗词应该占一个专节。扶正祛邪的第二层意思是思想上的，在时下价值混乱之际，女大学生居然有了当黄世仁的二奶让大春做情人的论调，此时将《白毛女》的本事、如何进入文学文本以及后来的改编讲清楚，就是必要的。在国内外都出现了将鲁迅与日本人的交往说成是有汉奸嫌疑，而真正与汉奸纠缠不清的张爱玲甚至文化汉奸胡兰成却为人津津乐道，在这种语境中，鲁迅恰恰是当下最需要的。文人可以被抹黑，然而，若是在自己的内心没有道德底线与风骨，则我民族危矣。

　　本教材第四个追求是想撰写一部尽可能没有遗漏的中国现代文学史。从丘逢甲时代，台湾与中国的暂时分离，到杨逵、吴浊流在日本投降后重归祖国怀抱，遗漏了台湾文学的中国现代文学史是不完整的。从赛珍珠的《大地》到林语堂的《京华烟云》，遗漏了流散文学的中国现代文学史也是不完整的。将赛珍珠写入中国现代文学史，我们已在她与臧克家分享的一节中，以三个理由将其列入中国现代文学史。按照国际通例，"流散文学"的原祖籍国与其生活创作的国度都可以将其作品视为本国文学的一部分，赛珍珠获诺贝尔文学奖时具有中国国籍，她在获诺奖前基本上都生活在中国，作品写的是乡土中国的农民，更重要的是她在诺奖授奖时的致辞中认为是中国的小说传统而非美国的小说传统培养了她，也就是说她的作品是中国文化血脉的一部分。我们有什么理由拒斥赛珍珠呢？

　　当然，文学史没有必要定于一尊，将来也会有从不同视角出发撰写的文学史。譬如《汉语现代文学史》，就应该将东南亚国家、美洲国家中在现代用汉语写作的文学作品都囊括进来，否则概念就不周延。而中国现代文学史的写作，如果排除了具有中国国籍的作家用英语或蒙藏等汉语之外的其他语言进行创作的文学作品，概念同样不周延。不可否认，中国现代文学史的主要语言是现代汉语，现代汉语相比于文言文的古代汉语，就语言的精密性而言与西方语言相近，而与西方语言相比还有与文言文相近的灵动模糊之处，尤其是当作家文白混用之时。从中国现代文学的主要家园现代汉语来分析，中国的新文学就是中西文化合璧的产物。任何将现代中国与传统中国等同的文化论断，包括亨廷顿的"文明冲突论"，都是对现代中国的文化误读。不过，"主要"并非全部，一部真正的中国现代文学史不能排斥有艺术价值的文言文文学与旧体诗词；外来的新的文学进来了，传统的旧文学自然会或明或暗地进行抵抗，二者的矛盾才构成了中国现代文学立体复杂的发展结构。如果将现代文学史的撰写范围局限于现代汉语，那么写成的文学史就不是中国现代文学史，而是中国新文学史！就此而言，王瑶先生是高明的，他给自己撰写的排斥文言文文学与旧体诗词的文学史取名为《中国新文学史稿》，而后来的文学史撰写者沿用王瑶先生的撰写体例，却更名为《中国现代文学史》，就造成了名不副实的文学史现象。

现代中国文学西化追求的阶段性及经验教训①

"世纪"这一产生于基督教文化的概念,并不能天然地给文学发展划分阶段。20世纪中国文学的概念,必须上推6年,从甲午战争算起,才具有划分文学历史阶段的意义。从1894年而不是从1901年,中国文学才进入了一个历史新阶段,因此我们采用"现代中国文学"这一概念以示与"中国现代文学"的区别。因为后一个概念已约定俗成地特指从1917年到1949年的文学。那么,"现代"为什么从1894年而不是从1840年开始呢?

虽然西方列强的炮舰在1840年就轰开了中国的国门,但是中国人一直认为西方取胜是由于船坚炮利,即使承认西方的经济乃至政治上的优胜,也仍然坚持西方以实学胜,若论典章文物、礼教道德和文学辞章,还是中国第一。历史上,许许多多的蛮族可以入主中原,但是最终却逃不脱被同化的命运。但是,甲午战争唤醒了沉睡的中国,使中国人认识到要想强国保种,就必须在政治体制乃至文学文化上向西方学习,所以梁启超认为甲午战争具有"唤起吾国四千年之大梦"的意义。严复译介的《天演论》等与梁启超倡导的新小说等,一起在文化与

---

① 本文原载《中国比较文学》2011年第1期。

文学上开启了中国新世纪的曙光。从 1840 年到 1894 年，翻译文学几乎是一个空白；从 1895 年到 1919 年的二十多年间，翻译小说就出现了 2546 种。而翻译小说的出现，又影响了小说创作，刷新了中国文学的观念。从此，在整个现代中国文学中，来自西方的影响以及由西化而导致的本土文化的反动，构成了现代中国文学不同于中国传统文学的特色。所谓"新文学"，就是中国文学由于西方文学的影响而出现的新的文学形态。相比之下，中国传统文学中来自印度的影响在现代则退居到微不足道的地位，尽管现代中国的诗人也受到泰戈尔的影响，然而泰戈尔的诗歌本身就深受西方文学的影响。

现代中国文学的西化追求一直也没有中断过，并且为中国文学从传统向现代的转化发生了巨大的作用。可以说，20 世纪的中国文学比 19 世纪取得了更大的成绩。当中国的唐诗、宋词、元曲和明清小说已经发展到一个相对停滞的时期，是西化给中国文学带来了巨大的活力，出现了像鲁迅、老舍、沈从文、钱锺书、茅盾、艾青、曹禺、端木蕻良、萧红、陈白尘、张天翼、张爱玲、巴金等优秀的作家。因此，在 21 世纪之初，很有必要对现代中国文学西化追求的得失进行整体性的反思。大致来说，现代中国文学的西化追求可以分为这么几个阶段——

从 1894 年到 1917 年，是现代中国文学西化追求的第一个阶段。在这一阶段，影响最大的思想家是严复与康有为。康有为试图扮演孔教之马丁·路德，通过托古改制，用孔教这个大筐子将西方文化的精髓装进来，严复则全面地向国人介绍、引进西方的世界观、伦理学、政治学、法学、经济学、逻辑学等系统的文化成果，为新文学的出现奠定了思想基础。"五四"一代人，无论是陈独秀，还是胡适、鲁迅，都是进化论的信奉者，甚至他们的反传统，也是本着一代有一代文学的进化思想。而严复、梁启超等人"开民智"与"新民德"的"新民"思想所奏响的改造国民性的文学旋律，后来也被五四文学继承下来了。梁启超在积极倡导各种新文体的同时，极力推崇被传统贬低为"小道"的小说的作用，他在《小说与群治之关系》中，把小说的作用提升到"经国之大业"的高度。将不登大雅之堂的闲书视为文学正宗，重视其社会作用，正是现代中国文学西化追求的一种表现形式。在这种文化风气之下，翻译西方小说成为一时之文化风尚，陈独秀、鲁迅等在那时都曾尝试过小说翻译，而影响最大的翻译家则要推林纾，他翻译的《巴黎茶花女遗事》使中国文人感到西方人也有中国人一样的细腻感情与悲欢离合。在文学形式上，裘廷梁等人倡导"白话文为维新之本"，成为后起的胡适倡导白话文文学改良的前驱。与此同时，王国维、鲁迅等人的文学批评，也从开始摆脱传统而走向现代形态。当然，由于鲁迅的超前——《文化偏至论》与《摩罗诗力说》思想上的激进与五四文学的基调完全是吻合的，在这一时期反而彻底被冷落，而没有像梁启超、王国维等人的批评产生巨大的影响。

第二阶段，1917—1927 年，革命比改良应该是更激进的西化形式，只是鲁迅等人所从事的比戊戌变法更为激进的西化追求，被光复旧物的"排满"之声所淹没而没有在文化上得以充分表现。因此，作为"光复旧物"与复辟浪潮的反动，新文化运动以张扬个人主义的伦理革命为核心，试图在彻底颠覆传统文化的前提下整体性地实现文化上的西化，于是各种近现代的西方文学流派，如浪漫主义、现实主义以及形形色色的现代主义流派等纷纷涌入中国。陈独秀以今日庄严灿烂之欧洲为文学的师法对象，胡适以但丁改革文雅的拉丁文为俗语作为白话文挑战文言文的精神渊源，钱玄同甚至要废弃汉字而改用罗马拼音文字，鲁迅则通过对儒道文化传统与国民性的批判，试图给这场激烈的西化与反传统的文学运动赋予实质性的内容。尽管留美的学衡派试图以折中的姿态阻扼这一文学的西化追求方向，使得"国粹"与"西化"并举，但却并没有成功，刚刚出手即被西化的文化巨掌击退。稍后出现的文学研究会与创造社从为人生与为艺术、再现与表现的不同方面，深化了五四文学的西化追求。当然，这些追求不可能一口气将荷马到现代主义的全部西方文学吸收过来，这就出现了两种情况：第一，西化追求者追求的主要是自文艺复兴之后、尤其是浪漫主义之后的西方文学，他们把历时性产生于西方的文学流派，共时性地接受过来，这些流派之间的差异，往往就造就了选择不同流派的中国接受者之间的分歧，许多论战由此产生。第二，西化者往往一人兼容了西方不同的文学流派，因而想在五四文学中寻找与西方文学那样纯然的浪漫主义、现实主义与现代主义，是非常困难的。而且由于中国没有基督教的文化背景，就使得深受传统浸染的中国接受者的文本呈现方式与放送者是大异其趣的。譬如，西方的现代主义是在上帝摇摇欲坠或者已经隐退的语境中的个体存在状态，而中国从孔子亲人事远鬼神以来，正统的儒家就具有相当程度的无神倾向，因而中国出现的现代主义就与西方的有重大的差异。而且，从浪漫主义到现代主义的西方文学，往往是以非理性、反科技的面貌出现的，但是中国接受者向往科学的西化倾向，使之难以呈现这种艺术特征，这才有号称浪漫主义的郭沫若在《女神》中将西方浪漫主义极为仇视的工厂黑烟美化成"二十世纪的黑牡丹"！

五四文学在戊戌变法以来的西化成果基础上，开辟了中国新文学的范式：以吸取最能适应中国现实需求的外来文学批判传统文学的方式，展示新文学的姿态。不过，这种新文学是中西文化合璧的结果：它不同于西方文学之处，就是没有看取基督教，而是执著地吸取西方激烈批判基督教的文化成果，他们没有看到，即使是西方反叛基督教的文学，往往也是基督教文化的结果；它不同于中国传统文学之处，就在于其西化的精神——以个人主义的自由伦理对中国传统的礼教与家族制度进行了价值颠覆。

第三阶段，1927—1949年，一部分激进文人试图将五四文学整体的西化追求，扭转为仅仅西化西方的一种新的文化形式，并且这种强调团体性与合群性的文化形式是以反西方主流传统的激进面目出现的。孙中山本人在西化上，前期强调个人自由，向往欧美式的民主共和国；后期在联俄联共的旗帜下更强调国家与民族的自由，认为中国人传统上就已经是自由的，处于一盘散沙状态，因而更需要的是团体的组织。孙中山左的一面，被共产党发挥得淋漓尽致。尤其是1927年的大革命失败之后，新文学的西化追求也在发生着由西（欧美）向东（苏联与东欧——虽然这个"东"在中国人的心目中仍然属于"西"的范畴）的转向，这就是所谓"从文学革命到革命文学"，双方论战并重新整合之后，基本上并存下来了，就是摄取苏联营养的"革命文学"逐渐在文坛上占据主流，而摄取西方文化的五四文学的个人自由传统也仍在显示活力，并且在老舍、巴金等作家那里结出了丰硕的果实。30年代的中国文坛虽然左翼具有很大势力，但是文学摄取欧美文学的传统也占有很大地盘，在西化特征上呈现出一种百花齐放的局面。抗战使得西化追求的天平进一步向合群的文化形式倾斜，并且在解放区被以土洋结合的文学形式固定了下来。尽管如此，在国统区，五四文学的西化追求在胡风、路翎、巴金以及九叶诗人等多数文人中仍然具有顽强的生命力。与此同时，一直偏离五四传统的摄取西方文学的方式，即将西化与国粹并举的钱锺书、张爱玲等人，又在文坛上闪现异彩。

第四阶段，1949—1978年，其特点是从延安开始的解放区文学开始全面、更加自信地在全国占据了统治地位，使得摄取苏联与东欧文学成为压倒一切的接受模式。不是茅盾、老舍、巴金，而是周扬，成为这一接受模式的发言人。这是因为，尽管茅盾、老舍、巴金等人已经开始推崇"苏联革命文学"，但是他们很难与五四文学划清界限，于是在这些五四人物的笔下，往往自觉不自觉地流露出对于五四文学那种摄取西方文学的方式的钟情，而且也总能够从"革命导师"的经典中找到根据，使别人无可奈何，而周扬则能够自觉地以苏联文学为师，与五四文学画出明显的界限，从陕北的解放区文学一直延续到中华人民共和国建立之后。从20世纪60年代开始，与苏联的反目又由经典马列的中国化所取代，文学形式开始了"革命普遍真理"与"中国本土形式"相结合的过程，于是而有更加红色的"革命小说"、"革命诗歌"、"革命样板戏"。因此，将"文革"文学说成是中国传统文化的结果（国内学人），或者将"文革"文学说成是"五四"反传统的结果，都是相当不公平的。可以说，"文革"文学既背离了五四文学所向往的个性自由的西方主流传统，又背离了"发乎情，止乎礼义"的中国中和的主流文化传统，像"文革"那样走火入魔的迷狂，在注重实用理性的中国传统中是找不到的，而只能到基督教传统中去寻找。而"文革"中对人的"神"与"魔"的二分，"早请示"、"晚汇报"，饭前会前上课前对"救星"的祈祷式的祝福，都带有浓重的宗教色彩。样板戏中那种"无性"的禁欲主义与风化主义，都可以从中世纪的西方基督教文化中找到源头。从这个意义上，将"文革"的精神渊源说成是一昧在"文革"中受到激烈批判的以孔夫子为代表的中国文化传统，是相当不公平的。[①] 因

[①] 高旭东：《对文革文学的文化反思》，原载《东方文化》2000年第5期，后被选入《2000年年度论文选》以及中国人民大学复印资料《中国现当代文学研究》等多种书刊。

此,尽管"反帝"切断了与当下的西方文学的精神联系,"反修"切断了与当下苏联与东欧文学的精神联系,但是,"文革"对经典马克思主义这一基督教文化的现代成果的极度推崇,使之具有相当的基督教文化色彩——尽管马克思主义反对基督教,但无论是信仰模式,还是末世论模式(基督教有伊甸园、现世与经过末日审判的天堂,马克思主义有原始社会、有阶级社会与经过无产阶级专政的共产主义),都具有极大的相似之处。当然,这不是说,"文革"在"破四旧"的"反封建"口号之下完全切断了与中国的正统文化的联系,不过这种精神联系更偏重于民间文化的一面。

第五阶段,1979年至今的当代。不过,从1979年到1989年的第一个十年,经过思想解放运动,中国又在一定意义上恢复了五四文学崇尚个人自由的西化追求,对个性解放、文化启蒙等五四文学的话题发生了浓厚的兴趣。一时间,西方的各种文学流派,甚至是在现代中国被忽视了的流派,都纷纷在中国登陆。不过,现代中国文学的西化有一个桥梁与窗口,就是很多文学流派与理论学说是绕道日本而来,从五四文学到马克思主义的传播,无不如此。但是在1979年之后,由于日本侵华并且战败,这种桥梁与窗口的作用消失了,相反,红色中国更多地给予日本以极大的影响。而且从1979年之后,西化的追求也不限于西方文学,而是包含了拉美文学。而拉美文学对本民族神话的重构,使得中国作家也转身寻找民族文学的根,这就使得当代中国文学中某种意义上的回归传统与现代的反传统呈现出不同的文化景观。从20世纪90年代开始,文坛的西化追求又发生了转折,即一方面是不得不安于鸡毛蒜皮的琐碎现状的无奈叹息与寻求性刺激,一方面是现实中遭遇挫折的颠覆活动进入了话语领域,并在解构主义的旗帜下对所有的文化价值进行了全面的颠覆,甚至五四文学传统的个性自由与人道主义，都遭到了否定。而世纪末对后殖民主义文学批评的引进，与中国本土的国学热合流，更是给现代中国文学的西化追求泼了一瓢凉水。尽管如此，摄取异域文学以丰富中国文学的努力仍然在延续着。

现当代中国文学的西化追求，即使在追逐最新时髦的前沿文人那里，也无法与西方达到同步。事实上，每一个时期的文学潮流主要还是与那个时期的文化需求有关。譬如五四文学革命发生的时候，正是西方现代主义勃兴的时候，但是现代主义那种荒诞感、沦丧感与虚无感，不可能得到一个旨在振兴民族的文化运动的认同，于是五四文学的主潮并非现代主义的，而是追求个人自由的浪漫主义以及顾及天下兴亡而要睁了眼睛向外看的现实主义，并且与中国传统文人那种强烈的使命感结合在一起。主导现代西方文坛的乔伊斯、T. S. 艾略特、康拉德、卡夫卡、福克纳等文学大师，在现代中国几乎都默默无闻（仅仅在一部分自由派文人那里曾经被介绍），直到 80 年代才受到中国作家的普遍关注。而且由于中西文化的差异，一些文学深层的感性趣味是无法移植的，譬如西方文学的基督精神，以及因"上帝之死"而产生的孤苦焦虑的荒诞感、沉沦感和荒原感。中国作家学西方的现代主义为什么总是学不像？因为西方现代主义巨大的荒诞感是基于"上帝之死"，而在一个不以宗教为根基而以伦理和审美为根柢的文化里，我们也很难体验作为宗教文化支柱的上帝死后的可怖语境。

从现代中国文学不同文体所取得的成就来看，西化与传统文学衔接得好，可以取得更好的成绩，反之则难以有所成就。新文学的小说在西化的同时，也是对《儒林外史》《红楼梦》等传统小说的继承，并且承传了中国正宗诗文的抒情传统与悲剧精神，所以取得的成就最大。比较而言，新诗和话剧与中国的传统诗歌和戏曲几乎就是不同的文体，在中国本土几乎没有生根的土壤，因而取得的成就也相对较小。以诗歌为例，白话的精确细密对于传统诗歌的含蓄优美是一种杀伤，而对于西方诗歌所蕴涵的深刻哲理也没有学过来。因此，怎样使西化追求在中国的文化传统里找到蓬勃发展的土壤，是21世纪的中国文学所要处理的课题。

现代中国文学西化追求的最大教训是，不能将一时一地产生的西方文学作为西方文学的整体加以模仿，即使是最新的西方文学的成果也不行。从"革命文学"的倡导到"文化大革命"的教训应该吸取，当年那可是作为西方最新的超越所有文化的文学加以膜拜的。现在一些人追逐西方的什么后现代主义等最新最时髦的文学流派，难道就不会重蹈覆辙吗？西方文化从希腊的儿童年代，经过中古少年的刻板学习，在走出中世纪之后经历了从莎士比亚到浪漫主义的青春的觉醒，走向了现实主义和现代主义，这是不是意味着西方文化的成熟呢？如果是，那么后现代主义不是西方文化没落的征兆吗？否则为什么斯宾格勒认为西方文化的高峰是康德和歌德呢？难道西方现在的"热门音乐"就比莫扎特、贝多芬"进步"吗？因此最新即最好的逻辑一定要打破，这尤其应该是21世纪中国文学西化的追求。在这方面，吴宓、梁实秋等人的文化保守主义主张并非全然没有价值。

当然，抛开当下此刻的文学而专注西方的古典文学也未必高明。中国在20世纪的一个相当的时期，因为马克思等盛赞过希腊神话与莎士比亚等许多古典作家及其作品，所以马克思之前的西方文学就是有价值的，马克思之后的西方文学就是颓废的无价值的，似乎西方人在马克思之前是非常聪明的，在马克思之后就变得智力低下、道德沦丧。即使是从马克思主义的辩证法而言，这也是违背历史发展的文学观。但是，这种文学观在相当长的时间统治中国的文坛，以至于使得中国当下文学不但背离了中国古代的抒情诗传统，而且也背离了西方现代的主体表现的潮流，向着亚里士多德的摹仿与再现的古典理论进行膜拜，以至于在相当长的时间内，"再现"、"反映"、"社会"、"历史"、"镜子"、"百科全书"等词汇在批评中占据主导位置。

对现代中国文学西化追求的反思，可以看到，中国作家必须立足中国文化的土壤，对西方文学资源进行整体性的观照，才可能少走弯路，并在中西文化的融合中，写出无愧于时代和民族的伟大作品。而且 21 世纪随着中国的崛起，从 1840 年以来中国人梦寐以求的中华民族的伟大复兴可能在这一个世纪得以实现。从这个意义上说，21 世纪的中国文学在西化的同时，更应该建立中国文学的主体性，从而与 20 世纪的中国文学有所不同。

对现代中国文学一味趋新之教训的反思[①]

在世纪的转折点上,以康有为、严复等人为代表的维新运动在文化上开启了新世纪的曙光,在文学上梁启超以其"新民"的"新文体"及小说《新中国未来记》为新世纪的新文学拉开了帷幕。世纪初在日本热心文艺运动的鲁迅,为其唤醒国民的杂志取名为《新生》,尽管该杂志未出刊就胎死腹中,但其趋新之意赫然。正是在这种语境下,从1917年开始发起了一场席卷全国知识界的文化与文学革命运动的杂志取名《新青年》,就是顺理成章的事情。而响应《新青年》的北大青年学生所办的杂志则取名为《新潮》。

在这种破旧趋新的语境中,有价值的文化被称为"新文化",无价值的文化被称为"旧文化";好的文学被称为"新文学",坏的文学被称为"旧文学"。"新"代表有价值的、进步的、积极进取的、朝气蓬勃的;"旧"代表无价值的、倒退的、保守的、日暮西山的。这种新旧分野表现在文体上,就有了"新诗"与"旧诗"之分、"新剧"与"旧戏"

[①] 本文原载《扬州大学学报》2012年第6期,原题为《对20世纪中国文学一味趋新之教训的反思》。

之分。小说的新旧之分虽然不像新诗与戏剧那样明显,然而以鲁迅为代表的五四小说大胆吸取西方小说的技巧,在《狂人日记》中以现代眼光将几千年的传统归结为"吃人",明显地站在破旧趋新的文化立场上。因此,尽管白话小说从宋代开始就出现在勾栏瓦舍说话人的底本中,但五四白话小说仍然与其画出了新旧分明的界限。尽管鲁迅经常挣扎在传统与现代之间、新与旧之间,但在明确意识层面上,在具有导向性的文章中,鲁迅几乎是毫不犹豫地选择了破旧趋新。直到1934年鲁迅以严复、章太炎、刘半农等人为例,指出他们的有名有价值在于趋时而不是后来的复古,将破旧趋势的价值恒定化。[①]鲁迅、文学研究会是如此,稍后加盟文坛的创造社又把破旧趋新推向了极端。五四文学推崇个性,创造社就把个性自由推向极端而歌颂开辟洪荒的大我——这个大我不是后来与小我相对的群体概念,而是个性的无限膨胀,就像郭沫若诗中的"天狗"。而且文坛出现了比个性解放更新的文化思潮,创造社马上就转换立场。郭沫若声称"不怕他昨天还是资产阶级,只要他今天受了无产阶级精神的洗礼,那他所做的作品也就是普罗列塔利亚的文艺"[②]。

郭沫若作为一个贯穿20世纪百年中近80年的人物,可以说把"趋新"这一点表现得出神入化。他很早就喜欢梁启超的"新文体",五四新潮一来,他在《女神》中仿佛站在了五四新潮的浪尖。后来自以为掌握了比五四新潮更新的马列新式武器的郭沫若,将鲁迅的"尊重籍贯,尊重家族,尊重年纪",替弟弟说话,看成是落伍于时代的"封

---

① 鲁迅:《趋时和复古》,《鲁迅全集》第5卷,第535—536页。
② 麦克昂(郭沫若):《桌子的跳舞》,《创造月刊》第一卷第十一期,1928年5月1日。

建余孽"和"二重的反革命"。①但是当鲁迅"趋新"而成为"左联"的精神领袖、中国共产党在鲁迅逝世时给予鲁迅无以复加的崇高评价的时候,郭沫若又喊出了"大哉鲁迅"、开辟文艺新纪元的中国民族近代的"一个杰作"等赞美之词。"建国"之后随着对鲁迅的"高贵悬置"与神化,郭沫若又在根据新的形势"修改鲁迅"。在郭沫若看来,鲁迅晚年说他将毛泽东等人"引为同志",就是鲁迅的"入党申请书",而毛泽东说鲁迅是共产主义战士,"可以认为鲁迅的申请书已经得到了党的批准"。"鲁迅就是始终听党的话,无条件地拥护党的政策、歌颂党,特别是热烈信仰毛主席。"郭沫若还设想,如果鲁迅活着该多好,他一定会站在"文化大革命"的前列,带领我们前进。②这种"趋新"的极端化,就是"文化大革命"到来的时候,郭沫若认为自己以前所作的几百万字一点价值没有,可以全部烧掉,并且向"最革命"的文艺旗手江青敬献赞美诗,认为江青是他"学习的好榜样"。1976年5月12日郭沫若在《水调歌头·庆祝无产阶级文化大革命十周年》中还站在江青们的立场上"批邓反击右倾翻案风",以"十载春风化雨,喜见山花烂漫"的诗句赞美"文革";但仅仅过了5个多月,郭沫若在《水调歌头·粉碎四人帮》中,又将江青说成是"迫害红太阳"的"精生白骨"……

"趋新"到了这种地步,就是最喜欢"趋新"与"求新"的人,也不得不反思一味"趋新"的负面效应。我们的中国现代史与现代文学史的专家学者,尽管有胡适与鲁迅之争以及鲁迅与郭沫若之争的不同立场,但对新文化与新文学的巨大价值的肯定往往是一致的。这种肯定的许

---

① 杜荃(郭沫若):《文艺战线上的封建余孽》,《创造月刊》第二卷第一期,1928年8月10日。
② 郭沫若:《纪念鲁迅的造反精神》,《人民日报》1966年11月1日。

多方面笔者也是认同的，因为现代是从传统脱胎而来，当追求现代的中国人挣脱传统束缚的时候，只能采取一种破旧趋新的立场而不可能是一种保守复古的姿态。然而，按照康德在《什么是启蒙》中的观点，人类的成熟状态就是运用理性对于一切进行拷问；而福柯在《什么是启蒙》中则将从波德莱尔开始的对现代性的批判性惶惑与追问，纳入人类成熟状态的启蒙中。因此，20世纪中国倍加推崇的"趋新"与"求新"，也该纳入我们的批判性视野。鉴于以前的研究对"趋新"与"求新"的积极意义与价值阐发得非常充分，笔者在已出版的论著中也对"新"的价值给予了充分的肯定[①]，那么，下面我们将重点反思"趋新"与"求新"的教训与负面效应。

从文化与文学发展的角度看，20世纪一味"趋新"的结果是悲剧性的。20世纪的开端是以义和团对康梁维新运动的文化反动而拉开帷幕的。然而很快，"孙黄"的革命运动就超越了"康梁"的维新变法而成为更新的革新形态：如果说"康梁"是君主立宪，那么"孙黄"则是更新更进步的民主共和。但是孙中山建立的亚洲第一个民主共和国，很快就被袁世凯葬送，中国陷入军阀混战之中，民生状况甚至还不如君主专制的晚清。于是，中国的知识分子就在反思，为什么现实中的革命很快就失败了呢？陈独秀反思的结果是："其大部分，则为盘踞吾人精神界根深蒂固之伦理道德文学艺术诸端，莫不黑幕层张，垢污深积……此单独政治革命所以于吾之社会，不生若何变化，不收若何效果也。"因而陈独秀以《新青年》发起了以伦理道德的价值革命与文学

---

① 详见高旭东《五四文学与中国文学传统》，山东大学出版社，2000年；《比较文学与20世纪中国文学》，人民文学出版社，2002年以及从1994年到2011年鲁迅研究专著6部。

艺术的审美革命为主导的新文化运动，试图为民主共和在中国的真正实现扫清道路。在陈独秀看来，"今日庄严灿烂之欧洲，何自而来乎？曰，革命之赐也。欧语所谓革命者，为革故更新之义"。① 这种反思激起了众多知识分子的共鸣，很快在陈独秀周围聚集了胡适、钱玄同、刘半农、李大钊、鲁迅、周作人等一批著名的知识分子，使新文化运动在全国知识界轰轰烈烈地掀了起来。

五四新文化运动倡导科学与民主的文化精神，并以整体性的西化与反传统的姿态显示了五四文化新潮的激进性。而文化革命与文学革命的核心精神则是以伦理道德革命为特征的个性解放，崇尚个性主义与人道主义。因此，陈独秀倡导"以个人本位主义易家族本位主义"，胡适推崇"易卜生主义"，鲁迅提倡以"个人的自大"反对"合群的自大"，周作人赞赏"个人主义的人间本位主义"。甚至已经开始对马列主义感兴趣的李大钊，仍然肯定具有个人色彩的人道主义。然而，较之以个性自由为特征的资本主义文化，强调集体性的共产主义是一种更新潮的文化。马列主义的社会历史发展观，就是以共产主义取代资本主义而实现人类的彻底解放。因此，随着十月革命的爆发，李大钊传播的马列主义很快感染了以"趋新"为时尚的陈独秀，《新青年》后来变成了中国共产党的机关刊物。虽然陈独秀的转变对五四文坛影响并不很大，因为受新文化运动洗礼而产生的文学研究会与创造社，都推崇个性自由而没有共产主义色彩。但是在大革命失败后，在后起的留日文人冯乃超、李初梨、彭康、朱镜我等将五四文学的西化方向由西欧转向更为"新潮"的东欧和俄国之后，创造社的郭沫若、成仿吾等老作家纷纷转向，在一系列论战之后，连鲁迅也加入到"从文学革命

---

① 陈独秀：《文学革命论》，《独秀文存》，安徽人民出版社，1987年，第95页。

到革命文学"的转变中,从而使整个文坛的西化方向发生了转折。从"左联"到延安,在更新更进步的旗帜下聚集了一大批追求新潮的文学青年。甚至想继承五四文学传统而挑战左翼文学主流的胡风与舒芜,也不得以左翼最新发展到约瑟夫(斯大林)阶段为理论根据。其他因素除外,中国共产党最终战胜国民党,与毛泽东一直高举最新潮的革命旗帜而蒋介石却反对五四新潮而张扬儒家的礼义廉耻不无关系。

"新中国"建立后,批胡适、批《武训传》、批旧的《红楼梦》研究,"趋新"在文化与文学上一浪高过一浪。尤其是在经济上超英赶美失败而导致了饥荒之后,文化与文学上的求新就显得更为迫切。事实上,从《在延安文艺座谈会上的讲话》开始,毛泽东就在逐渐缔造一种与左翼文学略有不同的更新的"红色文学",随着延安文学从西北一隅而扩展到整个中国大陆,这种文化新趋向就越来越明显。"文化大革命"则把这种红色文学推向了极端,它要求彻底抛弃自由主义与个人主义,不能有丝毫的私心杂念,在道德忏悔与个人反省中将一己之水融入廓然大公的红色海洋之中。"文革"时期为数甚少的小说、诗歌以及"样板戏"等都表现了这一特点。这种红色文学传统是左翼文学的极端发展,但是却比左翼文学更加反自由反个人,要求"毫不利己专门利人","狠批私字一闪念"。因此,在这种带有中世纪宗教圣化与理学色彩的道德纯化面前,此前鲁迅除外的全部左翼文学文本几乎都被打成了"毒草"。"左联"作家那些带有人道色彩的作品自不必说,甚至李六如展现革命历史的《六十年的变迁》、杨沫厌弃个人主义而投奔革命的《青春之歌》等小说,都被批判为"毒草"。而这一切,都是在"彻底砸烂旧世界"的"破旧立新"旗帜下进行的。值得注意的是,同是以"新"标榜,梁启超、陈独秀、胡适是以张扬个人自由拉开世纪初文化的新的帷幕的,而"文革"则将个人自由看成是必欲绞杀的毒蛇猛兽。

在20世纪70年代末"彻底否定文化大革命"之后,很多人以"文化沙漠"、"文化专制"等词批判"文革",然而却没有人从一味趋新的角度来反思"文革"文学,没有人留意"新"的负面效应。相反,一种"五四式"的趋新又在文坛隐现,即以追逐西方新潮是趋,于是,被"文革"的封闭所忽略的20世纪西方文学新潮又匆匆在中国文坛演示了一遍。如果说"文革"导致的文化灾难以其真诚性是以悲剧形式面世的,那么,新时期之后的趋新所遇到的尴尬却是以喜剧形式出现的。20世纪末,中国文坛被两种西方的文化与文学思潮所吸引,一种是以"东方学"为标志的后殖民主义,这股思潮使很多人感到近代以来一味趋新西化所带来的中国主体的"失语"文化现象,这使一些以介绍西方最新思潮就以为掌握了权力话语的人很尴尬。另一种颇为吸引人的文学思潮是生态文学与批评,由于新潮批评家的介绍,一时间梭罗(H. D. Thoreau)的"瓦尔登湖"成为人们向往的自然乐园。然而,生态灾难正是西方将酣睡的中国强迫拖入现代世界而导致的,以天人合一为指归的中国传统文化一个显著的特点就是充满生态智慧,不但"道法自然"的老子与自然主义的庄子具有取之不尽的生态智慧;就是文明的维护者孔子,也具有人与自然协调共存的生态智慧。近代以来,中国那些西化的诸贤一直指责中国没有悲剧,西方生态批评家米克(J. W. Meeker)也认为悲剧向来就是西方文化的独特发明,然而米克却认为悲剧文化带给我们的正是生态灾难,因为悲剧让人从自然的怀抱中脱离,以主体的悲壮与自然对立冲突,甚至不惜以自身的毁灭来证明主宰自然的强力意志,所以米克认为要免除生态灾难,就应该以喜剧的存在方式取代悲剧的存在方式。而朱光潜在《悲剧心理学》中对中国上千种杂剧的考察,发现几乎都是喜剧,没有一种能够真正称得上是悲剧的。从这个意义上说,陶渊明、王维等诗人笔下的山水田园比梭罗笔下的"瓦尔登湖"更得自然的真意。

　　从文化一元与多元的关系进行考察，一味趋新很容易以"新"排除其他文学形态，从而导向一元化的文化专制。当然，在五四新文化运动中，西方形形色色的文学流派都涌入中国，造成了各种文学新葩的多元共存的局面。因此，尽管在这一时期胡适的实用主义与鲁迅的尼采主义差异很大，文学研究会与创造社之间也有纷争，但都能共存于新文学的共同体中。然而，后起的"革命文学"却是以"唯我独新"排斥异己的姿态出现的，甚至鲁迅、茅盾都以其落伍的文学情调而遭到批判。稍后出现的"左联"延续了这种"唯我独新"排斥异己的传统，左翼文人先后展开了对"民族主义文学"的批判、对"自由人"和"第三种人"的批判，弄得很多文人抱怨在"左联"的排斥与批判之下，不敢轻易创作。到"左联"后期鲁迅都讨厌这种以排斥别人为业而自己不创作的现象，以"文人无文"讽刺那些抓到一面新旗帜就以为出人头地"以鸣鞭为唯一业绩"的"奴隶总管"，他甚至劝告萧军等作家不要加入"左联"。不过，"左联"这种"唯我独新"排斥异己的做法，随着周扬在延安得到政权的支持以及新中国建立后全国变成了大延安而得到了普及，其他各家各派逐渐在文坛上消失了：沈从文吓得差点自杀，钱锺书完全放弃文学创作而转入古典文学的学术研究，张爱玲逃亡香港及美国……而随着挑战周扬权威的胡风等人被清洗以及反右派运动，周扬的权威达到了巅峰，然而此时周扬的末日也到了，因为他还不够新！所以"文革"以打倒周扬等"四条汉子"而拉开帷幕，在这次史无前例的大破旧大立新的"文化大革命"中，除了高尔基、鲁迅等极个别的作家，此前几乎所有的文学都被宣布为"封资修"的"黑货"。"文革"有三反：反帝割断了与西方国家的文学关系，反修割断了与苏联、东欧国家的文学关系，反封建割断了与中国传统文学的关系，有评论家戏称"文革"文学是"八个样板戏"走在《金光大道》上。因此，这种"我花开后百花杀"的"唯我独新"所导致的文化结果是很可怕的，使"文化大革命"变成了"大革文化命"。直到历史进入改革开放的新时期，文坛才又恢复了多元文化共存的局面。

　　从文学史撰写的角度看，一味趋新容易造成文学史的单向度与单一化，而不能将文学史复杂多变的立体运行画面呈现出来。其实，王瑶先生最早撰写的是"中国新文学史"，王瑶先生的实事求是在于，在20世纪上半叶这一时间段内，他撰写的仅仅是"新文学史"，至于这个时间段的其他文学，他不予考虑；或者别人也可以撰写他种文学史。但是，后来出版的一些冠名"中国现代文学史"的，却仍是"新文学史"，只是在讨论问题的时候侧重点略有不同，或者比王瑶先生的文学史更详尽。这就有悖文学史家的客观性了，因为在20世纪上半叶，除了新文学，还有偏于传统的文学、民间文学以及中间派的文学。从文学史的运行结构上看，西方文学作为一种新的文学形态进入中国之后，必然激起与中国文学传统的各种复杂纠葛，中国文化的深层语法又会暗暗地对来自西方的文学新词汇加以变异，由此造成了一种动态复杂的运动结构。从中仅仅抽取出新文学的发展，就会陷入片面，甚至新文学自身的演变也很难解释清楚。而且以"新文学史"取代"现代文学史"，必然会以"新"及其衍生的进步与革命等取代对作品艺术性的评价。于是在我们的中国现代文学史中，钱锺书、张爱玲等人艺术性很高的杰作可以只字不提，而蒋光慈粗造的速写式小说《短裤党》却获得较大篇幅的讨论。这样一来，一部现代文学史就不但写成了新文学史，而且写成了左翼文学史。直到20世纪70年代末的改革开放之后，一些学者才开始质疑那种惟新是趋的文学史模式，在讨论鲁迅、郭沫若、茅盾、巴金、老舍、曹禺等作家之外，钱锺书、沈从文、张爱玲等作家也获得了较大篇幅的讨论,而介于新文学与旧文学、文人文学与市民文学之间的鸳鸯蝴蝶派的作品也得到了研究,甚至被斥为给法西斯张目的"战国策派"的文本也得到了讨论。一种颠覆一味趋新的多元共存的文学史格局正在形成。

事实上,早在20世纪20年代,吴宓、梁实秋等人就对新文化的一味趋新提出了质疑。吴宓与梁实秋先后毕业于清华并赴美国留学,都在哈佛大学接受了批判现代文明的白璧德的新人文主义教育,回国后都对新文化的趋新提出了严厉的批评。吴宓认为人文与自然科学不同,越新就越好,新文化运动的求新与破坏无益于中国的文化建设,而且在致力于调和中西文化的吴宓看来,中西文化绝不像新文化运动宣扬的那样对立冲突势不两立:"西洋真正之文化与吾国之国粹,实多相互发明、相互裨益之处,甚可兼收并蓄,相得益彰,诚能保存国粹,而又昌明欧化,融会贯通,则学术文章必多奇光异彩。"①也就是说,吴宓只是反对一味趋新,而并不反对将西方的新知融化到中国文化的机体之中,用吴宓的话说就是"昌明国粹,融化新知",翻译成白话文就是弘扬中国的传统文化,将西方文化的新知融汇进来。然而吴宓的主张一发表,就被当作复古保守的对象遭到了新文化统一体的联合围攻。梁实秋在很多观念上与吴宓相似,但他与吴宓一直以文言文写作而与新文学对立不同,在出国前梁实秋就与闻一多一起以新诗唱和,后来也是以白话文来评判新文学。在1926年所作的《现代中国文学之浪漫的趋势》一文中,梁实秋对不到十年的新文学进行了批评,认为新文学的整体特征就是以求新求异、情感宣泄与印象主义构成的"浪漫的混乱"。他彻底颠覆了以"新"与"旧"作为评判文学价值的尺度,认为

---

① 吴宓:《论新文化运动》,《学衡》第4期,中华书局,1922年。

"文学并无新旧可分,只有中外可辨"①,因为他的古典主义文学立场使他特别警惕求新求异的负面效应。梁实秋对新文学的批评引来了鲁迅、郁达夫等人的激烈批判,后来又与左翼文学对立而被戴上了一顶"丧家的资本家的乏走狗"的帽子,与现代文坛的主流无缘。直到20世纪末,人们才发现,梁实秋那些追求恒定人性的小品,较之文坛主流跟随着时代的变化而趋新的散文,反而显出较强的艺术魅力与永久性;而吴宓、梁实秋等人反对一味趋新的保守主义文化价值也逐渐被人所认识。别的且不说,吴宓在"文革"中所显示的倔强的中国文化的传统人格就比那些趋新的随风倒的人可贵,而他对发生"文革"的原因的反思也值得我们重视。

最后,我们反思一下20世纪中国文学趋新求新的文化来源。西方文化当然拥有趋新求新的传统,尤其是从文艺复兴之后,西方的发展与进步真是日新月异。然而,自两次世界大战之后,自斯宾格勒的《西方的没落》出版之后,人们已经开始反省"新"与"进步"的负面价值以及保守主义的文化价值。另一方面,20世纪中国所形成的"趋新"传统,除了西方的影响,也可以在中国传统文化中找到遗传基因。中国文化传统虽然有保守好古的一面,但也有"趋新"与"求新"的一面。《易传》就有"日新之谓盛德"之言,孔子被孟子称为"圣之时者也",鲁迅说"倘翻成现代语,除了'摩登圣人'实在也没有别的法"②。后世诗歌中充满了破旧趋新的词句:"古歌旧曲君休听,听取新翻杨柳枝"(白居易);"请君莫奏前朝曲,听唱新番杨柳枝"(刘禹锡);"千门万

---

① 梁实秋:《现代中国文学之浪漫的趋势》,《梁实秋文集》第1卷,鹭江出版社,2002年,第35页。
② 鲁迅:《在现代中国的孔夫子》,《鲁迅全集》第6卷,第315页。

户曈曈日，总把新桃换旧符"（王安石）；"满眼生机转化钧，天工人巧日争新。预支五百年新意，到了千年又觉陈"（赵翼）。由于中国没有宗教信仰的传统，而是以务实的人生经验处理问题，因而中国人对新的事物很少一味排斥，当改朝换代之后，那些固守前朝信条的人往往被贬之为"遗老遗少"。中国从来没有宗教战争，对于来自印度的佛教也能够宽容以待，甚至不远万里"西天取经"。正是在这种文化传统之下，中国人没有像以色列人那样，即使国破家亡也执著地信仰犹太教，也没有像穆斯林那样，即使基督徒千方百计地归化也难以使其改宗，而是在列强的压迫与民族的危机之时放弃了几千年的文化传统，转而以西方文化为新文化，以西方文学为新文学的师法对象，从而开启了20世纪中国文化与文学趋新求新的传统。

然而，当这种破旧立新的传统最终导致了文化专制的时候，人们不能不反思一味趋新所带来的负面效应。事实上，当美籍华裔学者林毓生在"文革"之后提出"比慢"的命题时，当李泽厚假设当年戊戌变法成功中国早就走上了富强的现代化国家时，就已经暗含着对20世纪中国文化一味趋新的批判反省。21世纪的中国正在世界上崛起，我们应该汲取20世纪一味趋新的教训，在文化与文学上追求实质性的进步；而不是一味趋新，甚至新来新去新到旧的怀抱中。

第二部分

比较文学与中国文体的现代转型

悲剧精神在中国现代文体转型中的错位[①]

自胡适、鲁迅批判中国文学的大团圆而提倡悲剧精神之后,很多人都认为中国传统文学缺乏悲剧精神,李泽厚也将中国文化称之为"乐感文化",然而,钱锺书在《诗可以怨》中却发现了中国文学一以贯之对悲剧精神的推崇。如果说中国正宗文体的诗歌具有悲剧精神,而小说戏曲充满乐观的团圆精神,那么,作为促使中国诗歌和小说发生现代转型的胡适、鲁迅,是怎样对待中国文学传统的悲剧精神与团圆精神的?"五四"先驱者对中国文学传统缺乏悲剧精神的批判是否无的放矢,而悲剧精神在诗歌与小说的现代转型中又发生了怎样的错位?我们还将进一步反思,传统是否仅仅是中国文学现代转型的阻力,是否对中西合璧的新文学具有滋养作用。

[①] 本文原载《北京大学学报》2012年第3期。

(一)悖论：张扬悲剧精神的胡适在新诗倡导与创作中推崇乐观精神

我们先看中国诗歌从传统向现代的文体转型。这种转型从黄遵宪的"我手写我口"就开始了，但是真正出现与传统诗歌断裂的白话新诗，实现中国诗歌的现代转型，是胡适等"五四"人物的白话诗倡导和实践的功绩。白话新诗的效法典范是西方诗歌，但事实上，中国之诗与西方的 poetry 是差异甚大的文体，像但丁《神曲》、歌德《浮士德》一类的文体，在中国根本就找不到同类，甚至可以说，《神曲》《浮士德》一类的文体与中国的那些律诗绝句的差异，远远要大于与《查拉图斯特拉如是说》等哲学文体的差异。值得注意的是，中国诗歌从传统到现代的转型得益于比较文学影响研究中的"回返影响"——就是在美国提倡"意象派"的庞德（Ezra Pound），其诗歌的灵感源泉来自中国诗歌，而庞德及其意象派宣言又影响了写作《文学改良刍议》以及倡导白话新诗的胡适。但是，胡适新诗倡导的"有什么话说什么话，话怎么说就怎么说"及其在《尝试集》中的实验，既无视西方诗歌的抑扬格等音乐性的特征，也抹杀了中国诗歌自身的韵律，同时也忽视了诗歌特有的象征、隐喻等技巧。一方面，这种新诗文体有点像旧诗的白话化，而没有将《神曲》《浮士德》与《荒原》等西方诗歌通过象征性与寓言性表现深刻思想的技巧学过来，但另一方面在语言上又是对唐诗、宋词、元曲传统的一次真正的断裂。我们下面仅仅从悲剧精神的角度来看胡适倡导的白话新诗与传统诗歌的断裂。

胡适是率先以西方文学的悲剧精神批判中国文学的大团圆结局的。1918年10月，胡适在分析文学进化观念时认为："中国文学最缺乏的是悲剧的观念。无论是小说,是戏剧,总是一个美满的团圆。……有一两个例外的文学家,要想打破这种团圆的迷信,如《石头记》中的林黛玉不与贾宝玉团圆,如《桃花扇》的侯朝宗不与李香君团圆;但是这种结束法是中国文人所不许的,于是有《后石头记》,《红楼圆梦》等书,把林黛玉从棺材里掘起来好同贾宝玉团圆;于是有顾天石的《南桃花扇》使侯公子与李香君当场团圆!"胡适进一步分析了这种以乐观精神为特征的大团圆的审美缺憾:"团圆快乐的文字,读完了,至多不过能使人觉得一种满意的观念,决不能叫人有深沉的感动,决不能引人到澈底的觉悟,决不能使人起根本上的思量反省。"如果《红楼梦》成就有情人终成眷属的"木石姻缘",团圆如意,"曹雪芹又何必作这一部大书呢?"相比之下,悲剧的结尾"才可以使人伤心感叹,使人觉悟家庭专制的罪恶,使人对于人生问题和家庭社会问题发生一种反省。"胡适甚至认为"善恶分明,报应昭彰"的大团圆结局,是"闭着眼睛不肯看天下的悲剧惨剧,不肯老老实实写天工的颠倒残酷,他只图说一个纸上的大快人心。这便是说谎的文学"。而悲剧的妙处在于,"第一,即是承认人类最浓挚最深沉的感情不是在眉开眼笑之时,乃在悲哀不得意无可奈何的时节;第二,即是承认人类亲见到别人遭遇悲惨可怜的境地时,都能发生一种至诚的同情,都能暂时把个人小我的悲欢哀乐一齐消纳在这种至诚高尚的同情之中;第三,即是承认世上的人事无时无地没有极悲极惨的伤心境地"。胡适在讲文学进化的时候倡导悲剧精神而批判大团圆,是在他看来悲剧观念是意味深长感人至深的文学,而闭着眼睛企求团圆的文学"乃是中国人思想薄弱的铁证"。①

---

① 胡适:《文学进化观念与戏剧改良》,《新青年》五卷四号。

在胡适身后，鲁迅、朱光潜等人都与胡适同调，认为中国文学以大团圆著称，缺乏西方文学的悲剧精神。甚至寻求中西文化共通的审美情趣为己任的钱锺书，1935 年在上海的《天下月刊》发表英文论文"Tragedy in old Chinese drama"（《中国古典戏曲中的悲剧》），认为"我国古代戏曲作家在作为戏剧最高形式的悲剧创作上，没有成功的先例"。① 如果说朱光潜的《悲剧心理学》与钱锺书的《中国古典戏曲中的悲剧》比较严格地将论证的范围限于戏剧，那么，胡适与鲁迅以戏剧为着眼点，并不局限于戏剧，而是认为整个中国文学都缺乏悲剧精神，所以他们举例的时候不限于戏剧，也包括小说文本。

文学能不能以进化论进行分析本身就是一个问题，马克思也说过古希腊神话是人类高不可及的一个范本。即使文学像胡适所论述的那样可以进行进化论的分析，如果以悲剧精神作为进化的尺度，那么，我们就只能认为古希腊悲剧是人类进化达到完善的文学，而当代好莱坞那些英雄美人团圆美好的美国电影，则是人类退化的结果，结论就是，西方的文化史也在走着一代不如一代的退化的路。事实上，悲剧精神可能与人类的精神进化无关而与文学的阶层性有关。一般而言，上层的精英文学渗透着悲剧精神，而下层的大众文学则弥漫着乐观的喜剧精神，好莱坞的电影娱乐的是普罗大众，与中国古代小说戏曲主要是市井细民的娱乐是一致的。因此，尽管胡适、鲁迅、朱光潜等都认为中国文学缺乏悲剧精神，但是他们所举例的文学文本大都是小说、戏曲，而小说与戏曲在传统中国主要是下层的民间文学，在传统时代是不登大雅之堂的。那么，中国上层以诗歌为主要文体的精英文学有

---

① Ch'ien Chung-shu, "Tragedy in old Chinese drama", T'ien Hsia Monthly, I.l (August 1935), pp.37—46.

没有悲剧精神呢？也许钱锺书觉得《中国古典戏曲中的悲剧》一文有违他的"东海西海，心理攸同；南学北学，道术未裂"的学术宗旨，临近晚年他从中西文化审美心理相互贯通的角度重新反思这个问题，不再着眼于戏剧而是着眼于诗歌与诗学，在《诗可以怨》一文中雄辩地表明，无论中西都崇尚悲剧精神，中国诗歌自古至今也形成了一种"诗可以怨"的传统：苦痛比快乐更能产生诗歌，好诗主要是不愉快、苦痛或穷愁的表现与发泄。钱锺书以孔子的"诗可以怨"打头，认为到司马迁完全倒向了"怨"而没有兼顾其他："盖文王拘而演《周易》，仲尼厄而作《春秋》；屈原放逐，乃赋《离骚》；左丘失明，厥有《国语》；孙子膑脚，《兵法》修列；不韦迁蜀，世传《吕览》；韩非囚秦，《说难》《孤愤》；诗三百篇，大底圣贤发愤之所为作也。此人皆意有所郁结，不得通其道，故述往事，思来者。"①刘勰遵循着司马迁的见解，还使用了一个巧妙的比喻——"蚌病成珠"，刘昼《刘子·激通》的比喻与刘勰的也很相似："蚌蛤结疴而衔明月之珠"。而司马迁在列举了一系列发愤的著作后把《诗三百篇》归结为"怨"的思想，这种策略在诗歌创作上又被钟嵘加以具体发挥。钟嵘已不讲"兴"与"观"，虽讲"群"，但所举压倒多数的事例都是"怨"，认为"使穷贱易安，幽居靡闷，莫尚于诗矣"。从钟嵘到韩愈，中国诗学形成了一种"欢愉之辞难工，而穷苦之言易好"、"诗必穷而后工"的传统，以至于在作诗的时候大阔佬叹穷愁，在百花盛开的季节"伤春"，在金色收获的季节"悲秋"。辛弃疾为什么"为赋新词强说愁"呢？显然是因为悲剧精神比欢欢乐乐的感情表达更能写出打动人的好词。在钱锺书看来，中国诗学的这种悲剧精神与西方诗学是完全相通的，甚至"蚌病成珠"、"蚌蛤结疴而衔

---

① 司马迁：《报任安书》，《古文观止》上册，中华书局，1981年，第225—226页。

明月之珠"等沉痛郁结才能结出珍珠般的艺术品的比喻，在西方也能找到非常相似的表达。①

作为中国诗歌从传统向现代转型的最重要的领军人物，胡适完全可以对中国传统诗歌的悲剧精神进行现代性的转化，像鲁迅在十年前的《摩罗诗力说》里所说的，"以不可见之泪痕悲色振其邦人"。然而，胡适并没有这样做，反而是在故意与中国的诗歌传统对着干，颇有点"为反传统而反传统"：传统诗歌讲求韵律规则，新诗就要无视一切的韵律规则；传统诗歌具有悲剧精神，新诗就要具有乐观精神。

作为文学革命的发难者，胡适赋予新诗的现代转型以崇高的使命。他认为"施耐庵、曹雪芹诸人已实地证明作小说之利器在于白话。今尚需人实地试验白话是否可为韵文之利器"。白话诗试验成功了，文学革命也就大功告成了。那么，怎样试验白话新诗呢？胡适说："诗体的大解放就是把从前一切束缚自由的枷锁镣铐，一切打破：有什么话，说什么话；话怎么说，就怎么说。"所谓"诗国革命何自始，要须作诗如作文"。②在这种反对一切束缚的反传统精神的旗帜下，胡适对中国传统诗歌的悲剧精神非常反感，并将之概括为"无病之呻吟"："今之少年往往作悲观，其取别号则为'寒灰'、'无生'、'死灰'；其作为诗文，则对落日而思暮年，对秋风而思零落，春来则惟恐其速去，花发又惟惧其早谢：此亡国之音也。"所以他对屈原、贾谊等人的诗歌所表现出来的悲情很是不满："国之多患，吾岂不知之？然病国危时，岂痛苦流涕所能收效乎？"③胡适自称"是主张乐观，主张进取的人"，他把

---

① 钱锺书：《诗可以怨》，张隆溪、温儒敏编选《比较文学论文集》，北京大学出版社，1984年，第31—45页。
② 胡适：《〈尝试集〉自序》，《胡适文集》第3卷，第117—127页。
③ 胡适：《文学改良刍议》，《新青年》二卷五号。

中国诗歌的悲剧精神的传统说成是无病呻吟的恶劣习惯，甚至是"卑弱的根性"。① 人们肯定会感到奇怪，一个在叙事文学中反对中国的乐观精神而大力推崇悲剧精神的学者，怎么同时在韵文文学中又将悲剧精神看成是"无病呻吟"而主张乐观精神呢？传统确实是衰落而无人了，否则，卫道者完全可以胡适文章中的逻辑错误来反驳胡适：你刚刚在批判大团圆的时候认为"世上的人事无时无地没有极悲极惨的伤心境地"，而且"承认人类最浓挚最深沉的感情不是在眉开眼笑之时，乃在悲哀不得意无可奈何的时节"，怎么同时在韵文文学中又将"悲哀不得意"归为无病呻吟，而主张"眉开眼笑"的乐观精神，莫非与传统对着干已经到了不辨是非的地步了吗？

  胡适不但在理论上反对无病呻吟主张乐观精神，而且在《尝试集》的诗歌创作中率先贯彻了他的理论主张。他的"为大中华，造新文学"的《誓诗》，就说"更不伤春，更不悲秋，以此誓诗。任花开也好，花飞也好；月圆固好，日落何悲。"陈独秀被捕，他在《威权》一诗中看到的是"威权倒撞下来，活活的跌死！"甚至对于父母包办的婚姻对象江冬秀，胡适似乎也毫无怨言。他说自己屈就婚姻"全为吾母起见"，就是讨母亲欢喜，当年这种婚姻很多，鲁迅娶朱安也是不想伤母亲的心。但是生活是一回事，艺术却是现实人生的无常、痛苦等不如意的表达，然而在《尝试集》中，我们也看不到胡适的怨情，而是充满了乐观精神。1917年初胡适收到未婚妻江冬秀的信，他没有觉得将与一位不相识的女性生活一辈子有什么不妥，反而写出了这样的爱情诗："病中得她书，不满八行纸。全无要紧话，颇使我欢喜。我不认得她，她不认得我。我却能念她，这是为什么？"最后胡适写道："情愿不自

---

① 胡适：《〈尝试集〉自序》，《胡适文集》第3卷，第121页。

由，便是自由了。"达观乐命到这种地步，已经让人无话可说。胡适总能够从黑暗中看到光明，他后来与江冬秀成婚之后，又在《如梦令》中写道："天上风吹云破，月照我们两个。问你去年时，为何闭门深躲？谁躲？谁躲？那是去年的我！"似乎胡适是"先结婚后恋爱"，江冬秀正在按照胡适的模式被塑造着。然而我们不禁要问：如果江冬秀真的如此进步可人，胡适为什么不久就与自己三嫂的妹妹曹佩声爱得如火如荼？为什么又与其美国情人韦莲司保持了那么长的恋情？

　　胡适是现代中国新诗的奠基者，除了《文学改良刍议》《建设的文学革命论》等掀起一场文学革命风暴的论文，他在五四时期还发表了促使中国诗歌从传统向现代转型的《尝试集》的《自序》《再版自序》《四版自序》以及《谈新诗》《〈蕙的风〉序》《评新诗集》等论文，又有《尝试集》的实验，而《尝试集》这本没有多少诗味的白话诗集两年居然卖了一万多本，以至于使章士钊在《评新文化运动》中说今之文人"以适之为大帝，绩溪为上京，遂乃一味于胡氏文存中求文章义法，于《尝试集》中求诗歌律令，目无旁骛，笔不暂停，以致酿成今日的底他它吗呢吧咧之文变。"① 比较而言，郭沫若、闻一多、徐志摩等诗人的出现虽然在表现技巧上为新诗挽回了几分荣誉，摆脱了胡适、康白情等人的早期新诗那种不死不活的尴尬状态；然而，胡适痛斥"无病呻吟"而主张乐观精神的新诗传统，却几乎是被郭沫若以及其他新诗人继承下来了。

　　我们先看郭沫若。在《女神之再生》中，我们在结尾像看中国的大团圆小说一样听到黑暗之后是"晨钟在响"，而且一个女神开篇就说："新造的葡萄酒浆不能盛在那旧了的皮囊。为容受你们的新热、新

---

① 　章士钊：《评新文化运动》，《新闻报》1923 年 8 月 21—22 日。

光，我要去创造个新鲜的太阳！"这正如《太阳礼赞》所写的："青沉沉的大海，波涛汹涌着，潮向东方。光芒万丈地，将要出现了哟——新生的太阳！……出现了哟！出现了哟！耿晶晶地白灼的圆光！从我的两眸中有无限道的金丝向着太阳飞放。"在《地球，我的母亲！》中，作者感谢地球母亲"背负着我在这乐园中逍遥"；甚至在《笔立山头展望》中将乌烟瘴气的工厂黑烟也歌颂为"黑色的牡丹"——"二十世纪的名花！"所以，郭沫若看山景，看到的是山水都在笑，于是他和他的儿子"同在笑中笑"。这种乐观精神尤其表现在《女神》的代表作《凤凰涅槃》中，在诗的后半部分"欢唱"一词居然重复了43次，且看全诗的最后一节："我们欢唱！我们欢唱！一切的一，常在欢唱！一的一切，常在欢唱！是你在欢唱？是我在欢唱？是'他'在欢唱？欢唱在欢唱！只有欢唱！只有欢唱！只有欢唱！欢唱！欢唱！欢唱！"因此，俞平伯略有苦涩的《冬夜》就完全被这种光明与欢唱所淹没。其他新诗人的诗作大都具有这种乐观精神，刘半农的《敲冰》表现了"敲一尺，进一尺！敲一程，进一程"的勇进精神，康白情在《送客黄浦》中写道："我想世界上只有光，只有花，只有爱！"《志摩的诗》也在歌颂雪花的快乐。朱自清写"北河沿的路灯"："他们是好朋友，给我们希望和慰安。祝福你路灯们，愿你们永久而无限！"这种"花呀，爱呀"以及对光明的歌颂，在冰心的《春水》和《繁星》中也很多。刘大白尽管描绘了田主与农民的对立，但他还是看到从"北极下来的新潮，从近东卷到远东，那潮头上涌着无数的锤儿锄儿，直要锤匀锄平了世间底不平不公"，所以他乐观地呼喊："这红色的年儿新换，世界新开！"郑振铎在《我是少年》一诗中写道："我有同胞的情感，我有博爱的心田。我看见前面的光明，我欲驶破浪的大船"——"不管它浊浪排空，狂飙肆虐，我只向光明的所在，进前！进前！进前！"爱情是最能激起人生的偶然性与无常感的主题，但是汪静之、冯雪峰、潘漠华三位在湖畔专写爱情新诗的人，咏叹的也是爱情的柔情蜜意。只是后来闻一多等诗人反思"五四"新诗，在格律、意象、韵律等方面对胡适的传统进行了批判反思，并在《死水》等诗集中写出了诗人的悲哀与绝望。

中国诗歌从传统向现代的转型并不是很成功，新诗经常为人所诟病，并不能完全怪罪诟病者。小说从鲁迅成功地进行了现代转型之后，形成了一个纵向发展的现代传统，然而新诗的纵向发展传统却很难寻找：郭沫若不是吸取胡适的新诗营养，而是看取惠特曼、歌德、海涅、泰戈尔等人的诗歌而进行创作的，而且同是浪漫主义，徐志摩不是看取郭沫若而是直接从英国浪漫主义那里获取的创作灵感，同是象征主义，冯乃超不是看取李金发而是从法国象征主义那里获取的灵感。新诗的横向移植大于纵向的继承，原因就在于前者不能形成一个成功的典范。可以说，从新诗出现的那一天起，对新诗这一文体的质疑、非议与诟病就没有停止过。质疑与非议者并非都是顽固的守旧派，像力主"破旧立新"的毛泽东、游学英法精通数种外国语的钱锺书等人对新诗都有所非议。钱锺书甚至在《围城》中讽刺新诗人说："只有做旧诗的人敢说不看新诗，做新诗的人从不肯说不懂旧诗的"。如果说钱锺书、毛泽东等人喜欢写旧诗而从未写新诗，那么，像鲁迅、梁实秋等在五四时期写过新诗的人，晚年也不认同新诗的传统。梁实秋在清华读书期间曾与闻一多一起创作新诗，名为《荷花池畔》的新诗集虽然最终由于梁实秋的个人原因而未出版，但也表明他是早期重要的新诗人之一，而且他的好朋友闻一多、徐志摩以及学生余光中等都是著名的新诗人，但他晚年重新反思白话新诗的时候，却从语言本体上否定了新诗的传统。他从胡适的尝试开始反思，认为新诗实验了无韵诗体、歌谣体乃至十四行诗等各种诗体，但是都不成功，新诗的尝试可以告一段落，因为事实证明此路不通。新诗的不成功在梁实秋看来是在于与传统的脱节，中国诗歌从诗骚、乐府、古诗、律诗、词曲一脉相承，但白话新诗却与这个传统断裂了。梁实秋说："诗的文字，首须精炼，要把许多浮词冗语删汰净尽，许多介词不要，甚至动词也可省，有时主语根本不需点明……我们的单音文字特别适合这样的安排，白话则异。于是，我们很难把白话放进诗的模式里去。白话是逻辑的，有相当的文法顺序，当然有时候也极能传神，也极能表情，但是大体上和诗的文字有出入。"①

不过，梁实秋的这种本体性否定可能有点绝对。鲁迅的《野草》虽然形式上是白话的散文体，然而境界却是诗的，而且所表现的人性与文化上的深度是中国旧体诗词曲赋无论如何也难以企及的。因此，对于中国诗歌现代转型教训的反思，还可以从其他方面找原因。一个文体传统的建立，需要有高起点的文本作为典范，莎士比亚、彼得拉克的十四行诗、俄罗斯近代文学的始祖普希金的诗歌、鲁迅创作的中国现代小说等都是以其高起点的文本开辟了传统，但是，胡适作为新诗的最早尝试者起点太低，《尝试集》在今天看来毫无诗味，而其理论倡导"有什么话，说什么话；话怎么说，就怎么说"，不讲诗歌特有的韵律、意象、隐喻、暗示等技巧，不能把诗与散文区别开来。他在《谈新诗》的最后一节谈"新诗的方法"，就是"诗的具体性"，认为"诗需要用具体的做法，不可用抽象的说法"。然而任何文学文本，不都是要求"用具体的做法"吗？甚至像黑格尔那种极为重视文化内涵与心灵意蕴而否定自然美的学者，不是也认为文学不能摆脱感性而说"美

---

① 梁实秋：《新诗与传统》，《梁实秋文集》第 1 卷，鹭江出版社，2002 年，第 730—737 页。

是理念的感性显现"吗？而且现代中国的新诗文体不是太多而是太少，许多诗歌几乎是中国旧诗的白话版，自然在诗味上不如旧诗而显得尴尬，而像西方的《浮士德》《荒原》一类的诗歌文体，就不见于现代诗坛——也许正是在这种文体的实验上，可以为新诗超越旧诗提供舞台。当然，这都是形式上的反思，而艺术精神上与传统的脱节，就是悲剧精神的丧失。新诗应该在文化深层上继承中国诗歌"伤春悲秋"的悲剧精神传统，像鲁迅的《野草》一样，使传统的悲剧精神达到现代的深度。然而，作为新诗的倡导者和最早尝试者，胡适一方面痛感中国的叙事文学缺乏悲剧精神而批判皆大欢喜大团圆的乐观精神，另一方面又在诗坛反对中国诗歌悠久的悲剧精神传统而倡导乐观精神。这种两条战线上的反传统，不但使胡适自身的理论形成了不可调和的矛盾与悖论，而且也使中国新诗的发展走上了歧路，这是中国诗歌从传统向现代转型不很成功的一个重要原因。我们下面将看到，被中国新诗所排斥的悲剧精神，却被鲁迅开辟的现代中国小说继承下来了。

（二）从稗史到大雅：现代小说承传了中国文学悲剧精神的传统

小说是西方近代以来的主要文学文体，但是在中国却一直是下九流的"闲书"而不登大雅之堂。《汉书·艺文志》说"小说家者流，盖出於稗官，街谈巷语，道听途说者之所造也"。小说家被称为稗官，小说被称为不能与正史相提并论的稗史。不过，中国的文化传统是对于一切文化表现形式都不完全排除，即使是旁门左道，只要不影响儒家的正宗地位也会允许其存在，甚至吸取其中的养分。正如《论语》中子夏所说："虽小道，必有可观者焉，致远恐泥，是以君子不为也。"虽然

《汉书·艺文志》中的"小说"并不等同于今天的小说概念，但是，在宋代的勾栏瓦舍中兴起的话本，基本上就是《汉书·艺文志》所说的那么一种地位。那些饱读圣贤书的君子自然不肯光顾小说，即使是那些才子，也是在正宗的诗文之外偶涉小说，大都拿小说不当正经事，将小说称为"闲书"。明清两代，即使是对《三国演义》与《水浒传》肯定性的评论，也认为它们可以与《左传》《史记》相提并论，仍然是"稗史"的地位，而没有人敢像亚里士多德那样说文学高于历史。只有那些落第的文人，不厌其烦地写作数量繁多的实现自己白日梦理想的才子佳人小说，而且几乎是千篇一律的才子及第、奉旨成婚的大团圆结局。从李贽到公安派大抬话本与传奇的地位，出现了真正现代性的萌芽，然而很快就被强大的传统所淹没，以至于到甲午战争之前，小说的地位仍然是不登大雅之堂的下九流。

甲午战争惊醒了中国人的酣梦，中国文学的现代转型首先就从重视小说的地位开始。梁启超反传统之道而行之，以矫枉过正的方式将小说的地位抬到了一种罕见的高度："今日欲改良群治，必自小说界革命始！欲新民，必自新小说始！"① 而谴责小说的出现，尤其是以林纾为代表的西方小说的大量翻译（促使传统小说向现代成功转型的鲁迅在 20 世纪初积极参与了对西方小说的翻译），也促成了小说从传统到现代的转型。当然，中国小说的现代转型进程是缓慢的，我们屡屡看到翻译者以中国话本小说的叙述模式去变异翻译文本，删削原有的大段的景物描写，甚至以说话人的身份现身说法。而吴趼人的《二十年目睹之怪现状》等谴责小说正如《儒林外史》"黑瞎子掰玉米"的叙述

---

① 梁启超：《论小说与群治之关系》，《梁启超文集》，北京燕山出版社，1997 年，第 282，287 页。

方式，就是后来被胡适极力批评的叙述一个故事扔掉之后再叙述新故事的结构方式。但是，他们的努力并非没有意义，正是因为梁启超颠覆了视小说为小道的传统而将之视为文坛的正宗，谴责小说造成的广泛影响以及在这之前已经有两千余种的外国小说的翻译文本，所以在五四文学革命中鲁迅发表其"格式特别"的小说时，无须一个革命性的论证过程，现代小说就顺利登上了文坛正宗的舞台。就此而言，鲁迅的现代小说转型似乎比胡适的新诗转型要来得容易——黄遵宪虽然说"我手写我口，古岂能拘牵"，但是黄遵宪的诗作却并非白话诗，白话新诗的实验最早就是从胡适开始的，而白话小说却是从宋代的话本小说开始的。那么，鲁迅使小说这种文体从传统向现代成功转型的贡献表现在哪里呢？

　　胡适是以白话文的准绳衡量传统与现代以及艺术的优劣，就此而言，鲁迅的小说其实比起宋元话本来并不显得通俗易懂。且不说他的早期小说《斯巴达之魂》《怀旧》等是用文言文写的，《狂人日记》开篇就是一个文言的序，即使是鲁迅那些白话小说，所用白话也不如来自民间的宋元话本更接近口语，王朔甚至批评鲁迅的小说语言是"尚未完全摆脱文言文影响的白话文字也有些疙疙瘩瘩，读起来总有些含混"。[①] 关键就在于，胡适的衡量标准是有问题的，普实克在其著名的《〈怀旧〉——中国现代文学的先声》一文中，就探讨了这篇文言小说所具有的现代性特征，由此可见，文学的现代性有诸多的特征，白话仅仅是其中一个要素，把是否使用白话看成是衡量现代性的唯一标准是谬误的。从宋元话本到清代的《聊斋志异》，故事曲折婉转，叙述多于描写，更少心理刻画，其中的一个故事放到现代都可以演化成一个长篇，陀

----

① 王朔：《我看鲁迅》，高旭东编《世纪末的鲁迅论争》，东方出版社，2001年，第4页。

思妥耶夫斯基的长篇小说《罪与罚》不过是写了一个大学生杀死一位老太太而悔罪的故事,情节还不如一些宋元话本曲折。普实克指出的鲁迅小说不以故事取胜而淡化情节,涉及现代小说重要的审美特征。鲁迅小说超越了传统的现实主义而与现代派小说接近,恰恰是鲁迅在将小说这种文体纳入中国文学的正宗时,受到中国正宗文学传统的悲剧性与抒情性的深刻影响,造成了抒情对叙事的渗透,悲剧性对传统大团圆的颠覆。关于抒情对叙事的渗透,普实克已经进行了较为充分的论述,下面我们从小说的现代转型中,看看鲁迅等现代小说的奠基人是怎样颠覆了传统的大团圆的——当小说被纳入文坛的正宗而登上大雅之堂时,小说同时具有了中国正宗的诗歌传统的悲剧精神。

鲁迅对传统叙事文学的大团圆的颠覆,是理论与实践相结合的。胡适是在1918年的《文学进化观念与戏剧改良》中指出中国文学缺乏悲剧精神并进而批判大团圆的,那时鲁迅正在创作具有悲剧精神的《狂人日记》等小说。1925年鲁迅在《再论雷峰塔的倒掉》和《论睁了眼看》等文中,对中国小说与戏曲中的大团圆进行了全面的剖析与批判。鲁迅将中国人希求圆满的心理称为"十景病",认为"悲剧将人生有价值的东西毁灭给人看,喜剧将那无价值的撕破给人看……但悲壮滑稽,却都是十景病的仇敌,因为都有破坏性,虽然所破坏的方面各不同。中国如十景病尚存,则不但卢梭他们似的疯子决不产生,并且也决不产生一个悲剧作家或喜剧作家或讽刺诗人。所有的,只是喜剧底人物或非喜剧非悲剧的人物,在互相模造的十景中生存,一面各各带了十景病。"① 鲁迅以中国的才子佳人小说为分析的对象,认为表现的

---

① 鲁迅:《再论雷峰塔的倒掉》,《鲁迅全集》第1卷,人民文学出版社,1981年,第193页。

是"万事闭眼睛,聊以自欺,而且欺人"。无论大团圆还是十景病,都是希求圆满的表现,而一切圆满的"无问题,无缺陷,无不平,也就无解决,无改革,无反抗",所以鲁迅认为大团圆是不敢正视人生的"瞒和骗",表现的是"怯弱,懒惰,而又巧滑"的国民性。而现代的新文学则应该与这种大团圆对立,真诚地正视人生的血痕和泪痕,写出人生的"血和肉"。①

与一边批判大团圆一边却在诗歌创作中倡导乐观精神的胡适不同,鲁迅对大团圆的批判是对自己的小说创作直面人生血泪之悲剧精神的一种经验总结。阅读鲁迅的作品,呼唤光明的阿英看到的是阴森森让人透不过气来的悲凉与绝望,夏济安看到的是病痛、丧仪、坟墓、杀头等爬满作品的黑暗面,②笔者也曾阐发与陈独秀、胡适等人乐观启蒙截然不同的鲁迅的"悲观启蒙"③……且不说完全笼罩在悲观绝望的艺术氛围中的《彷徨》,就是鲁迅在《自序》中标榜"听将令"而露出若干亮色的《呐喊》,其悲凉的基调也让人压抑得透不过气来。我们以鲁迅声称"平空添上一个花环"的《药》的结尾为例,看看其亮色是否淡化了悲凉。《药》的结尾是清明节两个老妈妈去西关外阴森的坟场凭吊儿子,华大妈的儿子华小栓是因患肺痨而死,夏大妈的儿子夏瑜是因为反清启蒙而被杀头。本来,夏瑜救治的就是华老栓与华小栓们的身体与灵魂,然而由于启蒙者与被启蒙者无法沟通,救国者寻求的启蒙药方得不到启蒙对象的任何回应,而愚昧的患病者寻求的祛病药方竟然是夏瑜的血,于是,两种药方双双失效,结果就是西关外多了两座新

---

① 鲁迅:《论睁了眼看》,《鲁迅全集》第1卷,第238—240页。
② 夏济安:《鲁迅作品的黑暗面》,《国外鲁迅研究论集》,北京大学出版社,1981年。
③ 高旭东:《鲁迅与新文化运动新论》,《文艺理论研究》1992年第1期。

坟。鲁迅在夏瑜的坟头上平空添上一个花环，表明革命还有后来人，想以此透出几分亮色；然而，这种企图连夏大妈也不能理解，她只能理解成儿子的冤魂显灵，这与华老栓以为夏瑜的鲜血能够救治儿子小栓的肺痨几乎是同样的愚昧。这种隔膜铸就了结局的悲凉，最后是乌鸦大叫一声飞走了。这种阴森恐怖的环境描写与人物的悲惨结局是完全吻合的。鲁迅的小说除了《一件小事》等少数作品，大都具有这种悲惨凄凉的结局。《狂人日记》中的觉醒者面对无人理解且将他视为疯子的环境绝望地呼喊着"救救孩子"，《孔乙己》中的主人公像一条狗一样地默默地死去而无人同情，《祝福》中的祥林嫂在旧历年底怀着到阴间被分尸的恐惧郁郁而死，《孤独者》中的魏连殳死了还冷笑着自己的死尸，《伤逝》中的子君郁郁而死，涓生则以哀怨凄惨的心境回首往事……即使是鲁迅的喜剧性小说，也是含泪的笑，而且长歌当哭的泪水要压倒短暂的笑，尤其是《阿Q正传》，当阿Q觉得自己做革命党受难却实际上是被当作盗贼杀头的时候，看客们跟着这个死囚仅仅是想听他唱一段，让人在笑后陷入深深的悲哀与反省之中。

鲁迅小说的悲剧精神被后来的中国作家所继承，使小说这种文体比现代新诗透出更多的悲情与感伤的色调。郁达夫的《沉沦》以其感伤与颓废，感染了一代刚刚觉醒的青年，张资平的《约伯之泪》等作品也唱着哀怨低回的歌。最有趣的是郭沫若，他在诗歌中乐观向上，然而在小说中也沾染了感伤的悲情，这令人想到宋代文学，一些文人写诗的时候不怎么伤悲，而一旦填词则是哀怨切切。尽管文学研究会初期的几位作家信奉"爱和美"，但是，王统照的长篇《一叶》与短篇《湖畔儿语》等，透出的色调是依然是感伤，这种感伤在庐隐的《海滨故人》等小说中贯穿全篇，有点愁云惨雾的意味。茅盾的长篇《蚀》三部曲《幻灭》《动摇》《追求》，一部比一部悲观，《追求》虽然是幻灭之后的追求,然而那是在绝望时寻求刺激式的追求,透出的是昏天黑地的悲情。即使是后来比较客观写实的《子夜》与《农村三部曲》,也是以主人公追求的幻灭而告终。老舍初期的喜剧性小说中的人物都很有干劲,然而《猫城记》却是中国的一则悲观寓言,《骆驼祥子》则是一出个人奋斗终归失败的悲剧。巴金早期的小说虽然并不成熟,不过已具有相当的悲剧精神,这种悲剧精神在他最成熟的作品《寒夜》中体现得非常精妙,曾树生、汪文宣、汪母三个性格善良的人物在战时的重庆展开了不可调和的性格冲突,他们的悲剧既有时代的因素,更是性格悲剧。张爱玲的小说则在罔罔的威胁中给人一切下沉的绝望感,她的写作正是试图抓住审美的稻草来驱除无边无际的悲凉,然而却被悲凉和灰暗所包围。与鲁迅的《阿Q正传》一样,甚至现代一些著名的喜剧小说,也在深层透露出深深的悲观色调,钱锺书的《围城》就是如此。《围城》表现的是人与人无法沟通的荒诞与孤苦无依,尤其是在结尾,作者表现了人生悲剧性的罕见深度,方鸿渐与孙柔嘉都想着与对方和好,然而现实总与心愿相悖,致使两人产生的冲突达到了伤口无法愈合的地步,在鸿渐离家出走的时候,他听到祖传的老钟"当、当"地响了六下,六点钟是五个小时以前,那正是二人要回家之前想与对方和解的时候:"这个时间落伍的计时机无意中包涵对人生的讽刺与感伤,深于一切言语,一切啼笑。"

　　从胡适故意与传统对着干却并未使诗歌成功地进行现代转型以及鲁迅在小说领域中的成功经验看,传统的滋养对于现代文体的成功转型还是很有裨益的。宋元开始的以白话书写的短篇话本,虽然以大团圆结局的为多,但尚未形成一个一律的模式。开始形成清一色的大团圆结局的,是数量繁多的才子佳人小说。话本小说起源于民间,大众文学的乐观精神一直贯穿其中,才子佳人小说虽然是文人所作,却是层次很低的落第文人之作，因而把大众文学的乐观精神发展到极致。然而，《红楼梦》的出现却使产生于勾栏瓦舍中的话本小说，从大众娱乐飞升到高雅的文人殿堂。薛蟠、贾琏、晴雯的嫂子等固然还是俗物，然而小说着力描写的贾宝玉与林黛玉等大观园里的姐妹们，却是天地之间的高雅之气所凝结而成的。而《红楼梦》在使小说这种俗文学文体向文人的高雅传统靠拢的时候，中国正宗的诗文传统的抒情性与悲剧性也深深地渗透了《红楼梦》。而《红楼梦》对鲁迅、郁达夫、茅盾、巴金、张爱玲、钱锺书等现代最著名的小说家，都产生了深刻的影响。因此，当鲁迅等新文学家将小说纳入文坛的正宗时，其创作也受到了中国传统诗文的悲剧性与抒情性的深层渗透，从而与新诗以乐观精神颠覆传统诗歌的悲剧精神相悖。

　　我们探讨了中国文学传统的悲剧精神在诗歌与小说的现代转型中所发生的错位，发现新诗所背离的中国正宗文体诗歌的悲剧精神传统，却被纳入文坛正宗的小说所传承下来。很显然，现代小说所取得的艺术成就远远大于新诗，研究西方诗歌出身的夏志清本来要写一部中国现代文学史，然而新诗怎么读都觉得不对胃口而写成了中国现代小说史。这给我们提出了一个非常重要的问题：与传统文学对立的现代文学怎样在感性的深层吸取传统的精神资源，才能使现代文学得到更好的审美滋养。事实上，敏感的汉学家普实克早就注意到中国传统诗歌对现代中国小说的影响，他认为"对于优秀的现代中国短篇小说，例如鲁迅的短篇小说，如果要在中国旧文学中追溯它们的根源，那么，这根源不在于中国古代散文而在于诗歌。"[①] 然而直到今天，对于这个问题我们仍然缺乏深入的反思。

----

① 《普实克中国现代文学论集》，湖南文艺出版社，1987年，第59页。

中国戏剧的现代转型及"样板戏"现象[①]

现代中国是中西、新旧、传统与现代的文化与文学激烈冲撞与融汇的世纪,其中没有比戏剧这种文体的中西撞击与融汇更令人瞩目的了。因为小说这种文体的现代转型比较成功,在鲁迅身后,作家基本上都采用新文学的白话文写作,即使是对中国古典小说的叙述传统继承较多的张爱玲、钱锺书的小说也借鉴了西方小说的技巧,而且从鲁迅开始,现代小说吸纳中国传统文学的抒情性与悲剧精神以铸造新的小说传统,并且取得了巨大的成就。因此,即使是具有旧文学情调迎合市民口味的鸳鸯蝴蝶派作家,也有意无意向新的小说传统靠拢,张恨水30年代末的《八十一梦》已经与新文学作家的创作没有多少差别了。诗歌这种文体的现代转型不是很成功,但是新诗与旧诗作为两种互不相关的文体,也能够相安无事。只有戏剧这种文体,从五四文学革命时代以西方话剧排斥中国戏曲的激烈冲撞,到20世纪的大部分时间里互不相关的各自完善,一直到后来传统戏曲与新生话剧杂交而生

[①] 本文原来以《20世纪中国戏剧的现代转型与"样板戏"现象》为题发表于《东岳论丛》2014年第7期。收入本书时略有改动。

出中西结合的"文化骡子"——"样板戏",成为现代最引人瞩目的文化现象。前文分析过中国小说与诗歌的现代转型的成败,下面我们将分析中国戏剧的现代转型及其经验教训。

(一) 话剧与戏曲:两股道上跑的车

现代中国的新文化与新文学是以师法西方文化与文学而出现的。梁实秋在《现代中国文学之浪漫的趋势》中,干脆把"新文学"与"西方文学"画了等号;而在狂飙突进的新文化运动中,确实是在中与旧、西与新之间画了等号。然而,陈独秀、胡适等倡导者为了让人接受新文化创造新文学,引入了进化论对这种文化选择进行解释:中国传统的文化与文学已经不适于新的时代,这就需要师法较中国更为进化的西方文化与文学以代之。在戏剧领域《新青年》出版了"戏剧专号"以倡导西方具有悲剧精神的话剧,而对中国的传统戏曲则进行了必欲除之而后快的激烈抨击。

胡适认为,当下以京戏为主要形式的中国戏曲是"一种既不通俗又无意义的恶劣戏剧",而"脸谱,嗓子,台步,武把子,唱工,锣鼓,马鞭子,龙套等""遗形物",不过是戏剧进化链条上没有价值的阑尾①。傅斯年更是把中国的戏曲说成是"不近人情"的"玩把戏","就技术而论,中国旧戏,实在毫无美学的价值","可怜中国戏剧界,自从宋朝到了现在经七八百年的进化,还没有真正戏剧"②。甚至连在京戏

---

① 胡适:《文学进化观念与戏剧改良》,《新青年》第五卷第四号。
② 傅斯年:《戏剧改良各面观》,《新青年》第五卷第四号。

里混了多年、经常与周信芳、盖叫天一起演出而有"北梅(兰芳)南欧"之称的欧阳予倩,也在《新青年》上抨击中国戏曲,他持论虽然不像傅斯年那样"为否定而否定"的全盘抹杀,但也认为"中国旧剧,非不可存,惟恶习惯太多,非汰洗净尽不可"①。鲁迅虽然没有在这期《新青年》上凑热闹,但他对中国传统戏曲尤其是京戏的否定是很明显的,他以"异性大抵相爱"讽刺梅兰芳的男人可见"扮女人",女人可见"男人扮":"我们中国的最伟大最永久的艺术是男人扮女人。"② 直到晚年,新文化阵营的人想借助京剧的艺术形式以宣传抗战,鲁迅仍不以为然。

梅兰芳对鲁迅的辛辣讽刺似乎很在意,据考 1949 年之后已担任中国文联副主席的梅兰芳,对于那个年代经常举行的鲁迅纪念活动能躲则躲,就像他抗战期间蓄须明志拒绝演出一般。然而,五四新文化运动对于中国传统戏曲的激烈否定与批判反省,其实是大大地震惊了梅兰芳、周信芳等著名京戏表演艺术家,他们在可能的范围内对传统戏曲也进行了力所能及的改革,譬如梅兰芳吸取了西方文化的声光电化,在舞台设计、化妆、服装等方面进行了调整而推出"时装戏";周信芳更是根据时代的变化而演出一些讽谏世事的剧目,日寇侵华后演出《明末遗恨》《洪承畴》等。值得注意的是,周信芳对于京戏改革的想法早于新文化运动,在袁世凯窃国的时候,周信芳就演出过《王莽篡汉》,而且他还首开京戏现代题材的先河,在宋教仁殉国后编演过《宋教仁遇害》。毕竟,将戏剧视为正视人生、提高演员的文化地位(传统上中国人爱看戏却又根深蒂固地瞧不起"戏子")等西方的戏剧观念,也是受到传统戏曲演员认同的。然而同样值得注意的是,梅兰芳、周

---

① 欧阳予倩:《予之戏剧改良观》,《新青年》第五卷第四号。
② 鲁迅:《论照相之类》,《鲁迅全集》第 1 卷,人民文学出版社,1981 年,第 187 页。

信芳等人的改革并没有撼动传统戏曲的总体艺术取向，能够代表梅兰芳艺术成就的仍是《贵妃醉酒》《霸王别姬》等传统剧目，能够代表周信芳艺术成就的则是《萧何月下追韩信》《鸿门宴》等剧目。而《宋教仁遇害》就像今日的京剧演员逢节日演唱当下的诗词一样，因其艺术性不高而未成为保留的演出节目；虽然周信芳对现实的批判与当今京戏演员迎合现实有境界上的高下。

另一方面，新文化阵营的左右两派都在为传统的戏曲寻找现代化的出路。自由主义戏剧改革派以余上沅、赵太侔等人为代表，余上沅、赵太侔、闻一多、熊佛西等留美学生发起了"国剧运动"。这些文人多属于新月社，并且他们的主张得到了新月社的徐志摩、梁实秋等人的支持，梁实秋在美国时也参加了英文剧《琵琶记》的演出，余上沅编的《国剧运动》一书1927年又由新月书店出版，因而在某种意义上国剧运动的观点可以看作新月社的戏剧主张。国剧运动与新文化运动戏剧改革的差异表现在两个方面，首先，他们不像新文化运动那样以西方文化激烈地否定中国传统文化，而是秉承中西文化相互兼容彼此沟通的宗旨；其次，他们不像新文化运动的重"质"轻"文"，而是带有相当的艺术至上的唯美色彩。他们充分认识到中国传统戏曲虚拟、写意、象征的艺术特征，同时又看到现代的象征主义与表现主义艺术使西方的戏剧也在发生变化，因而试图在中西戏剧之间、在写意与写实之间、在戏剧的散文化与诗化之间架起沟通融汇的桥梁，从而使传统戏曲现代化，成为能够表现现代生活与人心的深邃的艺术形式。这种促使传统戏曲走向现代的理论，即使在今天看来，仍然没有过时。然而遗憾的是，国剧运动颇有点罗亭式的"语言上的巨人，行动上的矮子"，尽管梁实秋说他们希望有小剧院来实验他们的理论主张，但除了在美国演出英文剧《此恨绵绵》（杨贵妃）、《琵琶记》等，这些主张者回国后很快就忙于其他事务去了。余上沉让人记住他的反而是导演《茶花女》和《威尼斯商人》，他们在话剧创作上也有成绩，如余上沉的《兵变》、熊佛西的《醉了》等，然而使传统戏曲走向现代的理论主张，却始终没有落到实处。

左翼的戏剧改革派可以欧阳予倩、田汉等人为代表。欧阳予倩仿佛一直摇摆于进步的新生话剧与传统的京戏之间，他倾心于新剧，但又想在京戏中注入新的文化思想，使其走向现代。欧阳予倩是中国最早的话剧倡导者与实践者之一，早在1907年，就在日本加入春柳社，参与了《黑奴吁天录》（今译《汤姆叔叔的小屋》）的演出，回国后以文艺为民主革命的武器，组织新剧同志会，建立春柳剧场。然而随着袁世凯窃国以及二次革命之后中国的军阀混战与日益衰败，欧阳予倩又一头扎进京戏，而且居然取得了"北梅南欧"的佳绩。他的迷恋京戏与鲁迅抄古碑有一比，而且他与鲁迅一样未能忘情于新剧，所以新文化运动一来，他就在《新青年》上发表批判传统戏曲的文章，并且发表了很多话剧剧本，像《泼妇》《屏风后》《同住的三家人》等，尤其是五幕话剧《潘金莲》，将新文化运动的价值翻转与反传统精神画龙点睛地表现出来。值得注意的是，欧阳予倩的《潘金莲》也有京剧的形式，其写作时间都在1927年左右①。自元杂剧的《双献头武松大报仇》之后，《义侠记》《挑帘裁衣》《打饼调叔》《武松杀嫂》等传统戏曲都是站在武松立场来谴责淫妇潘金莲的，而欧阳予倩的京剧《潘金莲》则完全站在潘金莲的立场来表现妇女对命运不幸的反抗与对自由的追求。京剧《潘

---

① 有人认为欧阳予倩早期的《潘金莲》，出现在1913年到1915年间，早于新文化运动，形式既有话剧也有京戏。但以谨慎故，我们仍然以发表与公演的时间为准，《潘金莲》的京剧形式在1927年公演，话剧形式创作于1927年发表于1928年6月出版的《新月》第1卷第4号。

金莲》《渔夫恨》等是欧阳予倩促使传统戏曲走向现代的一种尝试,但总体而言,欧阳予倩创作的话剧数量远远超过其编撰的京戏,而且其编演的更多京戏是《黛玉葬花》《晴雯补裘》《人面桃花》《桃花扇》等,这些京剧与传统戏曲的审美风格并不相悖,因而欧阳予倩并没有使传统戏曲在艺术上成功地向现代转型,而只是"旧瓶装新酒"式地运用传统戏曲宣扬新思想新观念。

田汉从留学日本时期就投身于新文学,成为创造社的四大金刚:郭沫若(诗歌)、郁达夫(小说)、田汉(戏剧)、成仿吾(评论)。他既发表了大量的话剧创作,如《获虎之夜》《苏州夜话》《名优之死》《梅雨》《乱钟》等,又翻译莎士比亚等西方的戏剧。纵观田汉一生的创作,以话剧剧本为多,戏曲仅占很小一部分,而且很多都是改编的,譬如抗战时期的《新雁门关》《江汉渔歌》《岳飞》以及建国之后的《白蛇传》《谢瑶环》。就传统戏曲走向现代的努力而言,田汉的成绩还比不上欧阳予倩。然而,田汉显然在这方面是努力过的,他主办的南国社,成员既有欧阳予倩、陈白尘等以话剧创作为主的剧作家,也有周信芳等传统京戏表演家。

在延安,"革命的艺术家"成立了评剧(京剧)研究院,在演出传统曲目之外,也追求传统戏曲怎样走向现代,但其新编的京戏《逼上梁山》《三打祝家庄》《闯王进京》等,只是在寻找历史的形似——共产党的闹革命与水浒英雄的打击恶霸均贫富,并没有在艺术上完成传统戏曲走向现代的使命。一直到20世纪50年代末,全国的戏曲尤其是京剧,演出的剧目基本上都是传统的剧目,唱腔、道白、表演与伴奏都没有太大变化。当时全国戏剧界的领导人梅兰芳就只有一部新戏,而且这唯一的新戏还是古装戏《杨门女将》。

总体而言,在20世纪的上半叶,鲁迅与梅兰芳的相互冷视却都各自成就了其艺术上的辉煌就是一种象征，象征着新文化的话剧艺术与传统的戏曲艺术在走着几乎是互不相关的发展道路，就像《红灯记》里李玉和说的，是"两股道上跑的车，走的不是一条路"。中国现代文学史仅仅讨论话剧剧本，根本就不会去讨论传统戏曲的剧本。甚至一些描述20世纪的中国现代戏剧史，基本是从春柳社开头，在讨论并无多少艺术性却是现代较早的独幕话剧的《终身大事》之后，会接着讨论汪仲贤、陈大悲、丁西林、白薇、夏衍、阳翰笙等人的话剧，或专章专节讨论欧阳予倩、田汉、洪深、郭沫若、曹禺、陈白尘、老舍等人的话剧。而洪深的《赵阎王》《五奎桥》、郭沫若的《棠棣之花》《屈原》、曹禺的《雷雨》《日出》《北京人》《原野》、陈白尘的《升官图》、老舍的《茶馆》等话剧，又是重点讨论的对象。而中国传统的戏曲"遗产"就真正成了"被遗忘的产品"，甚至传统戏曲对中国话剧浓重的抒情性可能发生的影响都没有人理会。

另一方面，在20世纪上半叶的戏曲表演艺术中也没有多少话剧的影响，一直到50年代末，"角儿"们仍然恪守传统的"唱、念、做、打"。其实，中国的戏曲艺术本来具有深厚的文学底蕴，从元杂剧发展到明清昆曲，中国的戏剧文学达到了难以企及的高峰，涌现出《西厢记》《牡丹亭》《桃花扇》《长生殿》等不朽的绝唱。昆曲之后，中国再也没有出现如此精致优雅的戏剧，再也没有第一流的文人为京剧与其他地方戏撰写出如此名垂千古的文学剧本。俗戏逐渐取代了高雅的昆曲。究其原因，大概是被清朝的文字狱渐渐压服的汉族文人高雅不起来了，一种向俗的寻求刺激的心理油然而生。就像今天大众都喜欢赵本山的小品，但又有几个高雅的文人愿意为赵本山的小品创作底本呢？于是，昆曲衰落之后的中国戏曲就只注重唱腔的打磨与表演的精湛。大凡老百姓喜闻乐见的楚霸王、诸葛亮、杨贵妃、包公、杨家将等帝王将相以及才子佳人,加上从元杂剧到昆曲改编而来的曲目,京剧的经典剧目可谓琳琅满目。当这种集俗戏之大成的戏曲受到宫廷的喜爱而最后定名为京剧之后,其流传的速度更是惊人。晚清京戏的发达就与慈禧太后的喜爱不无关系。进入 20 世纪,尽管春柳社倡导西方的话剧,新文化运动对京戏进行了激烈的否定,但是列强压迫与军阀混战的现实使得欣赏传统戏曲表演的土壤更深厚了。京戏演员在 20 世纪上半叶也不负众望,将表演艺术与唱腔打造得出神入化、炉火纯青,产生了繁星般的名角与门派,除了四大名旦梅兰芳、程砚秋、荀慧生、尚小云各成独立的门派之外,旦角中还有杨(小楼)派、筱(翠花)派、宋(德珠)派、张(君秋)派等,老旦中有龚(云甫)派、李(多奎)派等,仅旦角就有如此多的门派,其他诸如生(又分老生、小生和武生)、净、丑(又分文丑与武丑)又有多少门派!京戏如此繁荣的门派林立比春秋战国时代争鸣的"百家"还要多!因此,当梅兰芳在 1952 年之前三次访问日本、一次访问美国、两次访问苏联引起世界轰动的时候,尤其是在 1935 年访问苏联引起布莱希特、斯坦尼拉夫斯基等艺术大师高度称赞的时候,连左翼剧坛也颇受震动,甚至在观众稀少的话剧中挣扎的王泊生、吴瑞燕、俞姗等人也开始演京戏……

胡适等人提倡戏剧改良的目的是希望以西方的话剧形式取代中国传统的戏曲形式,从而开辟中国现代戏剧的新局面。然而令胡适等新文化同仁没有想到的是,在 20 世纪上半叶的中国,话剧不但没有取代京戏,而且京戏还要在市场上挤走话剧。事实上,除了欧阳予倩、田汉等例外,话剧与戏曲几乎完全分属于两个不同的文化圈:话剧的圈子仅限于追求新潮的进步知识界,除此之外,从上层到在广大的人民群众,京戏以及各种地方戏曲仍然具有深厚的艺术土壤。看来梁实秋对新文化运动之后近十年文学的评论是有道理的:"戏剧无新旧可分,只有中外可辨。"①

(二) 话剧与戏曲的并轨:"文化骡子"的产生

可以做这样一种假设:如果没有"文化大革命",那么,中国传统的戏曲与新生的话剧很可能会井水不犯河水,中西各成系统,各自独立地满足两个文化圈的审美需求。然而,毛泽东早就看不惯旧戏舞台上充斥着帝王将相、才子佳人,而号召艺术表现工农兵,因而"文革"首先从改造传统戏曲下手。经过多年的酝酿、实验、打磨,终于推出了既不同于传统戏曲又不同于新生话剧的新剧种——"革命现代京剧样板戏"(以下简称京剧样板戏)。1966年12月26日《人民日报》在《贯彻执行毛主席文艺路线的光辉样板》一文提到《红灯记》《智取威虎山》《沙家浜》《奇袭白虎团》《海港》和芭蕾舞剧《红色娘子军》《白毛女》以及"交响乐"《沙家浜》为八个"革命艺术样板",1967年5月24日,《人民日报》首次使用了"八个革命样板戏"的字眼,1968年又推出了钢琴伴唱《红灯记》,后来陆续出现的还有"革命现代京剧"《龙江颂》《平原作战》《红色娘子军》《杜鹃山》等近20个大戏小剧。可以说,以"革命现代京剧"为主体的样板戏真正实现了戏曲与话剧的并轨、写实与写意的结合,是中西文化结合而生下的"文化骡子"。

样板戏从一出世便红透九州,到"文革"后在相当长的时间里被封杀,打上了太深的政治烙印。然而,用文化专制主义的内容与"三突

---

① 梁实秋:《现代中国文学之浪漫的趋势》,《梁实秋文集》第1卷,鹭江出版社,2002年,第39页。

出"的形式将样板戏彻底否定,同样是太过"政治挂帅",因为即使在今天,样板戏中的优秀剧目仍然是京剧的保留曲目,KTV的歌片上仍然有很多样板戏唱腔,甚至连教育部6年前在中小学音乐课增加京剧内容所选的唱段也大都来自样板戏。当然,在这场"大革命"中被打死或自杀的冤魂太多,甚至一些幸免者也经历了太多的折磨与苦难,尤其是文化人。巴金一听见样板戏就心惊肉跳,恐怕是他受折磨时伴着样板戏的唱腔有关。笔者也在很多论著中对这场运动所表现出来的禁欲主义、文化专制主义进行过文化反思。① 然而,我们又不能因此而对样板戏一棍子打死,那又将是另一种文化专制主义的表现。正如希特勒喜欢听贝多芬、瓦格纳的音乐,我们不能因此而将贝多芬、瓦格纳的音乐逐出乐坛一样。其实,在样板戏出现之前,就产生过一些既非传统戏曲又非新生话剧的优秀戏剧艺术,像《白毛女》《刘三姐》和《阿诗玛》等歌剧作品,就是西方歌剧与中国民族音乐传统的结合。但是,歌剧、舞剧等西方的戏剧文体传入中国,只是给中国的戏剧增加了一种新的文体,正如话剧早就在中国发生影响一样。它们的成功与否,与中国传统戏曲的现代转型关系不大。而样板戏革命的对象就是传统的京戏,八个样板戏中有五个就是京剧,后来陆续出现的也以京剧现代戏为主。其中故事情节、唱腔、表演打磨得最精彩而且在群众流传最广的,是《红灯记》《智取威虎山》《沙家浜》,后起的诸多"革命现代京剧"中,能够与前三个样板戏媲美的只有《杜鹃山》。因此,我们不拟讨论《白毛女》《红色娘子军》等"革命现代舞剧",而是以京剧样板戏为分析对象,从中西文化融汇以及传统戏曲现代转型的角度,

---

① 详见高旭东:《对"文革"文学的文化反思》,《东方文化》,2000 年第 5 期;《中西文学与哲学宗教》,北京大学出版社,2004 年,第 332—335 页。

对其审美形态和艺术技巧进行分析。

从文体转型的角度看，京剧样板戏是传统戏曲与新生话剧的融汇。我们可以做这样的假设，如果京剧样板戏去掉唱腔以及几乎每个剧都有一场的武生武丑戏（《海港》等极个别的剧除外），那么这些样板戏基本就变成了话剧。尽管京剧样板戏的人物出场后仍有与话剧略有不同的动作，尤其是武生，但总体上已经很接近话剧。而传统京戏即使去掉唱腔，也仍然是与话剧不同的京剧。因为传统京戏的道白也具有唱的意味，并且伴有象征性的舞蹈动作，而样板戏则根据话剧的对话方式，抛弃了传统京戏虚拟、写意与象征的表现方式，而与现实生活更接近了一大步，与话剧接近了一大步。当然，京剧样板戏中也有象征，譬如《红灯记》中的红灯既是铁路工人使用的实物，又是一种象征，然而，这种象征与旧戏中的象征是明显不同的。从艺术表现的角度看，《红灯记》《智取威虎山》《沙家浜》《奇袭白虎团》《杜鹃山》等几部打磨得比较精粹的样板戏，即使是去掉唱腔，也不失为节奏紧凑、情节引人入胜、人物性格鲜明的话剧，其中很多对话放到话剧中也是很精彩的，譬如《红灯记》中李玉和接到鸠山请他赴宴时众人的对话，李奶奶对铁梅的"痛说革命家史"，李玉和与鸠山的精妙对话，《沙家浜》中阿庆嫂与刁德一具有隐喻意味的对话，《智取威虎山》中杨子荣与座山雕等众匪徒的对话等。在舞台布景布置上，样板戏也舍弃了传统京戏那种完全靠演员表演让观众推想布景的艺术表现方式，而是更多采用了话剧写实的舞台布景处理方式。这一点在京剧样板戏拍成电影时，就表现得更为明显。

中国的传统戏曲节奏太缓慢，那正是传统生活的静态与重复的美学表现。但是，现代生活的节奏就明显地加快了。京剧样板戏汲取了话剧、电影等现代艺术快节奏的特点，故事的展开与情节的发展都特别快。以《红灯记》为例，故事开头就是李玉和接应跳车人，在王连举的掩护下背到家里，使用暗号接上头，接受了将密电码交给柏山游击队的任务。但是就在李玉和与柏山游击队派来的磨刀人接头的时候，来了搜查的日寇，李玉和在磨刀人的掩护下将密电码藏在粥底并且进行了转移。接着就是王连举在鸠山的严刑之下供出了李玉和，鸠山派了扮作磨刀人的伪军到李玉和家接头，却因暗号不对而被李奶奶与铁梅赶出家。就在李奶奶与铁梅挂暗号不让李玉和回家的千钧一发之际，李玉和却闯进家里。紧接着就是鸠山派人来请李玉和去赴宴，李奶奶意识到李玉和一去难回返，自己也可能被捕，革命的重担很快就要落到铁梅肩上，就将当年自己的丈夫以及铁梅的亲爹娘闹工潮惨死，师兄弟李玉和把襁褓中的铁梅抱来见作为师娘的自己、然后凑合成一家人的这一段革命家史，告诉了铁梅，希望铁梅能够继承先烈的遗志，挑起革命的重担。而在那一边，鸠山对李玉和威逼利诱、软硬兼施，却都不能使李玉和屈服，他黔驴技穷之际，想出了一招，就是让李奶奶、铁梅与李玉和见面，趁母子、父女见面说悄悄话的时候进行窃听，然而鸠山仍然一无所获。鸠山下令枪毙了李奶奶和李玉和，留下铁梅当作钓饵，试图通过跟踪铁梅而得到密电码。但是铁梅却在邻居慧莲的帮助下从她家出门，慧莲扮作铁梅引开特务，使铁梅顺利前往柏山，将密电码交到游击队手里。最后是一场紧跟而来的鸠山等日寇、伪军与柏山游击队打斗的武生武丑戏，当然是以柏山游击队和铁梅的胜利而告终。这种快节奏的转换，使得当下很多电影与电视剧也要甘拜下风。

当然，京剧样板戏不是话剧，它是以话剧乃至电影的很多艺术表现方式来改造传统京剧的。在唱腔的打磨上，传统京剧的唱腔无论是西皮还是二黄，都被京剧样板戏加以改造，而且改造得非常刚健有力。

细考京剧样板戏的唱腔，每个剧几乎是西皮与二黄各半。这些唱腔用于表现人物的情怀、思想与性格等。《沙家浜》中郭建光演唱的《祖国的好山河寸土不让》，《智取威虎山》中的杨子荣打虎上山时唱的那段《迎来春色换人间》，参谋长看见朔风吹林涛吼唱的《誓把反对派一扫光》等都是触景生情、抒发情怀的。有的时候京剧样板戏中的唱腔用以表现人物的心理活动，《红灯记》中铁梅的《做人要做这样的人》就是听奶奶讲红灯之后的心理活动。在《沙家浜》中"智斗"一场中，刁德一的"这个女人不寻常"、"她态度不卑又不亢"、"我待要旁敲侧击将她访"，阿庆嫂的"刁德一有什么鬼心肠"、"他神情不阴又不阳"、"我必须察言观色把他防"、"他们到底是姓蒋还是姓汪"等对唱的唱腔，表达的都是各自揣摩对方的心理活动，但是从刁德一的"适才听得司令讲……"①之后，又从虚转为实，唱腔成为替代现实对话的对唱。京剧样板戏中以唱腔代替对话是很多的，《智取威虎山》中杨子荣在常宝控诉土匪罪状之后唱起《管叫山河换新装》，以及李勇奇与参谋长的对唱，《红灯记》中李奶奶在痛说革命家史时与铁梅的对唱。也有一类交代与嘱托的唱腔，像李玉和在赴宴前唱的《浑身是胆雄赳赳》，郭建光在芦荡里派人到沙家浜侦察时唱的《盼望着胜利归来的侦察员》等，演唱《浑身是胆雄赳赳》时因为有特务在场，隐喻与象征运用得很是巧妙。在京剧样板戏中，几乎每个剧都有一个表达主角宏大志愿与高尚情怀的大唱段，唱腔多是二黄，像《红灯记》中李玉和在刑场上唱的《雄心壮志冲云天》，《沙家浜》中郭建光在芦荡里听对岸响数枪后唱的《遮不住红太阳万丈光芒》、阿庆嫂被刁德一的诡计搞得坐立不安时唱的《定能够战胜顽敌度难关》，《智取威虎山》中杨子荣送情报时唱的

---

① 《八大样板戏》，光明日报出版社，1995年，第152—153页。

《胸有朝阳》,《杜鹃山》中柯湘在雷刚贸然下山后唱的《乱云飞》。《沙家浜》中之所以有两大段,可能与郭建光和阿庆嫂谁是第一主角不甚分明有关。

从审美的角度,你会发现京剧样板戏与传统京戏的唱腔相比发生了巨大的变革:传统京戏除了武生戏,给人的总体感觉是阴柔有余,阳刚不足,不但女角柔性十足,即便经常是戏剧主人公的小生戏,也是阴柔气弥漫;但是京剧样板戏从道白到唱腔,以美学的阳刚一扫阴柔气息。京剧样板戏的阳刚美学风格不但体现在男角上,在女角上表现得也很充分,这只要听听《红灯记》中铁梅唱的《仇恨入心要发芽》、《智取威虎山》中常宝唱的《坚决要求上战场》等唱段便会知道,更不用说《红灯记》中李奶奶痛说革命家史时唱的《血债还要血来偿》、《沙家浜》中沙奶奶"斥敌"时唱的《沙家浜总有一天会解放》。然而,从传统京戏到京剧样板戏这种美学风格的巨大变化,几乎没有人加以分析。

这种美学风格的巨大变化也表现在京剧样板戏的音乐配器上。当然,传统京戏的配器改革并不始于样板戏,在近代西洋乐器进入之后就一直在探索。抗战时在重庆举办的戏剧民族形式座谈会上,贺绿汀、盛家伦等音乐家就提议乐器西洋化、形式中国化,创造新的民族乐剧。然而直到"文革"前,京戏的伴奏基本上还是以京胡为主外加月琴、三弦等少数中国乐器,伴奏时"板"很重要,而武戏则以鼓板为主,外加小锣、大锣等。虽然经过梅兰芳等人的改革加上了二胡,但是这种音乐配器与清末差别不大。而京剧样板戏则在京剧的音乐配器上进行了大变革:每逢雄壮有力的唱腔,伴奏都加大了西方乐器的配器,尤其是杨子荣打虎上山那段唱腔的前奏,加大了西方铜管乐器演奏的力度,单独演奏也是非常好听的交响乐曲。《红灯记》的开头与结尾都伴有西方乐器演奏的抗战乐曲,李玉和一家三人在刑场上迈步时,伴奏响起了《国际歌》的旋律,《奇袭白虎团》和《海港》等剧中都伴随着国际歌雄壮的旋律,《智取威虎山》中则有"解放军进行曲"的交响旋律。在对舞台的时空转换与戏剧场景进行音乐描绘时,也多是西方乐器演奏。主要人物出场"亮相"时,譬如《智取威虎山》中的杨子荣和参谋长、《红灯记》中的李玉和、《沙家浜》中的郭建光、《奇袭白虎团》中的严伟才第一次出场的时候,都伴随着西方乐器演奏的雄壮乐曲,并且都有一个雕塑性的造型。群像的雕塑性造型更多,如《沙家浜》中芦苇荡中的新四军伤病员抗击暴风雨的群像造型,《智取威虎山》第一场最后解放军官兵的雕塑造型,可见京剧样板戏对西方的雕塑艺术也有借鉴,每当这种造型出现时,伴随着的也是西方乐器的伴奏。唱腔部分虽然还是以京胡为主的小乐队伴奏,但是很多唱腔的伴奏也加进了西方乐器,尤其是《要学那泰山顶上一青松》那段合唱。正是从这里走出来了中央交响乐团的"交响乐《沙家浜》",那完全是西方乐器与京戏的结合。稍后又出现了著名钢琴演奏家殷承宗与《红灯记》剧组联合推出的"钢琴伴唱《红灯记》",将钢琴这种西方乐器与京戏唱腔浑然一体地结合成一种艺术品。钢琴伴唱时去掉了所有中西乐器,仅仅保留了京剧伴奏时所使用的"板"及大锣、小锣。西方铜管乐器与钢琴的演奏特别具有阳刚之美,这与京剧样板戏阳刚的审美追求是完全一致的。

20世纪70年代末进入新时期之后,京剧样板戏受到了激烈的批判。有些批判具有合理性,但有些批判却是"为批判而批判",在泼脏水的时候连孩子也泼掉了。京剧样板戏承担了很多艺术之外的东西,一个演员可能因为主演一部京剧样板戏而鸡犬升天,形势一变又会锒铛入狱,确实构成了20世纪中国艺术的文化传奇。但是另一方面,京剧样板戏为传统戏曲的现代转型在艺术上是做出了相当贡献的。在"文革"十年间,浩然的《金光大道》《西沙儿女》等小说的概念化比

"文革"前的《艳阳天》要严重，人物也不如《艳阳天》鲜活，张永枚等人紧跟形势的诗歌也没有多少艺术价值，至于《虹南作战史》那种拙劣的小说，也就在"文革"中能够出版。比较而言，能够代表那个时代文化成就并且将来有传世可能的也只有京剧样板戏了。

当然，从理论上说，艺术贵在创新，"戏"是不应该有"样板"的，就是索福克勒斯的《俄狄浦斯王》、莎士比亚的《哈姆雷特》、汤显祖的《牡丹亭》，也从来没有人叫它们"样板戏"。从思想观念上讲，样板戏的道德纯化与廓然大公已经到了抹杀人欲的地步，所以样板戏中绝没有恋爱婚姻的描述，因为儿女之情总有私情的意味。《海港》中的方海珍、《龙江颂》中的江水英都是独身，《沙家浜》中的阿庆嫂有丈夫却让他跑单帮去了，《杜鹃山》中的柯湘一出场就成了寡妇，《智取威虎山》中的猎户老常与常宝、李勇奇与李母，《沙家浜》中的沙奶奶与沙四龙都是寡妇、鳏夫、独身者，总之京剧样板戏中的主要人物都没有配偶，有也得想办法让其不出场，老常的妻子是跳涧身亡，李勇奇的妻子是被座山雕害死的，最典型的是《红灯记》，祖孙三代全是光棍。在样板戏中，只有坏人才会结婚，像《沙家浜》中的胡传魁，而新四军在他新婚那天去"擒贼"，就具有禁欲主义的象征意味。

在艺术表现上，样板戏的公式化、概念化以及高大全的人物表演模式，留下了那个时代特有的文化印记。从枝节上说，样板戏也并不是打磨得在艺术上无可挑剔，京剧样板戏的不断修改也表明了这一点，譬如在1968年的《红灯记》中，跳车人是牺牲了，铁梅唱的"做人要做这样的人"中有"我看到，爹爹不怕担风险，表叔甘愿流血牺牲"的唱腔，仅仅过了两年，在拍摄样板戏《红灯记》的电影中，跳车人就没死，临别李玉和还增加了一段"天下事难不倒共产党员"以送行，铁梅的唱段也改成了"为什么爹爹表叔不怕担风险"。铁梅的另一段唱腔名为"留下红灯无价宝",也改为"光辉照儿永向前",具体的唱词从"爹爹留下无价宝,怎说没留什么钱"改为"爹爹给我无价宝,光辉照儿永向前"。样板戏的不断修改就打破了艺术上无可挑剔的神话。整体而言,"八个样板戏"之一的交响乐《沙家浜》在艺术上就很不成功。这不是说京剧不能与西方乐器结合,京剧样板戏中大量运用了西方乐器并没有什么问题,尤其是钢琴伴唱《红灯记》,这是人类音乐史上的一个创举:来自西方的刚健美妙的钢琴伴奏着千锤百炼的京剧样板戏唱腔,非常动听。像《做人要做这样的人》《留下红灯无价宝》的前奏,《仇恨入心要发芽》的伴奏,其美妙绝不在以京胡为主的小乐队伴奏之下。《雄心壮志冲云天》一段,李玉和唱到"肝胆"时的钢琴伴奏真令人叫绝,那是别的乐器很难做到的。有些为京剧招魂的人排斥西方的钢琴,其实从历史上看,京剧的主要伴奏乐器京胡是从二胡改造来的,而二胡本来就出自"胡"而非我们老祖宗的乐器。然而,交响乐《沙家浜》在艺术上的失败在于将京戏变成了"京歌"。交响乐中的曹连生、梁美珍演唱的郭建光和阿庆嫂的唱段并不比京剧样板戏中谭元寿、洪雪飞的演唱差很多,关键是在他们唱的时候,很多交响乐器处于歇工状态,合唱的时候是交响乐器大显身手的时候,但是怎么听怎么都像歌而不像戏。其实与其搞交响乐《沙家浜》,还不如搞交响乐"样板戏",将不同样板戏的交响旋律分配到不同的乐章中:漏掉了杨子荣打虎上山的交响伴奏,以及《海港》的最后方海珍领唱码头工合唱的《万船齐发上海港》,是多么的可惜!但是交响乐的伴奏确实不适合郭建光《遮不住红太阳万丈光芒》、阿庆嫂《定能够战胜顽敌度难关》等一人独唱的长唱腔。

(三)结语：世纪末的戏剧现状与铸造中华国剧的展望

1976年10月以后，京剧样板戏全部停演停播。随着中共十一届三中全会的召开，历史进入改革开放的"新时期"。尘封了多年的传统京戏重见日光，胡适当年斥之为"既不通俗又无意义的恶劣戏剧"，被人当作"新的艺术"找寻回来，就像阔别多年重新相见会增添新鲜感一样。但是除了京剧戏迷，这些传统京戏已不能吸引新时代的人的视听。在20世纪80年代，话剧又得以重新振兴，从《丹心谱》《报春花》《于无声处》《权与法》，到《假如我是真的》《狗儿爷涅槃》《桑树坪纪事》等，话剧成为迎接改革开放、表现新时代并且针砭时弊的艺术利器。稍后，又出现了《绝对信号》《车站》《野人》等具有现代派意味的探索话剧。反观这个时期的戏曲，除了有些地方戏曲尚有表现现实内容的剧本，京剧一头扎进传统剧种与曲目中，乐不思蜀，同时它也在失去更多的观众与听众。只是在80年代末，由上海京剧院推出的新编京剧《曹操与杨修》，借着曹操与杨修来反思古往今来统治者与文人的关系，打破了传统京剧由脸谱化而生的性格单一化的缺憾，很是热闹了一阵，但这个戏是古装戏，道白与唱腔依然是传统京戏的路数，即使从观念的现代性着眼，也比不上欧阳予倩的京剧《潘金莲》。可以说，从70年代末开始，传统戏曲与新生话剧热情地结合了十年之后，又分道扬镳了。

20世纪90年代是知识分子受挫的年代，其中的传统戏迷在受挫之余更是在传统京戏中寻找慰藉。话剧的激情也消失了，而是在"一地鸡毛"中言说"烦恼人生"，并产生了《留守女士》《OK股票》《大西洋电话》《离婚了就别来找我》《午夜心情》等作品。值得注意的是，在世纪末终于出现了一部现代京剧作品，这就是 1998 年由江苏京剧院推出的《骆驼祥子》。这部现代京剧是根据老舍的著名小说改编的，而且在这之前已经出现了人艺演出的话剧改编版以及由斯琴高娃主演的电影改编版。因此，京剧《骆驼祥子》的演出获得成功受到普遍好评，是非常不易的。但可能是避讳，其实现代京剧《骆驼祥子》在道白、舞台实景等方面受益于京剧样板戏远超过传统京戏，陈霖苍的那一口京味普通话道白很令人叫绝，他甚至把一部人力车也拉到舞台上。然而，文化界无疑对这部京剧现代戏是过誉了，虽然《骆驼祥子》中没有公式化、概念化以及高大全的东西，但是在艺术的表现力尤其是唱腔的打磨上并没有超过京剧样板戏。

20 世纪已经过去。在 21 世纪，中国的昆曲（2001）与京剧（2010）先后被联合国教科文组织列为"人类非物质文化遗产"。然而，正在辉煌的不会列为遗产，曾经辉煌的才会列为遗产。从这个意义上说，被列为世界遗产既是光荣又略有遗憾。正如昆曲再也不会出现明代到清初那样的辉煌，京剧也不会出现清代中叶到"文革"十年那样的辉煌。现在，戏剧创作与演出是多元共存的：传自西方的话剧、歌剧、舞剧等艺术样式与中国传统的昆曲、京剧、各种地方戏以及现代京剧，在中国当前的戏剧舞台上都有演出的机会。对于中国的艺术家而言，原汁原味地保存与传承昆曲、京剧等文化遗产固然非常重要，用西方话剧的形式进行创作并演出也很重要，它们仍然是两条道上跑的车，而汲取西方话剧及其他艺术的精华，使传统的戏曲艺术向现代转型，仍是一项更重要的艺术事业。从京剧样板戏到现代京剧《骆驼祥子》，表明京剧的现代转型是可行的，遗憾的是京剧样板戏成功的现代转型与极左文化形态是并存的。在这方面，现代国剧运动的理论仍然值得我们重视；就是将传统戏曲的虚拟、写意与象征等艺术表现技巧与西方现代派戏剧那种非写实的荒诞性与象征性融合在一起,以传统戏曲优美的唱腔表现现代人心灵的复杂性与深刻性,从而铸造出具有深厚文化意蕴的中华国剧。

第三部分

走向世界：鲁迅、莫言研究

鲁迅：
文化身份的规定性与当代解读的片面性①

鲁迅是谁？这个似乎不应该成为问题的问题，随着对鲁迅截然不同的解读，却真的成了问题。

为了争取中国的言论自由，鲁迅以笔做投枪，投向国民党的文化专制主义，后来连小说等纯文学创作与中国文学史研究都弃置不顾。就此而言，鲁迅称得上是一面反专制、争自由的旗帜；然而以"反对自由主义"而著称的毛泽东②将鲁迅推崇为"现代中国的圣人"，将"伟大的文学家、思想家和革命家"，"文学革命旗手"、"现代圣人"、"空前的民族英雄"等美名都送给了鲁迅。而当代颇具自由主义倾向的小说家王朔，在《我看鲁迅》中却认为鲁迅压根就没有思想，小说写的

---

① 本文以《鲁迅是谁？文化身份的规定性与当代解读的片面性》为题发表于《江苏行政学院学报》2014年第1期，略有增益。
② 值得注意的是，毛泽东在1937年一边写作《反对自由主义》的名文，一边"在延安陕北公学纪念鲁迅逝世周年大会上的讲话"（即后来的《论鲁迅》）中说鲁迅是"中国的第一等圣人"，极为推崇鲁迅的《新民主主义论》也是三年之后所作。

也很一般,"三个伟大"根本就是子虚乌有。① 诡异的是,尽管毛泽东对鲁迅的评价几乎是空前绝后的高,但是在当代不断有人指出,如果鲁迅活着,那么在毛泽东时代最合适的去处就是监狱,② 因为鲁迅那些颇有风骨的精神苗裔胡风、冯雪峰、萧军等人在毛泽东时代不是被批倒批臭,就是真的进了监狱。更为诡异的是,以争取言论自由为第一要务的鲁迅,③ 在身后却使很多人失去了非议鲁迅的自由,"文革"中很多人因攻击鲁迅而肇祸——哪怕是历史问题。即如在当下,乌有之乡、毛泽东旗帜网等左派网站,与凤凰网、凯迪网等自由主义网站,几乎是水火不容地相互攻击,然而双方似乎都能从鲁迅的言论中找到立论的依据。与乌有之乡、毛泽东旗帜网等左派网站文化倾向相近的孔庆东被追随者称为"当代鲁迅",而具有自由主义文化倾向的韩寒也被人称为"当代鲁迅"。当左派与自由派共同推崇鲁迅的时候,你怎么能够厘清鲁迅的文化身份,怎么能够确定鲁迅是谁?

鲁迅是以自己的深刻自剖而自豪的:"现在拼命要蔑视我和骂倒我的人们的眼前,终于黑的恶鬼似的站着'鲁迅'这两个字者,恐怕就为此。"④ 弗洛伊德的精神分析学说进入中国的时候,鲁迅非常欢迎,他认为精神分析不许任何人站在超越俗人的神圣位置上,也把"正人君子"的假面给撕碎了。但是在鲁迅逝世后,居然一步步被人尊崇为神。

---

① 王朔:《我看鲁迅》,《收获》2000 年第 2 期。
② 据周海婴《鲁迅与我七十年·再说几句》(南海出版公司 2001 年 9 月)披露,罗稷南回忆说毛泽东在反右派时也说过鲁迅要么不做声要么是关在牢里还是要写。这种回忆的可靠性当然存疑,但却代表了当代的一种思想潮流。
③ 鲁迅在 1932 年的《答中学生杂志问》中说:"第一步要努力争取言论的自由。"详见鲁迅《答中学生杂志问》,《鲁迅全集》第 4 卷,第 363 页。
④ 鲁迅:《两地书·九三》,《鲁迅全集》第 11 卷,第 241 页。

那么，鲁迅到底是神还是魔？在艺术选择上，过去一直认为鲁迅的创作是现实主义，但是后来人们发现，鲁迅不但喜欢浪漫主义，而且作为中国的现代开路人，他对现代主义也情有独钟。那么，究竟应该用何种"主义"来界定鲁迅的艺术身份？鲁迅在去世前不久的 1934 年写下了这样一段话："文人的遭殃，不在生前的被攻击和被冷落，一暝之后，言行两亡，于是无聊之徒，谬托知己，是非蜂起……连死尸也成了他们的沽名获利之具，这倒是值得悲哀的。"① 鲁迅的话仿佛是对自己逝世后的谬托知己者的一种预言，因而对"鲁迅是谁"的寻找，成为一个重要的问题。

鲁迅的文化身份的一个重要特征，就是其罕见的复杂性，他的思想几乎是现代各种矛盾的集合体。一方面，鲁迅是新文化运动的弄潮儿，"左联"的精神领袖；然而另一方面，他又具有超越新文化运动的复杂性以及批评"左联"的两面性，他甚至劝极为亲近他的进步作家不要加入"左联"。鲁迅试图唤醒世人，但又觉得唤醒世人可能仅仅导致世人的痛苦，而不像陈独秀与胡适在启蒙时充满了乐观的基调，他的启蒙毋宁说是"与绝望抗战"的悲观启蒙。他是中国倡导个人自由最不遗余力的人，早在留日时期就"任个人而排众数"，推崇"绝对之主我"，为此他要求自由的主体具有能够承担自由的强力意志；但他又感到个人的自由会导致团体的涣散与社会的溃败："思想一自由，能力要减少，民族就站不住"。② 他是一个中国文化传统的激烈批判者和颠覆者，他的那些诅咒中国传统文化和历史的言论以及激进的西化倾向，使现在一些"民族自尊心"很强的人也觉得难以忍受；但他又

---

① 鲁迅：《且介亭杂文·忆韦素园君》，《鲁迅全集》第 6 卷，第 68 页。
② 鲁迅：《关于知识阶级》，《鲁迅全集》第 8 卷，第 190 页。

是那样心甘情愿地将个人的命运与中华的复兴密切联系在一起,献身于振兴中华的各种事业,他的那种强烈的"为往圣继绝学"的使命感,使他更像是传统士大夫的精神传人。为此,他在古籍整理方面也做出了很大的贡献。他与倡导白话文反对文言文的胡适同步,甚至诅咒反对白话文者为"现在的屠杀者";但他并未像胡适那样,将白话文运用到所有领域中,而是以文言文著《中国小说史略》——这是很诡异的:因为中国古代其他文体都是以文言文的形式呈现的,只有小说的主流是白话文的。于是在《中国小说史略》中,就出现了评述的文字是文言文而引文是白话文的奇怪现象。鲁迅对于传统与社会现实是以叛逆的孤独者与批判者的姿态出现的,是一个与世俗对立的"疯子"和"恶人",但对藤野先生、章太炎又是一个好学生,对母亲是一个大孝子,因而就出现了一边激烈批判以大团圆结尾的才子佳人小说、一边搜求才子佳人小说以满足母亲的阅读嗜好的矛盾现象。他对中国社会与历史的黑暗面有深刻的认识,并且以最犀利的笔锋将其腐败的一面刺穿,用他自己的话说,就是"揭开人肉酱缸上的金盖,涤尽鬼脸上的雪花膏",直到今天网上以鲁迅命名的网页如"鲁迅论坛"等往往是最具有社会批判意义的;但他又在反思:"所谓'深刻'者,莫非真是'世纪末'的一种时症么?倘使社会淳朴笃厚,当然不会有隐情,便也不至于有深刻。"① 他既是暴君的叛逆,又是良民的叛逆,但他在吹响叛逆号角的时候,又为身上浸染的"毒气"与"鬼气"感到深深的不安。他的"毒气"与"鬼气"是他的深刻性之所在,但他又极想逃离这种"毒气"和"鬼气",却又逃不掉。他怀疑人,恨人,有人据此甚至将他说成是"仇恨政治学"的发明者;但在"三个冷静"的下面,却藏

---

① 鲁迅:《译文序跋集·〈信州杂记〉译者附记》,《鲁迅全集》第 10 卷,第 446 页。

有一颗救世兴邦的大悲悯之心。从这个意义上说，任何单一性的鲁迅解读，都可能歪曲鲁迅。他是在古老中国向现代蜕变的转型期，中西文化以及传统与现代撞击而形成的一个大漩涡。而这种复杂性，正是在后来的鲁迅解读中发生歧义的基因。在充分认识到鲁迅的文化身份的复杂性之后，才可能做到不是一叶障目，而是真正寻找到被复杂性遮盖着的文化规定性。

毛泽东对鲁迅的评价成为中国文化界相当长历史阶段的指导性诠释，然而，毛泽东解读鲁迅的二元性却很少有人看出来。一方面，鲁迅对国民党屠杀青年的清党极度愤恨，抨击时政不留情面，鲁迅由此成为一面在"国统区"反抗强权揭露社会黑暗面的旗帜，毛泽东非常需要这么一面旗帜；但是另一方面，从上海去延安投奔光明的文人发现了隐藏在光明后面的阴暗面，并且在鲁迅的旗帜下揭露这种阴暗面，这就使毛泽东对鲁迅的"普世价值"发生了怀疑。于是，在高度评价鲁迅的《论鲁迅》与《新民主主义论》之后，毛泽东很快就发表了《在延安文艺座谈会上的讲话》（下简称《讲话》）。事实上，《讲话》与《新民主主义论》之间对鲁迅评价的差异与二元性是很明显的：《新民主主义论》并非专门讨论文学的，却对鲁迅给予至高无上的评价，认为鲁迅的方向就是中华民族新文化的方向；而《讲话》是专门讨论文学的，却很少谈及主要是作为伟大文学家面世的鲁迅，而且谈及鲁迅的地方给人的感觉仿佛鲁迅那样做是可以原谅的。如果毛泽东评价鲁迅的二元性都是合理的而要同时并存的话，那么，一种巧妙的对鲁迅进行高贵悬置的二分法就出现了：鲁迅是在"国统区"，杂文针对的是敌人，揭露得越尖锐越好，抨击得越激烈越好，而且这种揭露与抨击恰好成就了他的伟大；而在"解放区"，作家针对自己的同志就不能用这种杂文笔法，对于人民和人民的领导要俯首歌颂。鲁迅在"国统区"

的争自由反专制是值得推崇的，而"解放区"的作家则要守纪律，因为人民的作家已经具有了充分的自由，所以谁要争取自由谁就是人民的敌人。在这种高贵悬置之后，鲁迅仅仅成了"国统区"的文化旗帜，而在"解放区"以及1949年之后的中国大陆，《讲话》才是新的文化与文学的方向，这就是文艺必须从属于政治，现实社会的缺陷不能以批判与对立的姿态加以审视，而应该以光明来烛照黑暗，以团圆来弥补缺陷。胡风、萧军、冯雪峰等鲁迅的精神苗裔，没有领悟到毛泽东对鲁迅的高贵悬置，还是从"普世价值"的角度理解鲁迅，试图将鲁迅精神引入到现实中来，于是就一个接一个地受到了清算。而20世纪末那些否定鲁迅的当代作家与学人，也没有看到毛泽东对鲁迅的这种高贵悬置，试图通过对鲁迅的否定与批判来为自由开路，自然都不得要领。

毛泽东对鲁迅的高贵悬置，很快就导致了对鲁迅的造神运动。学者们正是在毛泽东最高指示的导引下，开始了神化鲁迅的"伟大工程"。他们认为鲁迅的前期是在黑暗中摸索的阶段，思想和文学都是不成熟的，这样一来，鲁迅前期那些不能被简化的复杂性，就成为孙悟空在归顺如来佛与观世音之前的大闹天宫、大闹龙宫、大闹地狱的举动。而鲁迅的后期则转变成了一个伟大的无产阶级革命战士，一言一行都散发着正确的辉光。于是，鲁迅被一只无形的手从现代作家与思想家中拔了出来，脱离了大地上的泥土，奉到了高不可攀的天上，让人们瞻仰和崇拜。既然鲁迅的后期是如此的神圣不可侵犯，就必然使他的前期跟着神圣。于是，鲁迅生下来就注定会成为旧社会的叛逆，厌弃古旧书本而喜欢富有革命性的神话，到自由自在的百草园中玩要。① 他到南京求学成了成圣的必由之路，到日本留学更是追求革命真理的壮举，而且这还有"我以我血荐轩辕"的诗句为证。面对五四时期鲁迅深刻袒露自己的阴暗和矛盾心理的文本，一是冷落，二是歪曲。像《野草》这样杰出的艺术文本在很长的时间里是被冷落的，《野草》中那个具有自由主体的孤独者吐露的苦闷与绝望，则被当作鲁迅富有自我批评精神来解释的，于是鲁迅又一跃而成了富有自我批评精神的典范，正如奥古斯丁在魂归上帝之前也曾有荒唐的时候，但是，在经过深刻忏悔之后仍然可以成为"圣奥古斯丁"一样。那么，鲁迅走上神坛之后达到了何种神圣不可侵犯的地步呢？从延安开始尤其是在1949年之后，只要说你反对鲁迅，你在文坛上就没有立足之地。1966年之后，只要说你反对鲁迅，那么你就是反革命。到了20世纪末，一些人非议鲁迅，某些人就坐不住了，希望官方出面"保卫鲁迅"，希望用刺刀让非议者闭嘴。而这样为鲁迅画像，就是把一个争自由的战士塑造成一个防民之口的暴君。1931年，《中学生》杂志让鲁迅指导中学生，鲁迅说："请先生也许我回问你一句，就是：我们现在有言论的自由？假如先生说'不'，那么我知道一定也不会怪我不作声的。假如先生竟以'面前站着一个中学生'之名，一定要逼我说一点，那么，我说：第一步要努力争取言论的自由。"② 鲁迅，一个反抗压制争取言论自由的战士，却因为别人用言论反对他就被剥夺基本的公民自由，这是一个多么大的讽刺！如此看来，"鲁迅是谁"确实是一个应该首先解决的问题，而且这个问题仍然具有当代意义，因为保卫鲁迅的声浪在

---

① 这虽然有鲁迅的文章为依据，却并不符合历史的原貌，因为这是鲁迅以成年人的价值观对童年生活的重构，其中有大量的虚构，详见《高旭东讲鲁迅》，北京大学出版社，2008年，第50—53页。

② 鲁迅：《答中学生杂志问》，《鲁迅全集》第4卷，第363页。

十多年前还甚嚣尘上。

问题的悖谬之处就在于,那些声称"保卫鲁迅"的人,站在言论自由的对立面,基本上都是将一个文化恶魔塑造成神明的拥护者,而这恰好是对鲁迅最大的扭曲变形。鲁迅以袒露自己内心的恶性、暴露阴暗的游魂而觉得自己并不渺小,他比那些戴着面纱的所谓正人君子更为真诚可亲,甚至自称是"黑的恶鬼"。因此,将鲁迅描绘得像圣人一样圆满,甚至是闪着通体正确辉光的神,是对鲁迅最大的嘲讽。可以说,"在中国文化的夜空中,鲁迅不是一只让人高兴快乐的喜鹊,而是一只夜游的恶鸟,是一只鸱枭,一只猫头鹰。他的使命,就是揭露出中国文化的大缺陷,暴露出内心的大黑暗,如果他和他的同胞不能从这种大缺陷与大黑暗中得救,就会在大缺陷与大黑暗中沉沦。与尼采一样,鲁迅的书是写给强者看的,不敢正视惨厉的真实的人,就只有在这种大缺陷与大黑暗面前落荒而逃。"[①] 在鲁迅的多数创作中,我们都可以发现恶魔游魂的律动。《狂人日记》《孤独者》《铸剑》等小说充分表现了鲁迅那种挑战传统、既反抗暴君又愤慨良民的愤世嫉俗的恶魔风骨,从《野草》中我们能够听到强力的"怪鸱的真的恶声",[②] 甚至从《呐喊》《朝花夕拾》到后期杂文,鲁迅喜欢的老鼠、狼、蛇等恶性动物以及无常、女吊等恶鬼,都是惊世骇俗的。[③] 这些作品实践了鲁迅在《摩罗诗力说》中以恶魔雄声撼动传统及其现实积淀的文化理想:作为"精神界之战士"的"文化恶魔"上抗"天帝"下启"民众",破坏统治者

---

① 高旭东:《走向二十一世纪的鲁迅》,中国文联出版社,2001年,第10—11页。
② 鲁迅:《集外集·"音乐"?》,《鲁迅全集》第7卷,第54页。
③ 详见高旭东《鲁迅与英国文学》第一章第一节《鲁迅与拜伦:东西方的"恶魔"》、第四章《鲁迅"恶"的文学观及其渊源》,陕西人民教育出版社,1996年;高旭东《跨文化视野中的鲁迅》第二编《鲁迅:东方的文化恶魔》,安徽大学出版社,2013年。

与民众所构成的传统的统一体,敢于获罪于群体而反抗社会,对于中国的传统和现实进行全面的批判反省,对于民众则取一种"哀其不幸,怒其不争"的启蒙姿态。而且"恶魔"要独自承担沉甸甸的自由,从而具有与社会战斗、与自我战斗的"多力善斗"的主体性与强力意志。因此,从当代解构主义的角度来认识鲁迅,就会发现鲁迅是一个非常伟大与深刻的思想家。他的《狂人日记》《阿Q正传》等小说连同他数量较多的洞察国民性的杂文,揭露出中国传统文化阴暗面的底蕴,构成了对中国传统文化实质性的颠覆。鲁迅是迄今为止中国最伟大的否定性的文化精灵,与西方从尼采到德里达的解构精神可以相提并论。鲁迅有感于中国文化是以停滞和静止不动为特征的没有进步与发展观念的循环论,以及由述而不作而造成的连续性、稳定性,试图在性善平和的中国输入一个否定性与批判性的文化恶魔,使中国社会和文化动起来,迅猛地发展起来,使中华民族能够在弱肉强食的现代巍然屹立于世界民族之林。因此,尽管鲁迅与中国文化传统有着千丝万缕的联系,甚至在更高意义上是这一传统的现代传人,[①]由此造成了鲁迅文化品格的复杂性乃至复调特征,然而这仍然不能遮掩鲁迅以批判否定性为主导的文化恶魔的身份。

鲁迅是现代中国最具创新意识的文体家,他不但使小说真正成为中国文学的正宗,使《野草》式的散文诗成为中国空前绝后的一种文体,而且在鲁迅的努力下,介乎论文(逻辑、议论)与散文(形象、抒情)之间的杂文,成为一种新型的文体,30年代的"鲁迅风"、50

[①] 笔者是最早分析鲁迅受中国文化传统乃至孔子深刻影响的学者,详见高旭东《鲁迅与中国文化传统》,《山东社会科学》1990年第4期;《论孔子对鲁迅的影响》,《齐鲁学刊》1991年第4期。

年代反右前的短暂重现，表明了杂文已是现代中国散文园地的一个重要分支。《故事新编》的文体更为独特，很多人将其界定为历史小说，然而其中的《补天》和《奔月》是神话而非历史，而且《故事新编》在过去的叙述中加进现代生活的细节或语言，使古今得以沟通，更是一般历史小说所没有的。《朝花夕拾》也很有特点，是介于散文与自传体小说之间的一种文体，相比之下，《藤野先生》《范爱农》等篇比《一件小事》《兔和猫》《鸭的喜剧》等更像小说，因而将《朝花夕拾》看成是短篇连缀的自传体小说，也完全合理。即使是《呐喊》《彷徨》等现实题材的虚构小说，鲁迅也在不断地进行文体创新，同是以疯狂的主题象征被众数迫害的觉醒者，《狂人日记》用日记体侧重于表现狂人的意识流动来控诉几千年的礼教和家族制度，《长明灯》则采用了客观描写的象征技巧；同是描绘被传统社会和文化所害的旧式没落文人，《孔乙己》是从一个孩子的视角更多地展示了环境的冷漠和残酷，而《白光》则更多地从主人公的意识流动显示了科举对人的异化。而被夏志清称之为"现代中国唯一享有国际盛誉"的小说《阿Q正传》，在结构剪裁与艺术表现的技巧上与鲁迅其他小说的文体都不相同。索绪尔以来的现代语言学表明，我们生来就面对一堆由能指和所指构成的符号，在很大意义上是我们被语言所言说而不自知，因为我们不借助现成的文体就很难表达我们的情意，而一旦借助现成的文体就可能深受它的制约而不自知。鲁迅的伟大，就在于尽可能地变更文体以为其表情达意服务，并不在乎文体的非驴非马，由此也造就了鲁迅文体的新颖与独创。

鲁迅文体形式的复杂性，表明了以任何一种创作方法与艺术原则来框定鲁迅的创作，都是一种幼稚的表现。鲁迅确实对现实有清醒与深刻的认识，并且表现在他的小说、散文诗与杂文等各种文体中，但是从艺术渊源上看,鲁迅对法国与俄国的现实主义并没有多少兴趣,他看重托尔斯泰的,主要是其思想而非艺术创作的方法和原则。鲁迅看重俄国作家的,是果戈理式的以讽刺与反语变异现实的技巧,安特莱夫式的象征技巧,以及阿尔志跋绥夫式的以主体扩张与颓废为特征的现代主义。而拜伦式的浪漫主义、尼采式的由浪漫走向现代的运思方式,都表明鲁迅在寻求与现实主义有所不同的艺术方法与原则。加上中国文学抒情传统的深层的感性渗透以及勾魂灵、画眼睛的传统技巧的影响,使鲁迅的创作与严格摹写现实的现实主义方法迥然不同。鲁迅小说强烈的现代性与抒情特征,除了尼采与现代派作家的影响,中国诗画的抒情传统也发挥了重要的作用。然而,鲁迅强烈的现实使命感使他不可能像纯正的象征主义作家那样为艺术而艺术,因此,鲁迅对法国纯正的象征主义兴趣并不大,而更喜欢俄国的安特莱夫、迦尔洵等具有一定的写实性的或者与写实主义结合的象征主义。鲁迅不喜欢逃离现实、缅怀中古的德国浪漫派与英国湖畔派,而喜欢具有战斗品格和反传统精神的"恶魔派诗人"的浪漫主义。在鲁迅的小说中,即使像《狂人日记》那种浓重的抒情与面对几千年传统的象征寓意,《故乡》与《伤逝》那种深情的怀旧和浪漫的独白,以及《兄弟》对人的潜意识的开掘,也都展示了主人公赖以活动的社会与文化背景。因此,尽管《幸福的家庭》中有意识流的技巧,从《孤独者》中能听到拜伦、尼采的"恶声",而《铸剑》则是一篇具有现代意味的浪漫传奇,但是,鲁迅又表现了在现实社会中,"幸福的家庭"是难以存在的,"孤独者"也受到了"众数"的迫害,所以鲁迅让人们"铸剑"向现实的暴君和良民"复仇"。即使在最为孤独、痛苦、绝望之时创作的现代主义特征最为鲜明也最具有本体意味的《野草》中,鲁迅也没有滑向世纪末的颓废或西西弗斯式的人生荒诞感,而是向有害于民族生存的一切举起了"投枪",即使在虚构的"死后",也还在与那些苍蝇似的文人学士斗争。因此,鲁迅的艺术身份并非是现实主义的代表作家,而是以现代主义、浪漫主义为主导,并且兼容了现实主义。① 鲁迅的艺术天才在其不为文体所拘、不为文学流派所拘,造就了一个具有独特魅力的艺术世界。他在中短篇小说、旧体诗、散文诗与杂文四种文体上都达到了顶尖的艺术高度。仅就散文诗《野草》而论,它将现代汉语的表现力推向令人难以企及的高度,泰戈尔以《吉檀迦利》获得诺奖,艺术表现力却并不在《野草》之上。因此,鲁迅超越了一般获得诺奖的作家的艺术水平,他是东方作家中没有获得诺贝尔奖的托尔斯泰、契诃夫、易卜生、乔伊斯、卡夫卡。

鲁迅是谁?从我们对鲁迅的复杂性与文化身份规定性的分析可以看出,鲁迅具有前所未有的文化复杂性,在他身上,表现了东西方文化汇流之后作为一个深刻的中国人的全部危机和复杂性;然而,鲁迅又是撼动传统及现实黑暗的杰出的文化恶魔,他吸取了现代主义、浪漫主义、现实主义及中国传统的文学营养,天才地铸造出极为独特的艺术文体,并使中国文学成功地进行了现代转型。然而从延安开始,鲁迅的恶魔品格及其对现实社会的破坏性在高贵悬置的文化策略下基本上被屏蔽,并且展开了扭曲鲁迅的造神运动。自1979年历史新时期以来,鲁迅研究才开始侧重其尊崇自由与个性以及具有强烈破坏性的恶魔精神。然而,随着上世纪90年代之后一些学人与作家对鲁迅的挑战以及中国知识界的自由派与左派的分裂,除了一些不和时嚣的独立思考的学者,自由派与左派各取所需的解读又出现了肢解鲁迅的片面性。当然,同情下层人民的疾苦,反对社会的不公正和腐败,抨击权

---

① 详见高旭东:《鲁迅的艺术选择与文化选择》,《山东大学学报》1993年第2期。

贵以权力和金钱扭曲事实真相以掩蔽正义，在这些方面当代的"左派"与"右派"是一致的。但是，"自由派"看取鲁迅的是张扬个人自由的精神，并且为了自由而反抗传统、社会以及现实的一切束缚，他们忽视的鲁迅强烈的爱国精神及独立自主的民族立场；而当代的"左派"看取鲁迅的，则主要是鲁迅站在底层人民的立场对权贵的抨击，以及鲁迅强烈的忧国忧民的爱国精神，他们忽视的则是鲁迅的自由精神。如果与俄罗斯的文学传统比较的话，鲁迅既不是真正意义上的左派，也不是屠格涅夫式的自由派与西化派，他更接近从陀思妥耶夫斯基到索尔仁尼琴的传统。

我们来看一个当代"左派"解读鲁迅的案例。针对人民教育出版社等在中学课本中删削鲁迅作品的课文，网上流传着一篇《鲁迅终于滚蛋了——他笔下的人物复活了》的文章，以冷嘲热讽的笔法表达了强烈的不满。文章写道："孔乙己们复活了。并且以一篇《'茴'字有四种写法》的论文，晋级为教授、学者、国学大师"，"赵贵翁、赵七爷、康大叔、红眼阿义、王胡、小D们复活了。有的混入警察队伍，有的当上了联防队员、城管。披上制服兴奋得他们脸上'横肉块块饱绽'，手执'无形的丈八蛇矛'，合理合法地干起了敲诈勒索，逼良为娼的勾当。如果姓夏那小子在牢里不规矩，不用再'给他两个嘴巴'，令其'躲猫猫'足矣。""假洋鬼子们复活了。这回干脆入了外籍，成了真洋鬼子。并且人模狗样儿地一窝蜂地钻进'爱国大片'的剧组，演起了凛然正气、忧国忧民的仁人志士，让人好生不舒服。""祥林嫂、华老栓、闰土们复活了。他们依然逆来顺受，情绪稳定。""那些'体格茁壮的看客们'复活了。他们兴致勃勃地围观那些'拳打弱女'、'棒杀老翁'、'少年溺水'、'飞身坠楼'的精彩瞬间……一边听着小沈阳的笑话，一边麻木地死去，岂容鲁迅把他们唤醒，再一次经历烈火焚身的苦痛?""如果鲁迅赶上这个时代,对于'开胸验肺'、'以身试药'、'周公拍虎'、'黑窑奴工'、'处女卖淫'、'官员嫖幼'等一系列奇闻,又会写出多少辛辣犀利、锥骨入髓、令人拍案叫绝的杂文来,想想,真是让人后怕,所幸这个尖酸刻薄的小人已不在人世了。"文章的结论是:"鲁迅之所以滚蛋,是因为那些曾经被其攻击、痛斥、讥讽、怜悯的人物又一次复活了,鲁迅的存在,让他们感到恐惧、惊慌、卑怯,甚至无地自容";"鲁迅之所以滚蛋,是因为当今的社会不需要'投枪和匕首',而需要赞歌、脂粉、麻药。"

这篇无名氏的文章应该是出自"左派"文人的手笔,一是后来"乌有之乡"网站以《鲁迅滚蛋了,他笔下的人物欢呼雀跃了!》的题目转载过,二是文中有一大段丑化西方民主的语言:"阿Q们复活了。从土谷祠搬到了网吧,但其振臂一呼的口号已经不是'老子革命了!'而是'老子民主了!'每天做梦都盼着'白盔白甲'的美国海军陆战队早一天杀过来,在中国建立民主。因为只要美国的'民主'一到,赵七爷家的钱财、吴妈、秀才老婆乃至未庄的所有女人就都是我的了!"左派文人如此抹黑西方的"民主",甚至是借着鲁迅反民主,绝对不会得到鲁迅的认同。鲁迅笔下的阿Q与西方的民主毫无关系,而是中国胜者王侯败者贼的历史循环的传统产物。中国当代社会之所以出现了那么多的腐败与不公正现象,恰恰是权力与金钱不受制约、不受新闻与民意的监督所致。鲁迅毕竟是推崇"科学与民主"的新文化运动的主将,到晚年也抵制"对专制不平,但又向自由冷笑"的立场,表明他对自由民主的向往。① 因此,尽管鲁迅具有强烈的爱国主义精神,然而鲁迅却

---

① 鲁迅:《且介亭杂文二集·〈中国新文学大系〉小说二集序》,《鲁迅全集》第6卷,第249页。

很担心爱国主义成为统治者压制人民自由的口实,这就是他为什么要以"民族革命战争的大众文学"取代"国防文学"的原因。鲁迅说:"用笔和舌,将沦为异族的奴隶之苦告诉大家,自然是不错的,但要十分小心,不可使大家得着这样的结论:'那么,到底还不如我们似的做自己人的奴隶好。'"① 不过从书面的网络文章可以看出,即使是当代的左派,也不再遵从毛泽东将鲁迅高贵悬置的策略,而是将鲁迅的批判精神与破坏性引入到现实社会。"左派"不能忽视鲁迅遗产中的自由精神和西化精神,"自由派"也不能忽视鲁迅强烈的民族自强精神,因为失去了民族立场的自由和民主往往就失去了对民众的感召力。

---

① 鲁迅:《且介亭杂文末编·半夏小集》,《鲁迅全集》第 6 卷,第 595 页。

夏志清贬损鲁迅的意识形态操控[①]

最近笔者在撰写《中国现代文学史》的过程中，感到鲁迅的经典地位是靠着无与伦比的艺术成就与文学影响造就的。除了在短篇小说、旧体诗、散文诗、杂文四个文体领域都达到了顶尖水平，鲁迅对整个中国现代文学的影响是巨大的：鲁彦、张天翼、萧红、萧军、胡风与柔石等一大批著名作家都是鲁迅直接的精神苗裔，通过胡风进而影响了路翎以及整个七月派，小说中的乡土文学与杂文中的鲁迅风几乎都是鲁迅造就的。就世界文学而言，很少作家像鲁迅那样对一个民族的文学造成如此广泛久远的影响，2016年获得国际安徒生文学奖的曹文轩认为鲁迅对他的影响太大了，在他的心目中鲁迅"一直是一个不可逾越的文学的高峰"。[②] 可以说，鲁迅是东方作家中没有获得诺贝尔文学奖的托尔斯泰、易卜生、契诃夫、詹姆斯·乔伊斯、卡夫卡一流的文学巨人。然而在夏志清的《中国现代小说史》中，鲁迅虽然也被专章讨论，但是鲁迅专章的字数却仅有张爱玲专章的字数的一半，并且对鲁

[①] 原载《中国文学批评》2016年第2期。
[②] 赵振江、高丹：《"非典型儿童文学作家"曹文轩：我的文字骨子里有鲁迅的东西》，《澎湃》2016年4月10日。

迅作品的评价基本上是褒中含贬，总体偏低，即使是对鲁迅名扬世界的作品也是如此。通过这种"艺术贬损"，夏志清的目的达到了，国内上个世纪末兴起的否定鲁迅的文学思潮的学术源头正是夏志清的《中国现代小说史》。笔者参与了那场关于鲁迅的论战，[①] 如今在撰写《中国现代文学史》之余，再来清理否定鲁迅的学术源头，就是必要的。

（一）夏志清小说史的鲁迅专章渗透着意识形态操控

夏志清在《中国现代小说史》及其后的《附录》中，就自称是找到了一套艺术评价的体系，并宣称能够公正地分析现代中国的作家作品。然而夏志清这部小说史的鲁迅专章却自始至终渗透着意识形态偏见，并在意识形态的操控下将鲁迅这样一位文学巨人矮化成为一般的文学名人，甚至在夏志清的描述中鲁迅还低于张爱玲、沈从文、张天翼、钱锺书等作家。当然，夏志清对鲁迅的贬损是一种需要技巧的"艺术贬损"，是与直陈谩骂的直接贬损相对的。直接贬损其实根本无伤于一个文学巨人，譬如苏雪林从鲁迅逝世后就开始对鲁迅鞭尸，把汉语中几乎所有的贬义词都用在鲁迅身上，甚至说鲁迅是玷辱士林的衣冠败类，二十四史儒林传中都找不到的奸恶小人，然而她的这些直陈谩骂，没有人会认真地进行学术性的检讨与引用，然而对于夏志清的"艺术贬损"则不然，很多人将其誉为"经典之作"。我们下面就通过鲁迅这一个案，详细分析一下夏志清是怎样打着公正的艺术批评的旗子而进

---

① 笔者的专著《走向二十一世纪的鲁迅》与编辑的文集《世纪末的鲁迅论争》于2001年分别由中国文联出版社与东方出版社出版，都是参与那场关于鲁迅的论战的结果。

行意识形态操控的。

　　细读夏志清的《中国现代小说史》，除了对《肥皂》与《药》等个别小说的阐发还有一些新意，鲁迅这个专章几乎很少立论能够站得住脚。《肥皂》与《药》当然是鲁迅小说的精品，然而却非极品，鲁迅小说中的极品非《狂人日记》与《阿Q正传》莫属，而夏志清讨论《肥皂》与《药》的篇幅大大超过讨论鲁迅的代表作《狂人日记》与《阿Q正传》的篇幅，也就能够看出他这部小说史的品味。

　　为什么夏志清的《中国现代小说史》的鲁迅专章少有立论能够站得住脚呢？根源就在于他打着艺术批评的旗号而陷入了一种意识形态操控。鲁迅专章一开始就叙述中国共产党是怎样将鲁迅塑造成神话的，并且发表议论说："一个值得注意的史实是：最初称誉鲁迅才华的是自由主义派的评论家如胡适与陈源，而共产主义派的批评家，在一九二九年鲁迅归顺他们的路向之前，一直对他大加攻击。"① 然而，夏志清这里所谓的"史实"，基本上是他出于意识形态操控目的的向壁虚构：胡适1924年仅在《五十年来之中国文学》中肯定了那个叫"鲁迅"的小说，但是字数总共50字，就胡适这篇"中国现代文学简史"而论，讨论严复、林纾、章太炎的文学成就都有上千字，讨论他自己发起的文学革命有数千字，区区50字显然是大大低估了鲁迅的文学价值。而且在此之前，仲密（周作人）发表了《〈阿Q正传〉》，雁冰（茅盾）与Y生都先后发表了《读〈呐喊〉》。尤其是雁冰的《读〈呐喊〉》，从思想内容与艺术形式上充分肯定了《呐喊》杰出的艺术成就，相比之下，胡适的《五十年来之中国文学》在彰显自己发起的文学革命时，遮掩了

---

① 夏志清：《中国现代小说史》，香港：友联出版社，1979年，第28页。鲁迅专章是由李欧梵译出，出版社版次下同。

显示了文学革命实绩的鲁迅的成就。沈雁冰1921年就加入了中国共产党，1923年10月8日在《时事新报》的副刊上发表《读〈呐喊〉》时并未脱党，怎么能说1929年之前"共产主义派的批评家"一直对鲁迅大加讨伐呢？至于说陈源称誉鲁迅的才华，就更是令人匪夷所思。陈源20年代中期作为鲁迅的论敌，是不吝将恶毒的字眼奉送给鲁迅的，1926年1月他在《晨报副刊》发表的《致志摩》中，称鲁迅是"刑名师爷"与"刀笔吏"，说鲁迅自己散布流言却又批判流言，鲁迅在《中国小说史略》中剽窃盐谷温却又挖苦别人抄袭。他固然笼统地肯定鲁迅的小说，但那是为了全盘否定鲁迅的杂文时显得公正，根本就是为了否定鲁迅。

（二）贬低鲁迅小说代表作的深层原因基于意识形态操控

鲁迅小说的代表作是《狂人日记》与《阿Q正传》，夏志清接着就对这两部作品进行了某种程度的否定。他对鲁迅的小说杰作《狂人日记》进行了这样的评价："鲁迅对于传统生活的虚伪与残忍的谴责，其严肃的道德意义甚明，表现得极为熟练，这可能得力于作者的博学，更甚于他的讽刺技巧。作者没有把狂人的幻想放在一个真实故事的架构中（本来没有人要吃他），所以鲁迅只能加油加醋，把各种中国吃人的习俗写进去，而未能将他的观点戏剧化。"① 这篇文字是明褒暗贬，完全忽视了《狂人日记》价值重估的巨大的文化价值与艺术表现上的精湛。如果说这种评价出于研究中国古典文学的学者，倒并不令人奇怪，

---

① 夏志清：《中国现代小说史》，第31页。

然而夏志清是以研究西方文学起家,并且又自称是艺术批评为主,因而做出这样的评价就令人诧异。《狂人日记》以医学上的迫害狂象征文化上的叛逆,巧妙地表现了深刻的现代感受。小说的技巧并非现实主义,亦非夏志清所说的讽刺小说,而是以歌德的《浮士德》与尼采《查拉图斯特拉如是说》一类的象征与隐喻来重新估价传统。从以现代观念重估传统的意义上说,这篇小说在中国文化史上的地位,完全可以与尼采的《查拉图斯特拉如是说》在西方文化史上的地位相媲美。传统在狂人眼里完全被颠覆了:"照我自己想,虽然不是恶人,自从踹了古家的簿子,可就难说了。……况且他们一翻脸,便说人是恶人。我还记得大哥教我做论,无论怎样好人,翻他几句,他便打上几个圈;原谅坏人几句,他便说'翻天妙手,与众不同'。"①在小说中,只有狂人才是真正的觉醒者,他道破了这个社会在伦理道德掩盖下吃人的隐情,他看出了历史与数目力量的荒谬,他以孤独的自我向全社会挑战,与整个文化传统对立,并且要劝转吃人的人不再吃人。狂人向着现实与四千年的传统说:"从来如此,便对么?"而"狂人越是清醒,在传统的眼里就会越加疯狂。小说构思的精妙在于,传统文化与新文化的价值冲突在小说的文言与白话之间再一次呈现:一旦吃人的人病愈不再疯狂了,就又加入了吃人的行列。"因为狂人面对的是四千年的传统,所以小说大量运用象征与隐喻的表现技巧,以"赵贵翁"象征家族制度的族长,"古久先生的陈年流水簿子"象征中国的历史传统,将揭露的对象从现实回溯到几千年的文明传统。这篇小说不但象征与隐喻技巧运用得完美,而且结构艺术也非常令人称道:小说以第六节"狮子似的凶心,兔子的怯弱,狐狸的狡猾,……"为中轴,前面五节是狂人

---

① 鲁迅:《狂人日记》,《鲁迅全集》第1卷,人民文学出版社,2005年,第446页。

逐渐觉醒的过程，后面七节是狂人劝转吃人的人不再吃人的过程。"鲁迅是谦虚的，如果他是尼采，他会像尼采评价《查拉图斯特拉如是说》一样，说《狂人日记》飞翔在向来所谓小说的千里之上。"①

夏志清一以贯之地对《阿Q正传》的贬损，也令人感到他的艺术鉴赏力有问题。他在小说史中说：《阿Q正传》"是现代中国小说中唯一享有国际盛誉的作品。然而就它的艺术价值而论，这篇小说显然受到过誉：它的结构很机械，格调也近似插科打诨。"②甚至阿Q这个名字都是"故弄玄虚"。③一直到晚年他还是贬低《阿Q正传》，说滑稽太多了。夏志清评论《阿Q正传》给人的印象是，《阿Q正传》仅仅是在揭露国民性上是成功的，而艺术表现则是失败的。那么《阿Q正传》是否像夏志清说的那样名不副实，没有艺术表现力？答案显然是否定的。否定的理由之一，就是夏志清没有仔细地阅读文本，他说鲁迅在报纸的连载中"改变了原来计划，给故事的主人翁一个悲剧的收场，然而对于格调上的不连贯,他并没有费事去修正。"④如果仔细阅读小说的第一章《序》，就会发现鲁迅在开手创作时就已经想到了阿Q犯案被处死："我又不知道阿Q的名字是怎么写的。他活着的时候，人都叫他阿Quei，死了以后，便没有一个人再叫阿Quei了，……我的最后的手段，只有托一个同乡去查阿Q犯事的案卷"⑤，可见作者根本就不是突然改变计划，阿Q的悲剧是从开手创作就构思好了的。从开头表现精神胜利法的"优胜记略"到结尾的"大团圆"都是一气呵成的，所

---

① 《高旭东讲鲁迅》，北京大学出版社，2008年，第206页。
② 夏志清：《中国现代小说史》，第33页。
③ 同上书，第34页。
④ 同上书，第34页。
⑤ 鲁迅：《阿Q正传》，《鲁迅全集》第1卷，人民文学出版社，2005年，第515页。

谓格调上的不连贯与结构的机械更是无从谈起。小说将西方小说的叙述技巧与中国章回体小说的营养乃至中国画的画眼睛、勾魂灵的技法相结合，以反语、幽默以及夸张、荒诞的表现技巧，来凸显阿Q的魂灵，以喜剧的笔法描述阴暗悲惨的故事，使得《阿Q正传》所运用的艺术技巧在现代中国小说中是最复杂多样的，怎么能像夏志清那样不加分析地就从艺术上否定《阿Q正传》呢？

《阿Q正传》还大量运用了象征与隐喻的技巧，我们以夏志清称之为"故弄玄虚"的阿Q之名来分析这一点。阿Q本身就是一个象征性的大典型，他备受屈辱而自欺欺人的精神胜利法，就是中国的国民精神逐步走向堕落的精妙象征。小说中的一些细节，如果仅仅从写实而不从象征的角度就不好理解，譬如阿Q被抓进监狱不烦恼，画不好一个让自己送命的圆圈却徒生烦恼。但是，从象征的角度就非常好理解了，因为圆圈正是中国文化的象征符号，它是贯穿全篇的精神线索：阿Q的精神胜利法就是不敢正视现实失败而退回内心的精神团圆，阿Q革命三部曲是"彼可取而代也"的旧制度的重建与循环，也就是原地不动划圆圈式的"革命"——鲁迅将中国历史看成是"想做奴隶而不得"与"暂时做稳了奴隶"两个时代的循环，将农民造反破坏旧秩序看成是"寇盗式的破坏"，破坏的结果是"在瓦砾场修补老例"，也就是旧秩序的重建而无理想之光；因而鲁迅将迄今为止的革命看成是争夺一把旧椅子，去夺的时候感到椅子很可恨，而一旦到手就当成了宝贝。因此，小说最后以反语性质的"大团圆"结尾，就是对传统的喜欢大团圆的圆满心理的一种巧妙的反语讽刺。阿Q进监狱不烦恼而画不好圆圈烦恼就表明，"阿Q对中国文化象征符号的热爱已超过他的感性生命。而且这个圆圈又是双关的，它是中国文化的象征符号，又是一个死刑判决书的画押符号，正是这个符号杀死了阿Q，这在象征意义上意味着，中国传统文化杀死了阿Q，所以在这里，鲁迅提出的对传统文化的控诉，跟《狂人日记》里提出的礼教吃人没有什么两样。虽然《狂人日记》的控诉是显性的，而对鲁迅的中国文化循环观缺乏研究的人，也很难领悟到《阿Q正传》暗含的深层意义。"① 由此还可以解释为什么给主人公取名阿Q，"Q"就是圆圈，那个小尾巴就是要打破大团圆，或者说西方文明已经进来了，圆圈已无法再圆了，甚至像阿Q无师自通地热爱中国文化象征符号的人，无论怎么努力都画不圆了。这种解释还可以用小说中另外一个人物小D加以佐证，鲁迅后来说小D叫小同，大起来和阿Q一样，因为小D是个半圆，大起来也就成了一个圆圈了。如此富有文化深度的取名，怎么能以"故弄玄虚"加以批评呢？可见，夏志清既没有真正发现《狂人日记》独特的艺术价值②，也未发现《阿Q正传》的艺术独创之处，却在艺术上横加否定，到晚年都不改正，难道这就是文学史家公正客观的原则？

夏志清之所以不仔细阅读文本就从艺术上否定了鲁迅的两篇小说代表作，深层原因还是意识形态操控：他先入为主地以为《狂人日记》是宣传品，以为《阿Q正传》的艺术表现机械粗糙，结果是以艺术批评标榜的夏志清竟然没有发现鲁迅两部杰作在艺术上非凡的创造力。当然，夏志清否定《阿Q正传》的艺术表现力，也为后面将张爱玲的

---

① 高旭东：《鲁迅小说不如张爱玲的吗？》，《理论学刊》2008年第3期。
② 当捷克著名汉学家普实克对夏志清的小说史贬低鲁迅进行批判时，夏志清承认他对《狂人日记》评价过低是错误的，《狂人日记》是鲁迅最成功的作品之一，其中的讽刺和艺术技巧是和作者对主题的精心阐明紧密结合的，大半是运用意象派和象征派的手法。而他要求作者"把狂人的幻想放在一个真实故事的构架中"并"把他的观点戏剧化"是错误的。

《金锁记》吹捧为"中国从古以来最伟大的中篇小说"①作铺垫,事实上,无论是从艺术表现的创造性还是从思想文化的深广度衡量,《金锁记》都无法与《阿Q正传》相提并论。换句话说,"中国从古以来最伟大的中篇小说"是《阿Q正传》而非《金锁记》;但因为张爱玲与夏志清的政治倾向相似,《金锁记》就受到了夏志清的过度吹捧,这不是意识形态操控是什么?

(三) 对《故事新编》等小说的否定更是意识形态操控的结果

夏志清在小说史中讨论完《孔乙己》《药》《故乡》《祝福》《在酒楼上》《肥皂》与《离婚》等九篇小说之后总结说:"即使在这个愉快的创作期间(一九一八——一九二六),鲁迅仍然不能完全把握他的风格(从《一件小事》《头发的故事》《幸福的家庭》《孤独者》和《伤逝》等小说中来看,他还是逃不了伤感的说教);他不能从自己故乡以外的经验来滋育他的创作,这也是他的一个真正的缺点。"②然而,即使按照夏志清的标准,他也遗漏了《风波》与《示众》等并不在《孔乙己》《故乡》的艺术表现力之下的作品。他认为"《孔乙己》是鲁迅的第一篇抒情式的小说",但对鲁迅从《狂人日记》到《孤独者》和《伤逝》等真正优秀的抒情小说却横加否定。他说鲁迅"不能从自己故乡以外的经验来滋育他的创作",也是罔顾事实,鲁迅的小说固然取材家乡的很多,但是,《一件小事》《端午节》《兔和猫》《鸭的喜剧》《幸福的家庭》《肥皂》《示众》《高老夫子》《伤逝》《弟兄》以及整个《故事新编》,恰

---

① 夏志清:《中国现代小说史》,第343页。
② 同上书,第39—40页。

恰是从自己故乡以外的经验与取材来滋育他的创作，数量上显然超过鲁迅取材家乡的小说，其中既包括了《示众》《伤逝》等优秀小说，也包括了夏志清最为激赏的《肥皂》——"就写作技巧来看，《肥皂》是鲁迅最成功的作品，因为它比其他作品更能充分地表现鲁迅敏锐的讽刺感。"① 夏志清立论上的不合逻辑就在这里：既然从自己故乡以外的取材产生了在他看来鲁迅最好的小说，他所谓的鲁迅"不能从自己故乡以外的经验来滋育他的创作"还能站得住脚吗？

夏志清分析说：鲁迅在 1926 年"离开北京以后，在厦门和广州两地生活的不定和不愉快，以及后来与左翼作家的论争，都使他不能专心写小说。一九二九年他皈依共产主义以后，变成文坛领袖，得到广大读者群的拥戴，他很难再保持他写最佳小说所必需的那种诚实态度而不暴露自己新政治立场。为了政治意识的一员，鲁迅只好让自己的感情枯竭。……一九二六年以后，鲁迅所写的所有小说，都收在一本叫作《故事新编》（一九三五）的集子中，在这本书中，鲁迅讽刺时政，也狠毒地刻绘中国古代的圣贤和神话中的人物：孔子、老子和庄子都变成了小丑，招摇过市，嘴里说的有现代白话，也有古书原文直录。由于鲁迅怕探索自己的心灵，怕流露出自己对中国的悲观和阴沉的看法同他公开表明的共产主义信仰是相左的，他只能压制自己深藏的感情，来做政治讽刺的工作。《故事新编》的浅薄与零乱，显示出一个杰出的（虽然路子狭小的）小说家可悲的没落。"② 《故事新编》是鲁迅自创的一种小说文体，一方面是神话、传奇与史实的演义，一方面

---

① 夏志清：《中国现代小说史》，第 39 页。
② 同上书，第 40 页。在与普实克论战时，夏志清承认《理水》与《采薇》是好的，但对于其他各篇仍然坚持其"浅薄与零乱"以及一个杰出小说家"可悲的没落"的评价。

通过"油滑"的技巧将古今相联,以艺术的方式表达了鲁迅对传统的独特看法及其情感方式。从成仿吾在1924年1月在《创造季刊》上发表的《〈呐喊〉的评论》推崇其中的《不周山》为能够进入艺术之宫的杰作①,到普实克认为《故事新编》为鲁迅充分表现了其艺术技巧的独特性与创造性的文体,很少批评家会将《故事新编》一棍子打死,而夏志清在此处对《故事新编》的评价完全可以与苏雪林对鲁迅的谩骂相提并论。夏志清被意识形态的操控表现在,他以为《故事新编》主要是鲁迅后期的作品,就受到共产主义意识形态的影响,完全与鲁迅的早期作品不同,"只能压制自己深藏的感情,来做政治讽刺的工作",以掩饰"自己的感情枯竭"。他没有看到,鲁迅对老子与庄子的艺术表现,是为五四时期所揭露的国民性在追根寻源,这里完全没有"政治讽刺的工作",反复回旋的都是文化寻根的主题。当然,夏志清作为一个研究西方文学的学者而对中国传统文化无知是可以谅解的,却不应该如此不分青红皂白地以"浅薄与凌乱"将《故事新编》一棍子打死。从艺术表现上看,《故事新编》中没有《一件小事》与《鸭的喜剧》等那样的速写篇章,《铸剑》《采薇》等小说放到《呐喊》《彷徨》中也都是优秀之作,可以与夏志清激赏的《肥皂》相提并论。且看《补天》开头的描写:

> 粉红的天空中,曲曲折折的漂着许多条石绿色的浮云,星便在那后面忽明忽灭的睐眼。天边的血红的云彩里有一个光芒四射的太阳,如流动的金球包在荒古的熔岩中;那一边,却是一个生铁一般的冷而且白的月亮。

---

① 《不周山》被鲁迅改名《补天》,从《呐喊》中抽出而放入《故事新编》。

这种描写一看就是出于大手笔，也难怪成仿吾都将其看成是杰作。而在1935年12月创作的《起死》因为是描写文笔漂亮的庄子，小说的文笔也特别灵动，完全不像张爱玲后期作品那样文笔呆滞，怎么能说鲁迅是"感情枯竭"呢？

（四）意识形态操控尤其表现在否定鲁迅杂文及对鲁迅的文学史定位上

夏志清对鲁迅杂文的否定，尤其表现了他的意识形态偏见。在他的小说史叙述中，他对《热风》与《坟》中的杂文还是欣赏的："在一九一八至一九二六年间，他也把自己说教的冲动施展在讽刺杂文上，用幽默而不留情面的笔法，来攻击中国的各种弊病。他根据达尔文的进化论和尼采的能力说，认为中华民族如不奋起竞争，必终将灭亡。所以，在刺破一般国人的种族优越感和因文化孤立而养成的自大心理这两方面，他的散文最能一针见血。"但是在叙述到与英美派文人论战时，他的笔调一转，立刻转向批判："整体来说，这些文章使人有小题大做的感觉。鲁迅的狂傲使他根本无法承认错误。文中比较重要的对社会和文化的评论，又和他的诡辩分不开。他可以不顾逻辑和事实，而无情地打击他的敌人，证明自己永远是对的。"① 尤其是鲁迅左转之后，"杂文的写作更成了他专心一意的工作，以此来代替他创作力的衰竭。"② 于是夏志清对鲁迅杂文干脆来了一个整体性的否定："他十五本

---

① 夏志清：《中国现代小说史》，第42—43页。
② 同上书，第44页。

杂文给人的总印象是搬弄是非、啰啰唆唆。我们对鲁迅更基本的一个批评是：作为一个世事的讽刺评论家，鲁迅自己并不能避免他那个时代的感情偏见。且不说他晚年的杂文（在这些文章里，他对苏联阿谀的态度，破坏了他爱国的忠诚），在他一生的写作经历中，对青年和穷人——特别是青年一直采取一种宽怀的态度。这种态度，事实上就是一种不易给人点破的温情主义的表现。""虽然鲁迅是一个会真正震怒的人，而且在愤怒时他会非常自以为是，他自己造成的温情主义使他不够资格跻身于世界名讽刺家——从贺拉斯、本·琼森到赫胥黎——之列。……大体上来说，鲁迅为其时代所摆布，而不能算是他那个时代的导师和讽刺家。"①

夏志清说鲁迅的杂文"可以不顾逻辑和事实"，这句话奉还给他是最合适的，因为他为了否定鲁迅，根本就不顾及形式逻辑，大有"为否定而否定"的倾向，如前所述，他肯定了鲁迅前期的杂文，却因鲁迅后期左转而专写杂文，就说鲁迅的杂文啰啰嗦嗦、搬弄是非，在另一个处所，他又说鲁迅前后期的杂文没有多少差别："他在一九二九年后所写的散文，除了一些表面上的马克思辩证法的点缀外，与他早期作品中的论点和偏见差异甚少。"② 而且基于《故事新编》主要是鲁迅左转之后的作品，他也不加分析地一棍子打死。他没有看到鲁迅小说创作的连续性，就说《故事新编》是鲁迅创造力衰竭的表现。在这里，夏志清显然又落入政治立场左右艺术评价的陷阱。而且由于鲁迅"啰啰嗦嗦、搬弄是非"的杂文，更导致了夏志清对鲁迅的整体否定，甚至因为鲁迅以热的讽刺而非冷嘲，说鲁迅因温情而连著名的讽刺作家也

---

① 夏志清：《中国现代小说史》，第44—46页。
② 同上书，第43页。

算不上；而在苏雪林等人哪里，则是因鲁迅不够温情、阴险尖刻、一个也不宽恕的睚眦必报而遭到了激烈的否定。将这尖锐矛盾的二者罗列在这里，就是想让人看看否定鲁迅者的嘴脸。这种形式逻辑上的自相矛盾还表现在对现代中国作家的爱国情操的论定上。从"我以我血荐轩辕"，到弃医从文以中华民族的精神医生改造国民性；从在《友邦惊诧论》中谴责日寇，谴责国民党政府在日寇入侵中国时还在追剿红军的"攘外必先安内"，到为了国家的振兴少写纯文学创作而多写去除弊害的杂文，鲁迅晚年给人一种行色匆匆为中华奔忙的印象，"民族魂"是对鲁迅恰切的盖棺论定，夏志清可以说说鲁迅是怎样阿谀苏联的，又是怎样破坏了"爱国的忠诚"的？而对于真正破坏了爱国的忠诚甚至当汉奸或者与汉奸搞在一起的作家如周作人、张爱玲，夏志清在小说史中又是倍加推崇，请问这是什么文学史的标准？

鲁迅作为文学家的伟大，在于他试图以表现自己的艺术个性突破传统的文体形式对他的束缚，在颠覆既有的文体规范中寻找更适合自己艺术个性的文体，从而建构属于自己的文体世界。在鲁迅的文学创作中，杂糅性与含混性最突出的文体是他创立的杂文。杂文与纯粹理论与逻辑形态的论文的区别，就是字里行间渗透着情感与形象；但与纯文学的区别，又是以论述问题或论战的形式出现的，因而这是一种介于论文与纯文学之间的边缘性文体。且看知人论世非常到位又编辑过《中国新文学大系》的散文卷的郁达夫，在1937年3月为日本《改造》杂志撰写的文章是怎样评论鲁迅的杂文的："他的随笔杂感，更提供了前不见古人，而后人又绝不能追随的风格，首先其特色为观察之深刻，谈锋之犀利，文笔之简洁，比喻之巧妙，又因其飘溢几分幽默的气氛，就难怪读者会感到一种即使喝毒酒也不怕死似的凄厉的风味。当我们见到局部时，他见到的却是全面；当我们热衷去掌握现实时，他已把握了古今与未来。要全面了解中国的民族精神，除了读《鲁迅全集》以外，别无捷径。"①然而夏志清居然在小说史中以"啰啰嗦嗦、搬弄是非"八个字对鲁迅杂文加以概括，将鲁迅的杂文全盘否定，并且祸及鲁迅连个讽刺作家也不够格。

夏志清认为鲁迅"为其时代所摆布，而不能算是他那个时代的导师"，然而在鲁迅的时代，尽管鲁迅不以导师自居，让青年自辟生路，而不要寻找什么乌烟瘴气的导师，然而大批的青年却以鲁迅为导师。仅以文学为例，大批的乡土文学家以鲁迅为导师，王衡以鲁迅为导师取笔名鲁彦，王任叔以鲁迅为导师取笔名巴人（《阿Q正传》发表时鲁迅所使用的笔名），鲁迅逝世时，甚至连丘东平都写了"导师丧失"四个字摆在桌上。大批著名作家如巴金、张天翼、萧红、萧军、胡风等无不以鲁迅为导师。至于说鲁迅"为其时代所摆布"，就更没有任何根据。鲁迅左转之后，没有简化人生，在30年代仍然保持着对人性复杂性的认识。《采薇》里的伯夷兄弟到底是好人还是坏人绝非一望而知；《我要骗人》《死》等文章，更表明了鲁迅对人间伦理与生死的复杂性态度，《女吊》《我的第一个师父》放入五四时期的《朝花夕拾》中更合适。鲁迅并没有否定五四文学传统，而是借着他在左翼文坛巨大的影响力传承着"五四"开辟的新文学的传统。围绕在他周围的张天翼、柔石等人的小说都是以五四文学传统为主导的；他晚年培养的作家萧红与萧军，以其创作实践在承传着五四文学传统。鲁迅逝世后胡风自命为鲁迅传统的维护者，反对的也是左翼文学割断与五四文学的精神联系；而胡风培养的传承鲁迅文学传统的路翎，在40年代还在

---

① 郁达夫：《鲁迅的伟大》，《六十年来鲁迅研究论文选》上册，中国社会科学出版社，1982年，第201页。

呼唤个性解放。然而夏志清却置这种复杂性于不顾，完全简化与脸谱化了鲁迅。

鲁迅的文体非常新颖独到，构成了一个很难与其他任何作家混同的艺术世界，这里有阿Q、闰土、祥林嫂等传统中国的老儿女，也有孔乙己、陈士成、四铭、高老夫子等形形色色的文人，还有狂人、疯子、吕纬甫、魏连殳、涓生、子君等受过西方文化教育具有个性精神的文人。换一个作家去写鲁镇附近的普通流民，有多少作家能写出阿Q呢？这是因为鲁迅有一种尼采式愤世嫉俗的情怀，是主体对现实世界的变异，从而出现了一个陌生化的艺术世界。而贯穿于鲁迅小说中的讽刺与反语的表现技巧，更是鲁迅语言世界的特色。因此，鲁迅是现代中国最具创新意识的文体家，使小说真正成为了中国文学的正宗。《野草》虽然是散文的写法，却是诗的境界与哲理深度的融合，是现代中国文学中最有哲理深度与艺术表现力的文本，将现代汉语文学的表现力提高到了一种极致的境界——到今天为止仍然没有任何文本达到这种境界。加上鲁迅创立的杂文文体与其功底深厚、表现力极强的旧体诗创作，鲁迅无疑是现代中国首屈一指的文学巨人。然而夏志清认为，现代中国只有张爱玲、沈从文、张天翼、钱锺书四个作家创造了属于自己的艺术世界，后来他又发现了萧红，但是这个作家行列中却没有鲁迅。这才是对鲁迅最大的贬低。如果夏志清在小说史出版后对自己贬损鲁迅有所悔悟，我们也没有必要再去清理他的小说史的意识形态偏见，但是，直到晚年在接受采访时，夏志清根本不提鲁迅对张天翼、萧红的辛勤培养，不提张天翼、萧红是鲁迅推出来的作家，反而说这两位作家都是他读书读出来的，甚至不顾史实地说鲁迅嫉妒张天翼，理由是张天翼超过了鲁迅。①夏志清将鲁迅推出来的张天翼、萧红等优秀作家统统归功于自己的发现，然后再狠命地贬低鲁迅，不知道是否有违文学史家的严谨？

　　通过对夏志清的《中国现代小说史》中鲁迅专章的检讨，我们发现，夏志清自称以一套公正的艺术批评体系研究中国现代文学，然而在公正的招牌下面却深受意识形态的操控，从而使得这部小说史的知人论世极为不公正，并使其学术价值大打折扣。而且他的小说史被意识形态操控并非仅仅表现在鲁迅专章中，譬如张爱玲熟悉的是买办大家庭的生活，对工农生活并不熟悉，然而刚刚在《十八春》《小艾》等中长篇小说中歌颂共产党给黑暗发霉的旧中国带来光明的张爱玲，转身到香港就写出取材工农生活的反共小说《秧歌》与《赤地之恋》，然而艺术上极为粗糙的《秧歌》与《赤地之恋》，竟然受到夏志清的高度评价。在这里，夏志清根本不顾及文人应该具有前后一致的思想脉络而不能为了自己的利益变来变去的最低节操，也不顾文本是否具有艺术表现力，以"凡是敌人反对的我们就要拥护"作为评价文学文本的标准，这就是渗透在夏志清小说史中意识形态操控的明证。不过，鲁迅是在被批判中逐渐为世人所看重的，当年陈源以及创造社中比夏志清名气更大的文人都没有遮住这位文学巨人的光芒，夏志清也做不到，他的鲁迅专章反而会成为他的《中国现代小说史》的巨大污点。

---

① 　详见石剑锋：《夏志清散谈现代文学》，《东方早报·上海书评》2011年10月23日。季进：《对优美作品的发现与批评，永远是我的首要工作——夏志清先生访谈》，《当代作家评论》2005年第4期。

莫言获诺贝尔文学奖的现代意义[①]

甲午战争之后,尤其是新文化运动之后,中国在文化上打开了国门,文学迈开了走向世界的步伐。中国作家在对中国文学传统进行批判反省的同时,借鉴世界各国文学的技巧,以重构中华民族的现代变迁与文化精神,在中西文化冲突与融会中铸就了以鲁迅、老舍等人为代表的具有现代品格的新的文学传统。然而在相当长的时间里,吐纳东西的新文学反而被世界忽视了。西方世界有一段时间甚至形成了这样的看法:反叛传统的中国新文学不过是对西方文学的摹仿,并不值得认真对待;而未与外来文学融汇之前的中国传统文学是中国人独立的创造,反而值得重视。这其实是一种严重的艺术错觉:以19世纪的俄罗斯文学而论,起初西欧世界也有这种错觉,然而后来他们发现,19世纪的俄罗斯文学并不比同一世纪西欧任何一个国家的文学差,而且西欧文学的养分与俄罗斯独有的文化传统相结合,造就的是具有浓重俄罗斯色调的复杂而忧郁的艺术篇章。而中国的文化传统与俄罗斯相比和西欧传统相距更远,俄罗斯的东正教毕竟还属于基督教的文化

[①] 原载《江苏行政学院学报》2013年第2期。

版图，而中国的儒道传统与西方文化相比则是一种异质的文化，因而中国的新文学是结合了外来养分与中国传统的更为独特的艺术创造。

不过，当西方人发现现代中国文学并非西方文学的摹仿品而具有独特艺术魅力的时候，很多著名的现代中国作家已先后辞世，或者搁笔已几十年。没有搁笔的，除了老舍有历史题材的《茶馆》堪称艺术经典之外，其他现代作家也没有推出像样的作品。不过即使如此，诺贝尔文学奖也在频频向现代中国作家招手。如果老舍、沈从文不是过早辞世，他们都可能早于莫言捧回诺贝尔文学奖。诺奖评委中颇通汉语的马悦然在香港回答中国哪些作家可以获得诺贝尔文学奖时，提及鲁迅、老舍、沈从文。当然，巴金是现代中国文学作家的寿星，他没有获得诺贝尔文学奖，一是盛名所系的"激流三部曲"单向度地控诉传统大家庭而并未深入透视人生的复杂性，像《寒夜》那样的艺术珍品并不多；二是翻译有问题，钱锺书就直指巴金作品的英译是不会有人给奖的"烂译本"。

很明显，在鲁迅等现代作家与1978年之后的新时期作家之间，有一个不为西方世界所接受的文学断层。当然，人们可能会以苏联作家的获奖而归咎这一历史阶段的中国作家自身的努力不够。然而必须看到，苏联获得诺贝尔文学奖的帕斯捷尔纳克（1958）、肖洛霍夫（1970）、索尔仁尼琴（1974）、布罗茨基（1987）正表明了西方世界不可能对中国这一历史阶段的文学认同，因为四人中只有一位被苏联政府认同的肖洛霍夫，还曾因《静静的顿河》而被戴上过"异见分子"与"富农思想"的帽子。而中国的胡风、路翎以及右派作家在一浪高过一浪的政治思想运动中都是昙花一现，路翎最重要的作品《财主底儿女们》《燃烧的荒地》也是在这一历史阶段之前所作。因而赢取诺贝尔文学奖的重任，就落在了莫言、阎连科、刘震云、余华、张炜、苏童、王安忆等新时期经过思想解放的新一代作家身上。

莫言的幸运来自两个方面，第一，新时期的中国文学实际上容纳了两个文学传统：一个是五四文学革命开创的推崇个人自由与人道的文学传统，只是并不容纳这一传统中极端与社会对立的个人倾向；一个是反对自由主义的左翼文学传统，只是并不认同这一传统中的"文革"极左倾向。而莫言的创作显然是五四文学传统在当代中国变异性的精神显现，并以此为精神支点对于左翼作家对现代历史的文学叙述进行了彻底的颠覆。因而当有人以莫言抄写《在延安文艺座谈会上的讲话》对其进行病诟时，莫言让他们读自己的作品。当然，这是就文学的艺术形态的主导方面而言，莫言其实是五四文学传统变异性的当代复活者，在艺术表现的很多方面与五四文学传统差异是很大的。第二是与拉美的马尔克斯等作家的相遇。中国文学的感时忧国精神与基督教背景的文学关注人与神的关系、凝视近乎永恒的人性冲突有所不同，而这种感时忧国精神与左翼的图解政策相结合，造就了一种随着政策的变化对现实的反映也在不断变化的文学传统。新时期伊始，尽管摈弃了图解政策的文学传统，然而，从"伤痕文学"的《班主任》到"改革文学"的《乔厂长上任记》等作品，都表明这一文学传统的影响是巨大的。而在拉美魔幻现实主义的影响下，出现的以莫言、王安忆、韩少功等人为代表的"寻根文学"就跳开现实的直接性，以文化的眼光审视生存的原生态，这是对图解政策文学传统的最大叛逆，解开了束缚在文学身上的各种绳索，拯救了文学的艺术性。当然，当现实的苦难触动莫言深层的神经时，他会暂时在一定程度上放弃"寻根文学"的选择而正视现实的苦难，《天堂蒜薹之歌》就是他看了一则关于农民的苦难新闻而放下手头的创作，在35天之内写就的长篇。即使如此，在《天堂蒜薹之歌》中追溯现实苦难的历史由来的文学企图也是显而易见的。而且与王安忆、韩少功等人不同的是，从《红高粱》开始，莫言后来的主要作品都是以高密东北乡为"寻根"的灵感源泉，并且将拉美小说的魔幻性与《聊斋志异》的人鬼互动结合起来，将艺术想象与乡间传说结合起来，铸就了一个色彩斑斓的高密东北乡的神话。

然而，文学是语言的艺术，不经过翻译很难为异域读者欣赏，而译者的文学素养达不到原作者的高度，也很难传达原作的艺术神韵。尤其是跨文化的文学翻译，本身就是一种艺术再造的过程，在文学语言的文化旅行中，文本不发生变异是不可能的。因而新时期中国的艺术品最早在世界上发生较大影响的，不是文学文本而是电影文本，因为电影的画面无须翻译，只要在画面下打上翻译的字幕即可。于是，当代电影对文学的改编就成为中国文学走向世界的桥梁。事实上，当莫言的《红高粱》最早翻译成其他语种的时候，国外的图书广告往往是以张艺谋电影的成功去激发读者的文学阅读欲望。因此，当小说靠着电影的广告获得读者之后，能不能以文字的艺术魅力抓住异域读者，翻译就显得非常重要。莫言作品对英文读者发生影响，主要得力于将莫言的《红高粱家族》《丰乳肥臀》等近10部小说译成英文的葛浩文。

问题就在于，葛浩文将当代中国（含台港）20多位作家的作品译成英文，为什么只有莫言获得诺贝尔文学奖？

显然，莫言的文学天赋与勤奋过人的自身努力才是他获奖的根本原因。从上个世纪80年代初开始，在不到30年的时间里莫言创作了近10个长篇、近20个中篇以及更多的短篇。莫言是真正的文学天才，这在他的成名作《透明的红萝卜》与稍后发表的《红高粱》中就展露无遗。勃兰兑斯认为雪莱那些描写自然的优美诗篇表现了雅利安人自然诗篇的原始精神，而在《透明的红萝卜》与《红高粱》中，莫言以华彩斑斓的文笔书写了童心、自然以及人的原始野性，表现了东夷人的精神苗裔那种艺术纯美的原始感性。如果说《透明的红萝卜》表现的是现实的苦难与对苦难的诗意超越，那么《红高粱》表现的则是历史苦难以及以带有酒神精神的野性对苦难的超越。此后莫言作品中的诗意华彩虽然有所弱化，但是对人生苦难的正视却更加鲜血淋漓，甚至令人惨不忍睹。《檀香刑》是对历史苦难的描绘，其中的酷刑与杀头等场面令人惊栗。而莫言更多的长篇小说是把历史的苦难与现实的苦难连接起来，《丰乳肥臀》以上官一家的遭际为中心，通过传说、魔幻与对现实的描绘，试图揭示从义和团到改革开放之后的整个20世纪的高密（中国）苦难史。《生死疲劳》则试图以六道轮回的轮转托生，展示从土改开始时间跨度达半个世纪的高密（中国）苦难史。《蛙》描绘了从大饥荒到当下时代的农民苦难史，小说对计划生育的艺术处理颇有悖论的意味：大饥荒之后在农民们忙于生养时主人公"姑姑"以科学接生而有口皆碑，然而随着生养的越来越多"姑姑"的工作则转向忙于节育，因为生养得太多中国乃至世界都承受不了，而强制节育又惨无人道，使得强制节育执行者的"姑姑"在晚年陷入深深的道德忏悔中。

　　莫言小说的写作数量在现当代作家中是屈指可数的，他的小说艺术表现技巧的多样化在现当代作家中也是屈指可数的。莫言小说的文体是独特而富有创意的，而且他在不断探索适合自己的艺术表现方式。《丰乳肥臀》的最后几部分居然是前面人物的生活细节的补缺拾遗，《生死疲劳》运用了章回体，《蛙》则使小说与戏剧共存于一部作品中，很难断定这部作品是小说还是戏剧，而且戏剧部分的艺术性并不比小说部分的差。在莫言的作品中，随处可见的是文人妙手与民间情调的复调叙事，现实与魔幻的杂糅，对大地的执著与超越的奇妙混合，真切的生存洞见与夸张怪诞的语言狂欢的联手共舞。可以说，莫言以浓墨重彩与狂放大胆的文笔勾画出一个属于自己的独特的艺术世界。

仅仅从叙述视角上看,《透明的红萝卜》《红高粱》《牛》与《四十一炮》等作品都运用了儿童的视角,《生死疲劳》中则运用了动物与人交错的视角。而且与夏目漱石的《我是猫》仅从猫的视角叙述不同,《生死疲劳》先后用驴、牛、猪、狗等不同的动物来审视人。《丰乳肥臀》开始是运用第三人称的叙事视角,然而随着上官金童的降生又转化为第一人称的视角,而这个叙述主人公在相当长的篇幅中居然是一个刚刚降生的婴儿。而《酒国》《生死疲劳》等小说则使用了元小说的叙述技巧。莫言在很多小说中都运用了象征技巧,《食草家族》是象征与魔幻的结合,整部小说仿佛是汉民族的生存寓言,甚至在干预现实的急就章《天堂蒜薹之歌》中也大量地运用了象征技巧。有些小说的象征技巧是为人所忽略的,譬如《丰乳肥臀》中的主人公上官鲁氏一连生了7个女孩却怀不上男孩,因而所有女孩取的都是来弟、招弟等召唤弟弟的名字,而上官鲁氏与瑞典籍传教士马洛亚结合之后,所生的女儿不需要再取召唤弟弟的名字(上官玉女),却很快就生出男孩上官金童。这里的象征意味在于,西方文化为中国的文化土壤注入了一种阳刚的文化精神。

莫言写作的立场也是多样化的,他对使用毛笔写作的爱好(莫言一代作家像鲁迅那样使用毛笔写作是罕见的,但他在写作《生死疲劳》时就曾丢掉电脑拿起毛笔)以及对书法的爱好,就是典型的文人情调。不过莫言的农民立场是显而易见的,他自己多次强调这一点。当他的作家班同学看不起他的农民出身时他曾反抗说,你们也不过是当年的土八路钻到高粱地里野合所生的野种。于是当农民遇到大灾难时,他那种为农民代言的使命感就会油然而生。他的这种农民立场以及对构建高密东北乡的文学神话的执著,使很多批评家将其作品归为乡土文学,而且这种归类在一定程度上也是有道理的。然而,必须指出莫言小说与一般乡土文学的差异。他的小说与鲁迅在《〈中国新文学大系小说一集〉导言》中所首先使用并且加以评论的"乡土文学"不同，与赵树理等人那种"山药蛋派"的乡土文学更为不同。这里的区别主要表现四个方面：第一，莫言小说比一般的乡土文学忧愤深广。莫言是立足高密东北乡却又超越高密东北乡，将高密东北乡看成是中国乃至人类生存困境的一个缩影。因而莫言并不满足于描写现实，而是要追溯现实的历史由来；他也不满足于描写历史，而是将历史延续到当下。

第二，莫言小说的文笔比一般的乡土文学更加文人化。一般的乡土文学的文笔都比较质朴，而莫言小说即使放到非乡土文学中，那种浓墨重彩、色彩斑斓的描写也是极为耀眼的。在莫言的小说，一旦不是农民的说话或对话而是作者叙述的时候，那种色彩斑斓的描写就会出现。从《透明的红萝卜》《红高粱》到《丰乳肥臀》这一艺术特征表现得特别明显，莫言在 21 世纪推出的小说这种文笔的华彩虽然淡了一点，但与其他作家相比仍然是非常突出的写作特点。

第三，莫言小说具有一般乡土文学所没有的使生活陌生化的风格特征。有人批评莫言作品，说他写的中国乡村不像中国乡村，"遮蔽了民间的痼疾，也没有写出历史和当下乡村生活的真实场景"，但文章稍后自相矛盾地指责莫言小说夸大了农民的"丑陋野蛮"。[①] 这里关键的问题是，莫言所描绘的乡村并非她心目中或者她理想中的乡村。然而，要求作家对描写对象的一律化是颇为武断的：30 年代的上海只有一个，然而，茅盾笔下的上海与施蛰存、穆时英、刘呐欧等新感觉派笔下的上海以及张爱玲笔下的上海都是不同的，难道艺术批评能以谁符合上海的实际情况为准绳？莫言小说之所以给这位批评者如此怪异的

---

① 胡湘梅：《论莫言历史小说的创作局限》，《理论创作》2011 年第 2 期。

印象，恰恰是莫言小说陌生化的叙事技巧所致，按照俄国形式主义批评的理论，这又是文学的艺术性所在。试问：在中国农村你能找出被人打了耳光还快乐地自以为第一、自己打自己耳光以为痛在别人脸上的阿Q？20世纪的中国农民从军阀混战到70年代末，基本上是在饥饿的边缘挣扎，而在这方面没有几个中国作家像莫言表现得那样深切。

第四，一般乡土文学没有莫言小说的那种魔幻技巧。莫言小说的魔幻技巧当然有现实的土壤，中国乡村至今有聊斋式的鬼魂故事流传，中国文学也有从《山海经》《淮南子》《搜神记》到《聊斋志异》的魔怪传统，加上拉美魔幻现实主义的触动，造就了莫言小说的魔幻技巧。当然，魔幻技巧在莫言小说中的呈现是有所不同的，在《红高粱家族》《天堂蒜薹之歌》等作品中淡一些，在《食草家族》《丰乳肥臀》等作品中浓一些，然而不可否认的是，莫言在其大部分作品中都运用了魔幻技巧，在表现接生与节育的近作《蛙》中这种魔幻技巧仍然时有出现，譬如"姑姑"被无数的青蛙所包围缠身的细节。

当然，由于对苦难与残酷的正视，莫言小说的确给人一种丑怪的感觉，在这里审美在很多时候会变成审丑。各种描写逼真的大便，各种乱伦与病痛，各种鬼怪与幽灵，各种血腥的杀头与屠杀，扒人皮、凌迟、檀香刑等各种酷刑，爬满了莫言的小说。在这方面莫言可以与鲁迅相提并论。鲁迅让人离弃奇花盛开的缥缈的名园，而要在无形无色鲜血淋漓的粗暴上接吻。鲁迅还喜欢给人不舒服的文学而呼唤怪鸱的恶声。钱杏邨当年就被鲁迅所描绘的丑恶与黑暗所震惊，认为读鲁迅的作品"冷气逼人，阴森森如入古道"[①]。夏济安则以推崇的口吻剖析

---

① 钱杏邨：《死去了的阿Q时代》，《文学运动史料》第2册，上海教育出版社，1979年，第53页。

鲁迅是"善于描写死的丑恶的能手":"丧仪、坟墓、死刑,特别是杀头,还有病痛,这些题目都吸引着他的创造性的想象,在他的作品中反复出现",很少作家会像鲁迅那样描写像"女吊"之类的"令人毛骨悚然的主题"。于是,夏济安得出了鲁迅"更像卡夫卡的同代人而不是雨果的同代人"的结论。①不过,莫言显然比鲁迅走得更远,因为鲁迅并不主张大便入画。刘东在《西方丑学》中认为,随着浮士德的走出书斋,西方艺术的审美正在逐步演变成审丑。库尔贝的画当年因为丑被画院拒斥,后来却成为时尚,罗丹的《地狱之门》给人丑陋恐怖的感觉,他雕塑的《老妓》与维纳斯等古典雕塑相比显得丑陋不堪,而现代派音乐居然已纳入噪音。有人曾说莫言小说不具有现代品格,事实上,莫言小说以陌生化的技巧以及正视人生所展现的丑怪感性,恰恰是其作品现代性的标志。

莫言的文化承担也是复杂的。有的文章探讨莫言小说与儒家、道家的思想联系,这其实是一个难题。因为莫言的小说既不像陈忠实的《白鹿原》那样与儒家有着密切的伦理联系,也不像贾平凹的《废都》那样与道家有着紧密的精神关系,而是东夷文化在当代表现出来的顽强生命力。史载东夷人身材高大,骁勇善战,英雄使气,并且带有海洋文化的开放性,与鲁文化那种温柔敦厚与温良恭俭让有所差异。东夷文化的积淀与高密民间的生命力相结合,表现在《红高粱》等张扬原始野性的许多篇章中。民间文化在莫言小说中表现出顽强的生命力,流行于高密、胶州一代的茂腔、泥塑、剪纸等反复出现在莫言的小说中。而佛教在中国的变异性的流传,在民间的影响向来超过儒道,所

---

① 夏济安:《鲁迅作品的黑暗面》,乐黛云编《国外鲁迅研究论集》,北京大学出版社,1981年,第373—381页。

以老百姓拜佛往往是希求下辈子转世富贵人，而老百姓骂人经常会说下辈子让你托生为猪狗。在《生死疲劳》中，莫言就让主人公西门闹托生为驴、牛、猪、狗、猴。这是佛教的业报与轮回观念经过民间的变异后在莫言小说中的表现。

从以上的分析可以看出，莫言获得"诺奖"是实至名归，并不像上海的批评家朱大可所说的那样，是"诺奖"标准降低的结果。诺贝尔文学奖评委会主席佩尔·韦斯特伯格在投出莫言是今年的"诺奖"得主后，对莫言有这样一段评价："在我作为文学院院士的16年里，没有人能像他的作品那样打动我，他充满想象力的描写令我印象深刻。目前仍在世的作家中，莫言不仅是中国最伟大的作家，也是世界上最伟大的作家。"[①] 也许这段话有过誉之处，然而我们不能怀疑其真诚。

莫言的获奖相应地会产生对现代与当代中国作家进行重估的可能性，提升中国现当代文学在国际上的地位。19世纪上半叶的俄罗斯文学已经取得了可以与西方任何国家的文学媲美的艺术成就，然而却为西方世界所忽视，直到19世纪60年代屠格涅夫侨居西欧，也就是在陀思妥耶夫斯基、托尔斯泰刚刚登上文坛不久的时候，西方才真正发现了从普希金、莱蒙托夫到果戈理、冈察洛夫、屠格涅夫的伟大传统。那么，莫言的获奖或许会引发世界对当代文学之源的现代中国文学的兴趣。仅就现代小说写作的三十年而言，鲁迅、郁达夫、茅盾、老舍、巴金、沈从文、李劼人、萧红、端木蕻良、路翎、钱锺书、张爱玲等造就的新文学的小说传统绝不亚于中国小说的古典传统，就是放诸世界文学中也并不逊色。换句话说，并不是莫言获奖而现代作家没有获

[①] 《诺贝尔文学奖评委会主席：没有人像莫言那样打动我》，记者刘仲华、李玫忆，《环球时报》2012年10月22日。

奖，就表明莫言等当代作家的艺术成就一定超过了鲁迅、老舍等现代作家。对于当代中国文学而言，莫言的获奖无疑终结了顾彬关于中国当代文学全是垃圾的说辞，并且会大大激发当代中国作家的创作热情，使他们感到自己离"诺奖"并不遥远，这将使中国当代的文学写作更加繁荣。

当然，作家不会仅仅为获得"诺奖"而写作，而且文学也不是工艺品，并没有客观的衡量标准，然而这却不能构成封闭自夸的理由。世界各国普遍重视这个世界文学的最高奖项，甚至有些西欧国家为此也成立了专门的组织机构。事实上，"诺奖"对于中国文学走向世界是最好的广告。就在莫言获得"诺奖"不久，来自日本媒体的报道说，中国当代小说在日本热销，不但莫言的作品加紧抢印，而且也带动了余华、苏童、李锐等人作品的销售，甚至激发了日本学生学习中文的欲望。另一方面，"诺奖"要真正具有世界性，就必须更多地接纳非印欧语系国家的文学，使其不再是欧美人自己的游戏。根据统计，在诺贝尔文学奖108位得主中印欧语系的作家就有99位，其中欧洲与北美有近90位，英法美三国就有35位，法兰西一国就有14位之多。而从世界文学的角度看，中国文学独立发祥于世界的东方，并且惠及日本、朝韩、越南等东亚国家，形成了能够与西方文学相提并论的悠久的文学传统。然而，这一灿烂文学传统的现代传人却只有4位诺贝尔文学奖得主。这正如洛里哀的《比较文学史》（最早的"世界文学史"），讨论中国文学只提及李白和骆宾王一样令人感到遗憾。从这个意义上讲，莫言的获奖仅仅是一个开端，而且是一个好的开端。

第四部分

跨文化视野中的现代中国文学"异端"

清华：
现代文学被压抑的传统
及中国比较文学学科的诞生[①]

现代中国文学的研究路向在 20 世纪 90 年代初发生了很大的变化，改革开放以来那种创造性的价值重估式的研究，基本上让位于细化的分门别类的研究。于是，对于各种不同种类的期刊、报纸、出版社的个案研究，乃至对于形形色色的亚文化的详细发掘，就蔚然成风。尽管如此，清华在现代中国文学发展中所扮演的重要角色，仍然是被忽视了。当然，现代中国文学主流的激进传统，是由陈独秀、鲁迅、胡适等"北大派"造就的，清华的文学传统更多的是以异端的"反动派"

---

① 这是作者根据 2010 年 5 月在清华大学所做的学术讲演《跨文化视野中的清华现代作家》的录音整理稿润色而成的，主持人王宁教授将本次讲演作为清华百年校庆的一部分，作者亦是"为清华百年校庆而作"，但所讨论的清华与北大仅仅限于 1949 年之前的"现代"。鉴于 1928 年由清华学堂改名的清华学校始用"清华大学"之名，所以本文一律使用"清华"的称谓。在此特向录音整理人何健副教授致谢。另外，讲演整理稿曾以《论现代中国文学中的清华传统》为题在《文艺研究》2011 年第 1 期发表过，但删削较大，此次恢复讲演原貌。

的面目出现的。但是,我觉得清华文学的"反动传统"非常值得重视;尤其是清华的西洋文学系,对现代中国文学与比较文学的贡献,在中国可以说是独一无二的。

剔出纯粹的学者,我们来看看这张集作家、学者和翻译家于一身的名单:吴宓、洪深、闻一多、梁实秋、李健吾、曹禺、钱锺书、季羡林、穆旦……这些在现代中国文学中名列前茅乃至首屈一指的批评家、小说家、散文家、戏剧家,几乎都是清华西洋文学系培养出来的。当然,这个名单中的吴宓、洪深、闻一多、梁实秋,说是清华西洋文学系培养出来的略有不妥,因为那个时候的清华学校还没有分出系科。四位中最晚毕业的梁实秋,1923年就离开清华赴美国留学了,那个时候清华学校还没有筹建大学部。然而必须指出的是,那时候的清华整体上就是一个大的西洋文学系。根据梁实秋的回忆,那时候的"清华不重国文,课都排在下午,毕业时成绩不计"。[①]而上午则是必修的英语课,不修是不能毕业的,因而清华曾被称为留美预备学校。那么,清华文学传统的独特性在哪里,为什么清华会培养了那么多与现代中国主流的激进传统对立的"反动分子"?如果说这种"反动分子"的"逆历史潮流而动"是负面的,却为什么又为现代中国文学造就了那么多大师级的作家、学者和翻译家?

在讨论清华的文化与文学传统之前,我们先看看北大的传统。北大和清华对于现代中国文化与文学发展的影响都很大,但是他们在文化选择上,差异是很大的。北大原来在沙滩红楼的皇城根下(50年代初才从沙滩搬到海淀燕园),因戊戌变法而设立,所以那种拯救华夏的使命感就特别强烈。中西文化在现代的激烈撞击在北大人身上产生了

[①] 高旭东、宋庆宝选注:《梁实秋集》,花城出版社,2008年,第327页。

撕裂性的作用。可以说，北大在现代文化与文学中的选择是最激进的西化、革命与极端保守、保古的两极对立。这两个文化选择上的极端不但在北大不同的人身上同时存在，而且在北大的同一个人的内心有时候也同时存在（如鲁迅）。一方面，他们为激进的西化选择找到了充足的理由，以为不西化就不能救中国，像陈独秀、胡适、李大钊等人，认为中国在 1840 之后的文化竞争中是失败了，那么，中国就应该对自身的文化传统进行彻底的批判反省，抛弃中国文化而把西洋文化全盘拿来，由此导致了中国最为激进的文化思潮。陈独秀以"今日庄严灿烂之欧洲"①为学习的楷模，以民主与科学反对国粹与传统文化，以西方的个人本位主义取代中国传统的家族本位主义，拉起了反传统与西化的大旗。胡适与钱玄同紧紧跟上，胡适一提中国文化就是太监、小脚、夹子棍……全盘西化的口号就是胡适提出来的，而钱玄同则要废除中国传统文化的载体汉文，实行罗马拼音文字。鲁迅全面彻底地抨击中国传统，认为中国的历史是想做奴隶而不得和暂时做稳了奴隶的两个时代，中国的文明是吃人的文明，而中国则是这安排人肉筵宴的厨房。因此，只有"将华夏传统的所有小巧的玩艺儿全都放掉，倒去屈尊学学枪击我们的洋鬼子，这才可望有新的希望的萌芽。"②而且外国人也不能赞美中国文化，否则就有加入吃中国人队伍的企图。③北大的老师这么激进，学生就更激进，因为老师的思想还复杂一点，年轻学生的思想往往是一根筋。比如说，五四时期提倡自由恋爱，那时候老师都跟传统有着千丝万缕的联系，鲁迅与朱安、胡适与江冬秀都没

---

① 陈独秀：《文学革命论》，《独秀文存》，安徽人民出版社，1987 年，第 95 页。
② 鲁迅：《华盖集·忽然想到十一》，《鲁迅全集》第 3 卷，第 96 页。
③ 鲁迅：《坟·灯下漫笔》，《鲁迅全集》第 1 卷，第 216 页。

有在五四时期离婚,而年轻的学生就不一样了,听了老师的宣传往往立刻就跟家里的原配决裂,然后跟同学谈恋爱。所以《新潮》这个北大学生办的刊物在西化方面比《新青年》更激进。这是北大激进西化与革命的一面,另一方面,就是以黄侃、刘师培、梁漱溟、辜鸿铭等为代表的与激进西化思潮对着干的极端保古守旧的文化倾向。国学大师黄侃与刘师培在五四时期极力以保存国粹为职志,梁漱溟在那个激烈西化的时代却认为世界最近的将来必是中国文化的复兴,在不久的将来中国文化要领导世界新潮流。而精通数国西洋文字极力保古的辜鸿铭,甚至为中国的一切旧物辩护,他的那个以一个茶壶要配很多茶碗而为中国一夫一妻多妾制辩护的著名例子,已成为经典的笑话。但是在现代中国,激进的西化与革命思潮几乎完全淹没了极端保守复古的文化倾向,激进的文化潮流导致了激烈的革命。现代杰出的革命家里很少是清华毕业的,而毛泽东、邓中夏、张国焘、瞿秋白、罗章龙等共产党的高层领导人,几乎都是从北大校门走出来的——他们不是北大的科班出身,就是北大的旁听生。

与北大的激进特征相比,清华则显得中庸稳妥。清华在现代中国的文化选择基本上是融通中西,把中国和西方连接起来加以融通,力图吐纳中西再造文明。这种思路首先与清华的建校环境有关。清华是美国利用庚子赔款建起来的,梁实秋后来回忆,清华学生从进校开始在心理上就有一种屈辱感,这种屈辱感激发的是一种爱国热情。尤其是清华学生离开中国远渡重洋,置身于异质文化的语境中,就更能够激发爱国热情,罗隆基、闻一多、梁实秋等一批清华学生在美国建立国家主义的大江会,其要旨就是爱国主义。可以说,从进入清华接受英语教育(当时清华的英语教师很多都是美国人),到完全置身于英语的文化语境中,使得清华学生的爱国主义与北大学生将爱国主义同激烈的反传统联系在一起不同，而与肯定中国的文化符号密切联系在一起。而清华学生又不可能像北大的保守势力那样，为保存中国的文化符号而反对西方文化，因为他们学习的就是西方语言文化，若是反对西方文化，他们的饭碗就没有了。一方面是洋化的文化语境激发出来的爱国心以及对中国文化符号的认同与弘扬，另一方面又不可能否定西方文化的价值，而是要让中国接纳西方文化。从这个意义上讲，跨文化就成为清华学生的宿命，融通中西就成为清华学生的不二选择。在中西文化冲突与会通的现代，北大更多体现了冲突的一面，清华更多地体现了会通的一面。清华特有的文化语境，使其学生一般不可能完全偏向"中"和"西"的任何一方。而清华建立大学部与研究院时，所延聘的导师梁启超、王国维、陈寅恪等也都是融通中西的学术大师。梁启超当年追随康有为，试图在中国文化的大口袋（公羊三世说）里塞入西方文化的精华，可以说是一种典型的融通中西。王国维在《〈红楼梦〉评论》中以叔本华的意志本体论阐发《红楼梦》，也是一种融通中西的企图。如果说《〈红楼梦〉评论》的融通中西还略显牵强，那么，《人间词话》真正做到了融通中西、吐纳中西。这种融通中西的文化品格与现代清华的文化语境是完全一致的，并且造就了一种既不极端激进又不保守排外的跨文化的中庸学风和文风。这不是一种激烈破坏与激进革命的品格，而是一种建设的文化精神，并由此形成了一种有别于现代中国文化与文学主潮的清华传统。因此，从清华校园虽然没有走出来什么伟大的革命家，却走出来很多文化大师，走出许许多多有建设品格的作家、学者和翻译家。然而，由于现代中国的文坛是由那些具有激进品格的革命家来立法的，作为最后的胜利者，他们忽视了清华作家在文坛上的地位，因而清华的文学传统是一种"被压抑的传统"。

当然，说清华的文学传统是被压抑了的，是有限度的。当清华培养出来的作家一旦介入现代中国文学主流时，就会获得较高的评价。由于巴金的赏识和推荐，曹禺基本上介入了现代中国文学的主流。然而，即使是介入了主流的曹禺，仍然保持了清华文学传统的一些特征，就是注重人性的发掘，他的成名作《雷雨》几乎是他研究西方戏剧的结果，他把西方的命运观念与戏剧冲突同中国新旧转换时代的伦理冲突融合在一起，取得了巨大的成功。他根据巴金小说改编的戏剧《家》，与原作以觉慧与高老太爷的冲突为主线从而更强调冲破传统走向新思潮的激进性不同，而是将描绘的重心放到觉新、瑞珏、梅表姐的爱情纠葛上，突出了人性的内涵。另一个例子是闻一多。如果闻一多不是在40年代的西南联大过于贫穷而对国民党政府极度失望，并因激烈地抨击国民党政府而介入了现代中国文化的激进潮流，那么，他的命运会和他最好的朋友梁实秋一样而偏离现代中国文学的主流。因为仅仅在10年前的北京，闻一多还在清华的象牙之塔中不问世事，对梁实秋、罗隆基等人的时事评论都不屑一顾，甚至戏称罗隆基对国民党政府的抨击为"逆取"。而他在现代中国诗坛上的理论建树与诗歌作品，也更与梁实秋的诗歌理论以及梁实秋、徐志摩的诗作相近。下面我们从文学个案的角度，以吴宓、梁实秋、钱锺书等为分析的对象，对清华被压抑了文学传统进行深入的反思。

我们先看吴宓。吴宓是1911年清华学堂建校时的第一批学生，1917年赴美留学。严格地说，在清华那个集学者、作家与翻译家于一身的大家名单中，就成就而言吴宓是没有资格跻身其中的。他的翻译并不很多，比起梁实秋、李健吾、季羡林等都相形见绌。尽管吴宓写作了大量的旧体诗，其诗集在20年代就在朋友之间传看，1935年《吴宓诗集》由中华书局正式出版，他的清华老同学吴芳吉说他的"长篇诸诗，其情意缠绵温厚；短篇诸诗，则至为清越，得诗家之三昧"，他的朋友缪钺甚至誉为"熔冶中外，自铸伟词"，"绵绵千载，乃得雨僧"，①但是他最得意的弟子钱锺书还是老实不客气地认为，吴宓并非一位伟大的诗人，而且按照中国旧诗所必须遵守的严格声律而论，其诗佳作不多。②事实上，吴宓的学术研究与创作成就既比不上闻一多、梁实秋，也比不上他的学生中的钱锺书等人。但是吴宓对于清华文学传统的重要性在于，他不但是清华的第一届学生，而且后来又回到清华，筹建清华研究院，长期在西洋文学系任教，清华的某些人才培养方案就是由他制定的。换句话说，吴宓对于铸造清华的文学传统发挥了至关重要的作用。这也正是我们要讨论他的原因。

  吴宓自身充满了矛盾，他提倡新人文主义和古典主义，维护礼教道德而反对新文化运动，但是在恋爱婚姻的个人生活方面，他却比胡适、鲁迅等新文学家更加不受理性的约束而陷入"浪漫的混乱"，随着情感的波澜漂浮。他结婚以后追求曾经是他婚姻介绍人的毛彦文，并为此离婚，而当毛彦文要和他结合的时候，他却把她放到一边而去追求别的人。毛彦文一怒之下跟别人结婚之后，他又悲苦的不得了。正如他的学生季羡林回忆的："他古貌古心"，"写古文，写旧诗"，"反对白话文，但又十分推崇用白话写成的《红楼梦》"；"他看似严肃、古板，但又颇有一些恋爱的浪漫史"③……但是吴宓也有不矛盾的不变一面，就是从清华时期到出国留学，从回国做教授办《学衡》学术杂志一

---

① 吴芳吉:《读雨僧诗稿答书》，缪钺:《读吴雨僧兄诗集》，李继凯等编《解析吴宓》，社会科学文献出版社，2001年，第354—356页。

② 汪荣祖:《钱锺书评吴宓诗集》，《南方周末》2007年6月28日。

③ 季羡林:《始终在忆念着他》，李继凯等编《追忆吴宓》，社会科学文献出版社，2001年，第10页。

直到晚年,那种对国粹始终如一的维护。在"文革"破四旧毁传统的高潮中,吴宓痛心的是"中国文化之亡";在"批林批孔"运动中,他毅然维护孔子而成为全国屈指可数的尊孔教授。为此他受尽折磨,他不但不悔,反而在反思这场"文化大破坏"已为40年前自己所主编的《学衡》所预言。在中国文化惨遭破坏之际,要一个研究西洋文学的教授来奋起卫道,这已经够奇怪的,这与近年以研究梵文、巴利文和吐火罗文为专业的季羡林被称为"国学大师",几乎同样奇怪。

值得我们注意的是,吴宓、季羡林都是将维护中国的国粹与吸取西方的新知联系在一起,希求中西文化的融通。而这要追溯到吴宓的清华时期。在清华学校求学的后期,清华的文化语境已经造就了吴宓那种中西文化应该调和融通的思想:"时至今日,学说理解,非适合世界现势,不足以促国民之进步;尽弃旧物,又失其国性之凭依。惟一两全调和之法,即于旧学说另下新理解……然此等事业,非能洞悉世界趋势,与中国学术思潮之本源者,不可妄为。"[①]1915年他立志将来投身报刊业,目的就是"造就一是之说,发挥固有文明,沟通东西事理。以熔铸风俗、改进道德、引导社会。"[②]因此,吴宓、汤用彤、梁实秋等清华学生赴美后与哈佛大学的白璧德(Irving Babbitt)一拍即合,绝非偶然。反过来,白璧德对清华文学传统的铸造又发挥了重要的作用。白璧德生在现代却是反现代的,他认为现代文明有两个轮子,一个是把什么都物化分析的科学主义思潮,还有一个是放纵情欲的浪漫主义思潮,这两个轮子的飞奔导致的就是整个文明的解体。所以他猛烈地抨击放纵情感导致现代衰弊的哲学家卢梭,而从希腊的古典文化

---

① 《吴宓日记》第 1 册,三联书店,1998 年,第 404 页。

② 同上书,第 410 页。

与基督教中寻找灵感，同时也在中国的孔子与印度的释迦牟尼那里寻找挽救现代文明的价值，试图在新人文主义和古典主义的旗帜下再造西方文明。白璧德的道德理想在力图融通中西的清华学生那里引起了强烈的共鸣，正是这种文化上的共鸣才使得这些清华学生成为白璧德的忠实学生，否则在文化多元化的美国，他们就会去追寻别的什么学说。这里还有一个反证：林语堂就对白璧德的课不感兴趣而予以拒斥，回国后与执著现代的鲁迅打得火热。

　　白璧德对西方现代文明的反省不无道理，如果现代文明走向非理性的极端而导致文明的崩溃，人和动物就没什么两样。白璧德重建文明的企图与孔子在礼崩乐败的时代重建礼乐，有着相似之处。白璧德在西方最重要的精神传人，就是 20 世纪的伟大诗人 T. S. 艾略特。可是中西文化的需求不同，当西方文化在反思现代性的时候，中国文化恰好在引进西方的激进主义和现代性观念。这里有个巨大的时间落差。当西方人在抛弃上帝的同时也被上帝抛弃而在荒原上等待戈多的时候，以"北大派"主导的中国新文化的主潮正在努力挣脱传统走向现代，所以，尽管白璧德的西方弟子 T. S. 艾略特取得了巨大的成功，但白璧德的那些出身清华的中国学生，回国之后往往就碰壁而遭到围攻。

　　吴宓在美国的时候，就视新文化运动为洪水猛兽，他回国后虽然是西洋文学系的教授，却主编《学衡》以"昌明国粹"为己任。"昌明国粹"又并非保古排外，而是要"融化新知"，在中西文化之间寻求普遍永恒的东西。在《论新文化运动》一文中，吴宓认为，人文与自然科学不同，越新就越好，而且新文化运动对于西方文化的整体不加详查，取一时一地的西方文化来代替西方文化的整体，而其所取的浪漫主义与写实主义又是非礼无法的西方文化的糟粕。在吴宓看来，自戊戌变法之后，保古者以为"欧化盛而国粹亡，言新学者则又谓须先灭绝国粹，而后可输入欧化。其实二说均非是"。吴宓认为，如果"言新学者"能够多读书而得西方文化的精髓，那就可知，"西洋真正之文化与吾国之国粹，实多相互发明、相互裨益之处，甚可兼收并蓄，相得益彰，诚能保存国粹，而又昌明欧化，融会贯通，则学术文章必多奇光异彩。""今即以文学言之，文学之根本道理以及法术规律，中西均同"①。吴宓的这种文化选择与文学理想，后来在筹建清华研究院以及为西洋文学系制定培养方案时都有所表现。吴宓为清华西洋文学系制定的培养目标是："(甲)成为博雅之士；(乙)了解西洋文明之精神；(丙)熟读西方文学之名著，谙悉西方思想之潮流，因而在国内教授英、德、法各国语言及文学，足以胜任愉快；(丁)创造今日之新文学；(戊)汇通东西之精神思想而互为介绍传布。"②清华培养出来的学生如李健吾、曹禺、钱锺书、季羡林、穆旦等，都达到了这个目标。

从某种意义上说，梁实秋几乎是白话版的吴宓。他们都是出身清华而成为白璧德的门徒，都徘徊于古典与浪漫之间，用梁实秋赠刘真的话说，就是"古典头脑，浪漫心肠"。当然，与吴宓不同，梁实秋在清华读书期间，与密友闻一多都倾向于浪漫派而与创造社相近。但是，梁实秋与创造社诸人的差异还是很明显的，他的清华修养使他难以认同创造社诸君子的名士风流，郁达夫来京让他陪着逛窑子，他认为这对一个清华学生来说有点恐怖而予以拒绝。创造社那种烧毁一切旧世界的精神也没有传染给梁实秋，梁实秋在学生运动激烈的时候，也能够看到学生运动负面的东西。从做人、谈恋爱到文学批评，梁实秋与

---

① 吴宓：《论新文化运动》，《学衡》第4期。
② 《文学院外国语文系学程一览》，《清华周刊》，1926、1927年度，第315—322页。

旧的东西总是保持着千丝万缕的联系。梁实秋在父亲面前总是一个好儿子，在谈恋爱的时候也不割断与传统的联系，宁愿将自由的恋爱控制在旧的礼教容许的范围之内，而不像创造社诸君子以叛徒精神标榜。因此，即使在清华时期，梁实秋与创造社对于传统文学那种决绝的激进态度也有所不同。梁实秋没有在新旧文学之间划出一条严格的审美界限，他在《〈草儿〉评论》中贬低康白情以及胡适类型新诗的时候，总是以旧诗为准绳贬低新诗，以杜甫的"感时花溅泪，恨别鸟惊心"等诗句来贬低康白情写景诗歌的单调无情感，以白居易的"嘈嘈切切错杂弹，大珠小珠落玉盘"等诗句来贬低康白情诗歌中描写声音之直率而缺乏想象力。不但如此，《〈草儿〉评论》一共是八节，梁实秋在每一节都要征引旧诗来结尾，在"有诗为证"的老套子里，大有以旧诗的韵味来反衬康白情之新诗不像诗的意味。在《评一多的诗六首》里，梁实秋认为"诗料只有美丑可辨，并无新旧之分"。这已经与他后来接受了白璧德的古典主义批评理论，回头攻击整个五四文学的《现代中国文学之浪漫的趋势》一文中所谓的"文学并无新旧可分，只有中外可辨"，几乎完全同调了。

  清华的文化基因与白璧德的新人文主义相结合，造就了梁实秋在现代中国独具特色的古典主义批评。与吴宓一样，他还没有回国，就对新文化运动造就的文学现状极为不满，并且发表《现代中国文学之浪漫的趋势》，对五四文学来了一个整体的否定。他认为五四文学以"取材异域"、"情感的放纵"、"印象主义"以及"自然与独创"，完全陷入了"浪漫的混乱"。相对于古典主义的理性、健康和普遍性，浪漫主义是个别的、独异的、病态的："浪漫主义者最反对者就是常态，他们在心血沸腾的时候，如醉如梦，凭着感情的力量，想象到九霄云外，理性完全失去了统驭的力量。"① 可以说，陈独秀、胡适、鲁迅以及文学研究会、创造社所倡导的新文学，不是浪漫主义、现实主义，就是形形色色的现代主义。而这诸般主义，在梁实秋的新人文主义文化视野中，都是一丘之貉的病态浪漫。梁实秋并不反对看取西方文学，而仅仅是反对看取西方文学末世病态的文学，他认为最健全的文学思想，是由亚里士多德开辟的古典主义，经过文艺复兴，以至于十七八世纪之新古典主义，19世纪后半对浪漫运动的反动，形成了在西方占主导地位的以人性为中心的推崇理性与伦理想象的文学传统。人性是普遍的、永久的、不变的，在西方的文学传统中存在，在中国儒家的文学传统中也是存在的。文学就是要表现这普遍永久的人性："普遍的人性是一切伟大的作品之基础，所以文学作品的伟大，无论其属于什么时代或什么国土，完全可以在一个固定的标准之下衡量起来。无论各时各地的风土、人情、地理、气候是如何的不同，总有一点普遍的素质"。②

不难看出，与吴宓一样，梁实秋的侧重点不在于中西文化的差异，而在于中西文化互为认同的普遍性。梁实秋说：白璧德"没有任何新奇的学说，他只是发扬古代贤哲的主张。实际上他是'述而不作'，不过他会通了中西的最好的智慧"。③梁实秋从文化会通出发，认为孔子、佛陀的教义与西方古典的亚里士多德的教义是有相似之处的，而与西方从卢梭到现代之浪漫的堕落大相径庭。五四新文学若是抛弃了孔子的教义，又对亚里士多德的古典教义茫无所知，将是非常危险的。梁

---

① 《现代中国文学之浪漫的趋势》，《梁实秋文集》第1卷，鹭江出版社，2002年，第41—42页。版次下同。
② 《文学批评辩》，《梁实秋文集》第1卷，第124—125页。
③ 《关于白璧德先生及其思想》，《梁实秋文集》第1卷，第552页。

实秋说:"孔子的哲学与亚里士多德的伦理学颇多暗合之处,我们现在若采取人本主义的文学观,既可补中国晚近文学之弊,又不悖于数千年来儒家传统思想的背景。"① 于是,梁实秋以孔子的伦理理性与亚里士多德的古典的健康与尊严进行认同,又遵从白璧德的教示,将道家与浪漫的混乱加以认同,从而以古典的与浪漫的为尺度,在东西方文化之间架起沟通的桥梁。梁实秋认为,儒家虽为中国思想的正统,却并没有恰当的文学理论,并且由于道家浪漫的遮蔽而没有发扬光大,因而要想纠正东西方文学之"浪漫的混乱",还要靠他的白璧德主义与亚里士多德主义。梁实秋认为,新文学运动第一件事要做的不是"打倒孔家店",而是要严正地批判文学中的道家思想,这不是抹杀道家思想支配下一些极好的艺术品的价值,而是要使中国文学从此改换一个正确的方向。

与吴宓不同的是,梁实秋在文学批评、翻译与创作等方面贡献都很大,他将白璧德的理论以白话的形式向国人介绍,发表了大量的论文,使古典主义真正成为现代中国文坛上的一个批评分支,而与吴宓那样以古色古香的文言文奋力卫道而被新文坛当作复古派加以排斥有所不同。而且他的古典主义文学理论也影响了闻一多和"新月派",闻一多的《死水》在没有完全摈弃浪漫主义和唯美主义的情况下,具有明显的古典主义特征——即理性的介入与对格律的强调。一般认为是徐志摩起草的《新月》的《发刊词》——《〈新月〉的态度》,也深受梁实秋古典主义文学理论的影响,因为该文推崇"健康"与"尊严"而反对"感伤派"、"颓废派"、"唯美派"。梁实秋的小品则似乎是以创作实践表明文学是永久不变的,他笔下的"男人"、"女人"、"中年"等等,似

---

① 《现代文学论》,《梁实秋文集》第 1 卷,第 399 页。

乎都在探寻普遍永久的人性,这似乎也在向现代中国文坛的主流示威:究竟是你们那些强调阶级性与时代性的文学有价值,还是我追求普遍永久的文学有价值?

如果把清华的文学传统看成是白璧德的塑造,那显然是谬误的。钱锺书虽然出身清华,却并未到美国留学师从白璧德,而是游学于英法,但是钱锺书不看重中西文化之差异而注重中西文化的类同与会通,几乎与吴宓、梁实秋如出一辙。在1942年为《谈艺录》写的《序》中,钱锺书说:"东海西海,心理攸同;南学北学,道术未裂。"①这16个字,差不多是钱锺书从《谈艺录》到《管锥编》的所有学问的总纲。钱锺书往往是在讨论中国古代文化与文学的问题时,穿插进很多外国的例证,甚至直接引用英文或法文等西方文字,就是要使中西文化相互印证,从而达到文化会通的目的。而且与吴宓以文言写作一样,钱锺书的《谈艺录》和《管锥编》都是以文言文写成的。于是,一个奇怪的写作范式便形成了:一方面是古色古香的文言文,一方面又夹杂着西方列国的洋文——《管锥编》以讨论中国古典学术为线索,广引英、法、德、意、西等多种语言文献,而作者便在这些文言文与洋文之间寻找共通的文化心理与审美共性,以便会通中西。

即使是他1949年之后在《文学评论》上发表的不多的白话论文,也没有逃脱这种吐纳中西的文化会通模式。在《通感》中,钱锺书认为"通感"是中国古代大量存在的一种文学手法,可惜没有理论上的总结:"宋祁《玉楼春》有句名句:'红杏枝头春意闹。'……苏轼少作《夜行观星》有一句'小星闹若沸'……晏几道《临江仙》:'风吹梅蕊闹,雨细杏花香。'毛滂《浣溪沙》:'水北寒烟雪似梅,水南梅闹雪

---

① 钱锺书:《〈谈艺录〉序》,中华书局,1984年。

千堆.'马子严《阮郎归》:'翻腾妆束闹苏堤,留春春怎知!'黄庭坚《才韵公秉》:'车驰马骤灯方闹,地静人闲月自妍.'……"在旁征博引中国文学"通感"(synaesthesia)的表现形式之后,他进一步反思中西文化中"通感"的渊源,认为《乐记》中"有一节极美妙的文章,把听觉和视觉拍合","《全后汉文》卷一八马融《长笛赋》:'尔乃听声类形,状似流水,又象飞鸿.'《文心雕龙·比兴》历举'以声比心','以响比辩'等等","通感"成为中国文学的一个重要技巧。而在西方,亚里士多德在心理学著作中就指出了"声音有'尖锐'(sharp)和'钝重'(heavy)之分",认为"听觉与触觉有类似处","古希腊诗人和戏剧家的作品里的这类词句不算少……十六、十七世纪欧洲的'奇崛(Baroque)诗派'爱用感觉转移的手法;十九世纪前期浪漫主义诗人也经常运用,而十九世纪末叶象征主义诗人大用特用,滥用乱用,几乎使通感成为象征派诗歌在风格上的标志"。[①]五四文学革命以来,胡适与鲁迅都认为中国文学缺乏西方的悲剧意识,但是钱锺书在《诗可以怨》中唱了一个不大不小的反调:中国与西方的正统文学都推崇悲剧精神。他从尼采把母鸡下蛋的啼叫和诗人的歌唱都是"痛苦使然"说起,认为"中国文艺传统里一个流行的意见:苦痛比快乐更能产生诗歌,好诗主要是不愉快、苦恼或'穷愁'的表现和发泄。"这个传统从孔子的"诗可以怨"打头,司马迁的《报任少卿书》"撇开了'乐',只强调《诗》的'怨'或'哀'",刘勰在《文心雕龙·才略》中所说的"蚌病成珠",韩愈的"欢愉之辞难工,而穷苦之言易好",辛弃疾《丑奴儿》的"为赋新词强说愁",可以说在中国文学中是一以贯之。而在西方,历史上占优势的理论认为悲剧比喜剧伟大,"'最甜美的诗歌就

[①] 钱锺书:《通感》,《文学评论》1962年第1期。

是那些诉说最忧伤的思想的'（our sweetest songs are those that tell of saddestthoughts）；'真正的诗歌只出于深切苦恼所炽燃着的人心'（und es kommt das echte Lied / Einzig aus dem Menschenherzen, / Das ein tiefes Leid durchgluht）；'最美丽的诗歌就是最绝望的，有些不朽的篇章是纯粹的眼泪'（Les plus déséspérés sont les chants les plus beaux, / Et j'en sais d'immortels qui sont de purs sanglots）。"① 而且，像刘勰所说的"蚌病成珠"等等，钱锺书都找到了西方非常类似的表达方式，这不能不说是人类共通的审美文化心理。

在文学创作上，和梁实秋的小品散文一样，钱锺书的小说集《人鬼兽》、长篇小说《围城》和散文集《写在人生边上》，虽然文体不同却有一个审美共性，就是背离了现代中国文学主流的那种对时代性、民族性和阶级性的强调，而更措意于人类的共通性与普遍性。小说《纪念》中的抗战仅仅是一个背景，作者着重描写的是通过异性的诱惑与疏离表现人与人之间的隔膜与无法沟通，这一主题在《围城》中得到进一步的深化。甚至在小说格式上，《围城》的叙事方式与鲁迅开辟的小说叙事方式不同，那些"鸿渐道"、"柔嘉道"，使之更接近中国古代白话小说的叙事方式。另一方面，钱锺书又吸取了西方小说的结构与描写技巧，使其作品对人性的探讨达到了深刻细微的程度。存在主义以"存在先于本质"，强调人的存在的偶然性和荒诞性；《围城》中方鸿渐的出场作为一种象征，正如一个被偶然抛在大海上的孤独者，这孤独者在人与人的"围城"中深深体味到充满偶然性与荒诞性的悲剧人生。方鸿渐已洞察到人生万事的"围城"，却仍要在"围城"内外奔逃，不正是加缪在《西西弗斯的神话》中所表现的荒诞主题吗？存在主义强调

---

① 钱锺书：《诗可以怨》，《文学评论》1981 年第 1 期。

人的流变及其不可重复性;方鸿渐说:"不管你跟谁结婚,结婚以后,你总发现你娶的不是原来的人,换了另外一个"。《围城》将结尾,方鸿渐想到重逢唐小姐,木然无动于衷,"缘故是一年前爱她的自己早死了,爱她、怕苏文纨、给鲍小姐诱惑这许多自己,一个个全死了。"萨特认为,不可能有一种互为主体的"我你关系",当我把别人看成客体的时候,别人也会把我看成客体,于是别人就是我的地狱,恋爱也就变成了一场无休止的力图消灭对方主体性的搏斗。方鸿渐与孙柔嘉的关系,不正是这么一场力图消灭对方主体性的搏斗吗?正如他在钟嵘的"使穷贱易安,幽居靡闷,莫尚于诗"看到了弗洛伊德的精神分析说,他的《围城》也让人看到了存在主义。从这个意义上说,钱锺书的文学创作与学术研究的文化方向是完全一致的。

至此我们就会明白:为什么现代中国的比较文学学科最早诞生于清华而非北大。尽管西方文学思潮的引入使得北大的比较文学研究一直很繁荣,鲁迅在没有进入北大之前的留日时期,就发表过比较文学的论文,《摩罗诗力说》一开始就从跨学科和平行研究的角度,探究了文学的作用及其在各民族兴衰中的位置,接着就强调了比较方法的重要性:"欲扬宗邦之真大,首在审己,亦必知人,比较既周,爰生自觉。"① 此后的主要篇幅,则译介、研究了拜伦、雪莱及其对俄国的普希金和莱蒙托夫、波兰的密茨凯维支和斯洛伐斯基、匈牙利的裴多菲等诗人的影响,建构了一个跨国的拜伦谱系。这是中国最早出现的对影响研究、平行研究和跨学科研究都有所涉及的比较文学论文。不过,鲁迅当时的文化选择方案是"外之既不后于世界之思潮,内仍弗失固

---

① 鲁迅:《坟·摩罗诗力说》,《鲁迅全集》第1卷,第65页。

有之血脉，取今复古，别立新宗"，① 但是鲁迅进入北大时，显然是在五四新文化运动的"现代化就是西化"的感召下，做了"不读中国书"的文化调整，于是就有了前述激烈的反传统与西化的言辞，尽管鲁迅在《中国小说史略》中，几乎像法国正统的比较文学家那样强调"事实联系"（rapports de fait），指出《阳羡鹅笼》源出印度。北大的胡适对于比较文学也不陌生，而是极力推荐"比较研究"的方法。胡适认为，莎士比亚出现之后，庞大的身影遮蔽了后人，直到后来受到欧洲大陆新剧的影响才稍有起色。胡适还在钢和泰博士的研究成果启示下，指出《西游记》中的孙悟空是受印度《罗摩衍那》中的哈奴曼形象的影响而产生。不但如此，胡适还介绍了比较文学的"主题学"，特别是在歌谣中反复出现之观念的"母题研究"②。问题在于，在反传统与西化的语境中，中国文学并没有与西方文学相提并论的资格。胡适说："西洋的文学方法，比我们的文学，实在完备得多，高明得多"，"所以我说：我们如果真要研究文学的方法，不可不赶紧翻译西洋的文学名著，做我们的模范"。③ 从某种意义上说，比较文学是一国与另一国文学之间平等的比较，如果一个国家的文学低劣于另一国家的文学，或者比较者以一个国家的文学观念抹杀另一个国家的文学观念，那么二者之间就没有可比性。因此，尽管鲁迅与胡适也经常将中国文学与西方文学进行比较，但是在他们的心目中，除了刚刚纳入世界文学之中的新文学之外，中国文学与西方文学是不能相提并论的。中国文学在鲁迅的不读之列，西方文学在胡适眼里则是中国文学的模范。因此，北大的周

---

① 鲁迅：《坟·文化偏至论》，《鲁迅全集》第 1 卷，第 56 页。
② 《胡适文集》第 3 卷，《歌谣的比较的研究法的一个例》，人民文学出版社，1998 年。版次下同。
③ 《胡适文集》第 3 卷，第 73 页。

作人 1920 年发表的文章虽然名为《文学上的俄国与中国》，但是却只介绍俄国文学，而没有与中国文学相比。为什么呢？周作人说："中国还没有新兴的文学，我们所看见的大抵是旧文学。其中的思想自然也多有乖谬的地方，要向俄国的新文学去比较，原是不可能的。"①

　　比较文学作为一门学科产生在这样一些人当中：他们有很深的东西方学识，又对中国文化有一种崇敬之情，从而认为中西文学有极大的类同性而可以进行平等的对话和比较。可以看到，我们所讨论的清华学人都具有这种学识与研究姿态，其中吴宓对现代中国比较文学学科的诞生贡献尤其大。1925 年之后，吴宓先后担任清华大学研究院主任、外文系教授，他不仅倡导打通中文与外文，提倡学生文、史、哲兼通，而且还敦聘了一些喜欢比较研究的学者。从 20 年代后期到 30 年代初，在清华大学的课堂上，有吴宓开设的"中西诗之比较"、温德（R. Winter）开设的"文艺复兴时期的文学"、陈寅恪开设的"中国文学中的印度故事的研究"等比较文学课程。特别值得指出的是，新批评派的著名批评家瑞恰兹（I. A. Richards）也在清华课堂上开设了"比较文学"等课程，瞿孟生（P. D. Jemeson）还将瑞恰兹的讲稿编写成《比较文学》一书。吴宓在著述活动中，讲中文则不离外文加以印证，讲外文则以中文融会贯通。他在《诗学总论》中比较了中西诗歌韵律节奏，在撰写的《希腊文学史》中特设《荷马史诗与中国文章比较》专节，在谈及《水浒传》《西游记》以及侠义公案小说的时候以为近似西洋的流浪汉小说，他还谈及中西诗人"遇必穷愁"的问题，华兹华斯与陶渊明的类似等等。在这种学风的熏陶下，清华大学培养出了钱锺书、季羡林、李赋宁等一大批学贯中西、博古通今的比较学者，而这些学者

---

① 　周作人：《文学上的俄国与中国》，《民国日报·觉悟》1920 年 11 月 19 日。

又为新时期中国比较文学学科的复兴,做出了重大的贡献。有趣的是,钱锺书尽管比吴宓更有才气,在比较文学研究上比吴宓的贡献也大,但是他的比较文学的总体方向却是从吴宓那里来的,甚至钱锺书到日本讲学的《诗可以怨》对中西诗歌"诗必穷而后工"的比较文学阐发,明显是从老师的"遇必穷愁"那里来的。

与鲁迅、梁漱溟等北大派将中西文化看成是异质性的文化不同,从吴宓、梁实秋到钱锺书,这些清华出身的杰出文人都认为中西文化根本上就是大同小异,类似大于差异,因而中西文化之间是可以相互印证的。北大文人的中西文化异质论,导致的是文化的冲突与撞击,他们或者认为应该以西方文化取代中国传统文化(胡适、鲁迅),或者贬低西方文化以为中国文化能够领导世界新潮流(梁漱溟)。而清华文人的中西文化类同论,使他们在东西方之间寻找能够适合中国的普遍永恒的文化价值,在吐纳中西中加以融会贯通。在这些清华文人的文化观中,没有反传统的位置,更没有全盘西化的位置,唯一的选择就是融通中西,推进文明的发展。清华在现代造就的这一传统,使其很少对立冲突与激进革命的品格,而更多是平稳圆润的建设性的文化品格,因而在革命时代是一个被忽视甚至是被压抑的传统,譬如吴宓被看成是"复古派",梁实秋成了"丧家的资本家的乏走狗",钱锺书虽然因为胡乔木的庇护运气最好,但在文化上基本上也是坐了冷板凳,他们的文化价值都是"文革"结束之后才被真正发扬光大的。而在文化多元化与推崇建设的今天,清华在现代的文化与文学传统,尤其值得我们加以反思和重估。

白璧德中西弟子命运迥异的原因探源[①]

吴宓和梁实秋等最发达的西方国家培养出来的学生为什么到了东方落后国家反而成了文化保守主义的"反动分子"？如果说他们反对新文化潮流的倾向是受当时哈佛大学新人文主义者白璧德学说的影响，那么，为什么白璧德的美国学生 T. S. 艾略特却成为揭示现代人困境最深刻的伟大诗人？这个原因，就在于白璧德的理论是以发掘传统价值的姿态对现代病的揭示，所以他的西方弟子成为在现代的荒原上最受欢迎的诗人，而尚在挣脱传统向往现代的中国，白璧德的中国弟子一回国就立刻就被置于四面楚歌的文化语境中。因此，随着中国真正进入现代，吴宓、梁实秋及其老师白璧德的文化价值又被重新估价。

---

① 本文原载《甘肃社会科学》2016 年第 2 期。

(一) 问题的缘起

一帮以振兴中华文化为己任、远渡重洋负笈美国的中国留学生，包括学衡派的吴宓、梅光迪、胡先骕以及后来的梁实秋等人，看不惯国内汹涌澎湃的新文化浪潮，试图以他们在最发达现代化国家之所学，来反击新文化运动和文学革命的潮流；然而令人大跌眼镜的是，他们回国后立刻就被置于四面楚歌的文化语境中。长期以来，学衡派被看成是穿着洋服的复古派，并作为现代文化与文学史的逆流而被载入史册。而梁实秋则承接着学衡派的文化余脉，成为新文学阵营以及稍后左翼文学的主要论敌。而他们共同的精神导师，则是美国新人文主义者白璧德。当然，与梅光迪、吴宓、汤用彤、梁实秋等受业于白璧德不同，胡先骕并非白璧德的学生；然而，他在《学衡》上最早翻译了白璧德的学说，[①] 并且因为他的《评〈尝试集〉》四处投稿而碰壁才使这些看不惯新文化运动的留美学生产生了办《学衡》杂志的想法，因而将他与白璧德的中国弟子一并论列顺理成章。

事实上，在胡适没有与陈独秀通信之前，胡先骕、梅光迪等与胡适都是留美学生中的朋友，他们经常通信讨论问题，尽管观点不同，但也不像史册上所描绘的那样是两个对立阵营的人。但是，自从胡适发表《文学改良刍议》而成为新文化运动的领袖人物之后，尽管胡适在这篇文章中还是以"吾友"称呼胡先骕，但因胡适以胡先骕的诗词为滥调套语的典范，已将二者划分为两个阵营的人。《学衡》的发刊，标志着这种对立阵营的形成。而梁实秋在留学美国之前，与创造社作家的关系非常密切，郁达夫从上海来北京就去投奔当时在清华读书的梁实

---

① 胡先骕译：《白璧德中西人文教育谈》，《学衡》1922 年第 2 期。

秋，而梁实秋从上海去美国留学，郭沫若、郁达夫、成仿吾等创造社骨干恋恋不舍地将其送上船。然而，经过美国文化洗礼的梁实秋，归国之后立刻成为创造社浪漫趋向的激烈批判者，甚至围绕着否定卢梭同郁达夫发生了激烈的笔战。这给现代中国文化史留下了很多难解之谜：在第一次世界大战后，美国逐渐取代英法等国成为最发达的现代化国家，甚至在 19 世纪的中后叶，马克思就敏锐地觉察到在不以既得利益而以争取利益为要务上美国人超过了英国人，那么，新文化运动激烈的西化与观念上的现代化，不正是要更多地取法于美国人吗？吴宓、梁实秋都是在美国文化气息浓重的清华学校毕业，然后又去美国留学的，为什么这些深受美国文化洗礼的中国学人回国之后就遭受围攻？令人诧异的问题是，最发达的现代化国家培养出来的学生为什么到了落后国家反而成了文化保守主义的"反动分子"？如果说吴宓、梅光迪和梁实秋等人反击新文化与新文学潮流的倾向，是受当时哈佛大学新人文主义与古典主义者白璧德学说的影响，那么，为什么白璧德的美国学生（后入英国籍）T. S. 艾略特却成为揭示现代人困境最深刻的伟大诗人？站在当代中国的文化语境中，应该怎样评价学衡派与梁实秋在现代中国的文化遭际？

（二）白璧德中西弟子反现代的不同命运

现代与传统是对立的概念，然而当西方进入现代之后，很多思想与文学思潮都是以反现代的姿态出现的。事实上，马克思主义与尼采主义等思潮都是以反现代的面目出现的。马克思极端仇视以资本与市场为特征的现代，号召工人阶级推翻资本主义的现代制度，撕破彼岸天国的假面而要在地上建立天国。尼采认为现代已经将完满的人撕裂，并且由于基督教对人的仇视，人已退化为非人，而没有基督教的西方则会陷入文化价值上的荒原，因而要恢复人的完满生机，赋予人类以新的文化价值，就要充满激情地回归希腊、走向超人。在文学倡导上，马克思对希腊艺术的评价远远高过对现代艺术，而尼采则向往希腊的酒神艺术。在文学创作上，法国是较早进入现代的国家，而波德莱尔的《恶之花》就是以反现代的诗作揭开了历史进入现代的种种丑恶与荒谬，在这里，现代文学观念恰恰是以反现代的面目出现的。这就是在现代化非常发达的美国，白璧德反现代的人文主义学说产生的文化背景。

在白璧德看来，现代列车有两个飞转的轮子，一个是科学主义的物欲，一个是浪漫主义的情欲，这两个轮子将一切人文主义的价值以及宗教信仰，统统碾压粉碎，造成人文主义的衰落与基督教的没落。而当人性之光暗淡、上帝死亡的时候，整个文明的大厦也就随之坍塌与解体。因此，白璧德将价值重建的目光转向古代希腊、中国和印度，在亚里士多德、孔子以及印度的诸神之中寻找拯救文明的灵丹妙药。白璧德并不反对包括基督教在内的宗教，在《卢梭与浪漫主义》中甚至钟情于佛教，但是他无疑更推崇在古代希腊的亚里士多德与中国的孔子那里寻找到的人文主义，并以这种人文主义抵制现代的自然主义与人道主义。在文学上，白璧德毫无疑问是一个古典主义者，并以其对古典主义的推崇批判浪漫主义、现实主义以及形形色色的现代主义。如果说白璧德的美国弟子诺曼·佛斯特（Norman Foerster）恪守白璧德从亚里士多德那里阐发出来的人文主义，T. S. 艾略特更强调人文主义与基督教的互补；那么，白璧德的中国弟子吴宓、梁实秋等人则对白璧德对宗教的论说弃之不顾，而是着眼于白璧德的人文主义与中国文化的结合，梁实秋在《关于白璧德先生及其思想》等文中就试图沿着白璧德的思想路线在亚里士多德与孔子之间架起人文主义的沟通桥梁。然而，白璧德中美学生的文化境遇却是南辕北辙。

1906 年 T. S. 艾略特早于中国的梅光迪、吴宓进入哈佛大学求学，并被白璧德充满激情的智性迷住，成为白璧德的学生。当然，艾略特是白璧德那种"吾爱吾师而尤爱真理"意义上的学生，在 1928 年和 1929 年，艾略特连续写作了《欧文·白璧德的人文主义》和《人文主义再思考》的文章，表明了自己与白璧德人文主义的思想联系与区别。艾略特肯定人文主义的文化价值，但他更肯定基督教对于西方文化的不可或缺。论争之后，艾略特与白璧德就人文主义达成了师生之间的思想互动与谅解，认为这是人文主义内部的思想论争：开始艾略特认为人文主义是衍生性的，附着于基督教，论争的结果是他转而认为没有人文主义，基督教是危险的；白璧德在宗教与人文主义之间更肯定人文主义，论争的结果使他认为人文主义不能没有宗教。就此而言，艾略特是白璧德富有创造性的精神苗裔：他没有像白璧德那样着意强调文学的伦理性，也没有像白璧德那样专门与卢梭及其精神苗裔旗帜鲜明地对着干，甚至还从波德莱尔对城市之丑陋的现代性描绘那里吸取了创作《荒原》的灵感。但是，白璧德对于现代的物欲与情欲的车轮将把文明基础摧毁的理论描绘，显然深深震惊了艾略特，使他在凝视现代人困境的时候，更着眼于文明的重建。他扶着摇摇欲坠的基督教大厦，在《基督教与文化》中发出了惊世骇俗的文化预言：如果没有基督教，将处于文化的荒原而在野蛮中度日——要等青草长高了，羊吃了青草长出羊毛来，再用羊毛编织一件文明的衣衫，可是那样一来，就要经过许多野蛮的世纪，不如现在就坚固基督教的大厦。在文学上，艾略特特别强调现代文学与古典主义的精神联系，强调历史与传统的力量，这在他的批评文章《传统与个人才能》中有着充分的阐释，用兰色姆的话说，艾略特"让诗人完全摒弃个性，充当传统的私人秘书"。[1] 艾略特曾经自我画像，说自己在宗教上是一个加尔文教徒，在政治上是一个保守主义者，在文学上是一个古典主义者。由此可见，在文化保守主义与文学古典主义方面，艾略特名副其实地是白璧德的精神苗裔。只是青出于蓝而胜于蓝，艾略特在现代西方是最受欢迎的诗人，并且是新批评的代表人物之一，他与詹姆斯·乔伊斯构成了20世纪诗歌与小说写作两座杰出的丰碑。

然而，白璧德的中国学生不但不能像艾略特那样成为时代的弄潮儿，反而被斥为穿着洋服的"复古派"，而为唯新是趋的现代中国所边缘化。梅光迪与吴宓等人在哈佛大学师从白璧德的前后，正是以《新青年》掀起的新文化浪潮席卷中国知识界的时候，白璧德的人文主义学说给了他们反击新文化浪潮的勇气。正像白璧德感受到基督教文化的崩溃将带来文明的解体一样，梅光迪和吴宓等白璧德的中国学生感到儒教文化的崩溃可能带来同样的后果，所以吴宓才会在"文革"的文化瓦砾场上，悲叹这个运动的破坏性早为《学衡》时期的自己所预言。于是，历史的诡异之处就在于，弘扬中国文化传统就成为他们这些不以传统文化与文学为专业而教授西洋文学与科学的留美学生的历史使命。他们卫道的论据也并非毫无道理，梅光迪认为，"教育哲理文学美术"等价值与审美领域不同于"工商制造"，难以变易，"原于其历史民性者尤深且远"，所谓"新文化运动"以为能够立刻将这一领域变易，是欺世盗名之谈。[2] 这并非无根之论，因为根据我们的研究，即使是激

---

[1] 约翰·克罗·兰色姆：《新批评》，江苏教育出版社，2006年，第98页。
[2] 梅光迪：《评提倡新文化者》，《学衡》1922年第1期。

烈反传统的五四新文化运动,其反传统的内在文化根源也是"来自传统的实用理性精神",其"激烈反传统的精神内驱力是来自传统的强烈使命感"。①陈独秀、胡适等人倡导文学革命的理论基石是一代有一代之文学的进化论,而受过白璧德古典主义洗礼的梅光迪与吴宓,都反对文学进化论,试图摧毁"文学革命"的理论基石。梅光迪认为,"文学进化至难言者",以进化论看西方文学发展,"由古典派而变为浪漫派,由浪漫派而变为写实派,今则又由写实派而变为印象、未来、新浪漫诸派。一若后派必优于前派,后派兴而前派即绝迹者。然此稍读西洋文学史,稍闻西洋名家诸论者,即不作此等妄言。何吾国人童骏无知,颠倒是非如是乎?"②吴宓认为人文与自然科学不同,越新就越好,相反古典的要比浪漫的更有价值,新文化运动以进化为本的求新显然是荒谬的。不得不说,从严复改译的《天演论》行世以后,进化论在中国的知识界深入人心,因而新文化运动以进化论为理论基石举起文学革命的旗帜,在短短的时间就取得了巨大的成绩。然而从学理层面看,梅光迪和吴宓等反对文学进化论,并非没有道理,否则,我们怎么理解维柯在《新科学》中将人类童年看成是"诗性的"而将现代看成是哲学与科学的?怎么理解黑格尔所说的"艺术已不复是认识绝对理念的最高形式"而"希腊艺术的辉煌时代以及中世纪晚期的黄金时代都已一去不复返了"?③怎么理解席勒所说的"科学的界限越扩张,艺术的界限就越狭窄"?④怎么理解马克思所说的现代资本主义与诗歌、艺术相敌对而希腊神话是人类再也难以逾越的范本?于是,胡适

---

① 高旭东:《怎样看待"五四"及其反传统》,《中华读书报》2009年4月16日。
② 梅光迪:《评提倡新文化者》,《学衡》1922年第1期。
③ 黑格尔:《美学》第1卷,商务印书馆,1982年,第13—14页。
④ 席勒:《审美教育书简》,北京大学出版社,1985年,第13页。

在运用文学进化论解释文学现象时就出现了难以解释的理论混乱：他在《文学进化观念与戏剧改良》中认为悲剧是进化而大团圆是退化的结果，如果这一文学进化论成立，那么古希腊人就是人类进化的巅峰而制作好莱坞那些英雄美人大团圆的现代美国人就是退化的明证。而且既然悲剧精神是进化的产物，那么，屈原与贾谊诗赋的悲剧精神就是应该弘扬的，但是，胡适为什么在《文学改良刍议》中反而批判屈原与贾谊的悲剧精神并且倡导乐观精神，并在《尝试集》中加以实践？因而胡先骕洋洋 2 万字的长文《评〈尝试集〉》说《尝试集》是白话而非诗，立论虽略嫌极端，但并非没有道理。胡先骕以渊博的西洋文学知识就胡适《文学改良刍议》中的"不用典"进行了详尽的批驳，也许胡先骕所举范例大都是近世之前的西洋文学而不够现代，使得胡适尚有台阶可下。如果胡先骕举出那时刚刚发表的西方现代派诗歌《荒原》是艾略特大量"用典"的杰作，恐怕胡适连台阶也下不来了。

  尽管梅光迪、吴宓等人批判新文化运动的激烈反传统，像白璧德一样以卫护传统防止文明解体为己任，然而他们绝非排外的复古派，而是主张中西文化相互兼容，尽量吸取西方文化的优点，以补中国文化之短，并将此看成是中国文化发展的机遇。梅光迪说："今则东西邮通，较量观摩，凡人之长，皆足用以补我之短。乃吾文化史上千载一时之遭遇。国人所当欢舞庆幸者也。然吾之文化既如此，必有可发扬光大。"吴宓认为，如果"言新学者"能够博览群书而吸取西方文化的精髓，就可知"西洋真正之文化与吾国之国粹，实多相互发明、相互裨益之处，甚可兼收并蓄，相得益彰，诚能保存国粹，而又昌明欧化，融会贯通，则学术文章必多奇光异彩。"①但是，他们都反对像新文

---

① 吴宓：《论新文化运动》，《学衡》1922 年第 4 期。

化运动那样,将现代西方文化当成西方文化的全体加以膜拜。吴宓认为,新文化运动对于西方文化的整体不加详查,而是取一时一地的西方文化来代替西方文化的整体,对西方充满人文主义精神的古典主义文学弃之不顾,而热衷于浪漫主义之后的末流文学。梅光迪说:"欧西文化亦源远流长,自希腊以迄今日,各国各时,皆有足备吾人采择者。二十世纪之文化,又乌足包括欧西文化之全乎?故改造固有文化,与吸取他人文化,皆须先有澈底研究,加以至明确之评判。"①

梅光迪、吴宓等学衡派的白璧德精神传人不但在观点上反击新文化运动的潮流,而且在语言形式上也与白话文运动对着干,所以《学衡》杂志尽管是一群留美的西洋文学教授在编辑与撰稿,但所载文章运用的却是文言文。人们可能会感到奇怪:在天下唯西学是尚的现代中国,奋力维护传统文化与文言文权威的却是一群西洋文学教授。于是,一种在文言文中夹杂着大量西洋文字的文本形式产生了——当然这种文本形式在戊戌变法之后就开始出现,并且在留日学生办的杂志中也不鲜见,但是作为典型的文本形式却要首推《学衡》的文章,后来将这种文本形式发扬光大的是钱锺书的《管锥编》,而钱锺书正是吴宓的学生。虽然《学衡》以向新文化运动挑战的面目问世,鲁迅、罗家伦、郑振铎、邓中夏、沈泽民、昌群等也在文章中对他们进行了批判,但总的来看,新文化阵营对于《学衡》并非理论的围剿,而是在冷言冷语的冷漠以对中透出了一种无视与蔑视,甚至鲁迅发表的《估〈学衡〉》也并非认真的论辩之文,而是寻找他们的文言文中的不通之处,讽刺他们"于旧学并无门径","于新文化无伤,于国粹也差得远。"② 鲁

---

① 梅光迪:《评提倡新文化者》,《学衡》1922年第1期。
② 鲁迅:《估〈学衡〉》,《鲁迅全集》第1卷,人民文学出版社,1981年,第379页。

迅说得不无道理，这群西洋文学教授的国学根底显然不如师从章太炎的钱玄同与鲁迅等新文化运动的弄潮儿。而胡先骕有针对性的《评〈尝试集〉》，胡适也没有回应。于是，我们看到，《学衡》对新文化运动的批判集中在第一、二两期，在后来出版的77期杂志中很少看到此类文章。从这个意义上说，白璧德的中国弟子借助《学衡》以拯救文明为目的的批判新文化运动的反传统，因无人响应而使之流为一个边缘化的学术杂志。

（三）梁实秋与学衡派批判现代的异同

比较而言，在学衡派身后的白璧德另一个中国弟子梁实秋，在学术界的影响可能不如学衡派，但在现代文坛上的影响却比学衡派要大得多。而且梁实秋在精神上皈依白璧德的历程也颇具有戏剧性。在留学美国之前，梁实秋与闻一多在清华组织文学社团，在荷花池畔吟诵新诗，举起了响应新文化运动的旗帜。从梁实秋那时发表的文章来看，他觉得在整个新文学的格局中清华的特色是"唯美"。他与闻一多肯定新诗这种新的艺术形式，然而又看不惯胡适、刘半农、刘大白、俞平伯、康白情等人写作的初期新诗。这种矛盾的心态使他们选择了俞平伯、康白情的《冬夜》与《草儿》而没有选择胡适的《尝试集》与刘半农的诗进行批判，因为胡适与刘半农都是新文化运动的大将，而俞平伯与康白情仅仅是初期的新诗人。事实上，他与闻一多所批评的新诗缺乏诗味；就典型案例而论，《尝试集》尤过于《冬夜》。为了显示他们肯定新文化的新诗写作，他们在否定《冬夜》与《草儿》的同时，对于刚刚问世的郭沫若的《女神》给予了热情的礼赞。这使得郭沫若如在炎热的盛夏遇到了清凉的知音,而且由于郭沫若在创造社的领袖地位,从此他与闻一多就和创造社打得火热,他们的作品可以畅通无阻地在创造社的刊物上发表,甚至创造社一度想将刊物的编务交给他与闻一多。若不是他与闻一多还想保持清华文学的独立性,那么,他们完全可以成为创造社的骨干成员。当时他们不但是诗评家,也是新诗人。闻一多的《红烛》就写于这一时期,而梁实秋结集的《荷花池畔》虽然没有出版,但他无疑是初期新诗的重要诗人。因此,梁实秋以其在清华时期对于浪漫与唯美的热情拥抱,到了哈佛大学是以挑战的心态去听白璧德反对浪漫主义的课程的。然而,在白璧德充满激情的跨文化的智性论辩的授课中,梁实秋的挑战很快败下阵来,新人文主义与古典主义彻底征服了梁实秋,使他放弃了浪漫与唯美,转而对整个新文学的发展进行了否定性与批判性的反思。

　　先后蒙受白璧德新人文主义的教诲,但是学衡派与梁实秋所面对的问题并不一样。如果说学衡派挑战的是刚刚兴起的新文化运动,那么,梁实秋所要挑战的则是发展了近十年的新文学。而且与学衡派运用古色古香的文言文相比,梁实秋运用的则是新鲜活泼的白话文。梁实秋所接受的白璧德的古典主义批评理论同胡适的理论倡导与文学实践是对立的,然而由于同属于英美派留学生的圈子,胡适又是这个圈子的老大哥,因而梁实秋不得不使他的古典主义批评理论与新文学进行某种程度的兼容与调整,而这种兼容与调整又使其批评理论影响了新文学的理论与写作。首先,梁实秋的批评理论深深影响了他最要好的朋友闻一多,不但在闻一多"戴着镣铐跳舞"的新格律诗理论中会发现梁实秋影响的痕迹,而且与《红烛》相比闻一多的《死水》显然具有艾略特那种使现代诗歌与古典主义结缘的艺术倾向。虽然在表现的深度上比不上《荒原》,然而,《死水》确实比一般的浪漫主义诗歌要有深度，同时又具有古典主义的印记。可以说，白璧德对于现代中国文学艾略特式的影响是通过梁实秋的中介在闻一多的诗歌中体现出来的。其次，梁实秋的批评理论影响了徐志摩乃至整个新月派。徐志摩本来是位浪漫主义诗人，《志摩的诗》充分表现了他的浪漫主义才情，他的灵感来源主要是英国浪漫主义诗歌。然而在梁实秋与闻一多的影响下，徐志摩为《新月》撰写的发刊词《新月的态度》，一改浪漫主义放纵情感的态度，唯"健康与尊严"的理性是尚，反对"感伤"、"颓废"、"唯美"、"功利"、"训世"、"偏激"、"纤巧"、"淫秽"、"标语"、"主义派"等在"新月"看来文坛的不正之风与不当之派。这一棍子打下来，不但有对五四新文学的否定，更有对新起的左翼文学的批判。梁实秋的古典主义批评理论很重要的一个主张，就是理性节制情感，给情感戴上理性的笼头，而这一点通过闻一多新格律诗的理论与徐志摩执笔的《新月》发刊词《新月的态度》表现了出来。在发刊词中，徐志摩说："感情不经理性的清滤是一注恶浊的乱泉"，所以应该在情感"这头骏悍的野马的身背上我们不能不谨慎的安上理性的鞍锁"。[①] 值得注意的是这个"发刊词"是《新月》杂志的宣言，代表着的是整个新月派的倾向。正是从这个意义上说，梁实秋在现代文坛上的影响要比学衡派大。

有趣的是，梁实秋在前，创造社、太阳社在后，共同向第一个十年的新文学发起了激烈的批判。1926年2月，梁实秋在纽约完成了整体否定新文学的《现代中国文学之浪漫的趋势》。该文标志着梁实秋彻底告别了昔日的浪漫之我，并以白璧德的新人文主义与古典主义为思想武器，对新文学进行了整体性的批判反省。梁实秋将浪漫主义、现实主义、现代主义文学统称为"浪漫的"，与"古典的"理性与健康文

---

① 《〈新月〉的态度》，《文学运动史料选》第3册，上海教育出版社，1979年版，第6页。

学相对立。健康的常态文学要受到理性的指导和节制,而新文学不受拘束的追求自由和激情喷发就是病态的"浪漫的混乱":"浪漫主义者最反对者就是常态,他们在心血沸腾的时候,如醉如梦,凭着感情的力量,想象到九霄云外,理性完全失去了统驭的力量。"①新文学这种"浪漫的混乱"表现在域外的影响、推崇情感包括人道主义的同情、印象主义泛滥以及尊崇自然与独创等多个方面。在梁实秋看来,新文学的病根就在于蔑视传统的权威,情感像是脱缰的野马而不受理性的控制。由于梁实秋对新文学是整体性否定而没有针对具体的作家与文本,批判的"浪漫的混乱"让人很容易误解成重点针对创造社的文学创作,而创造社本身也在发生重大的思想转型,因而梁实秋这一枚深水炸弹在当时的中国文坛并未激起多少浪花。果然不久,创造社联手太阳社与梁实秋一样激烈而整体性地否定起新文学来。梁实秋否定新文学是基于古典主义,创造社与太阳社批判新文学则是以马列主义为武器。而且与梁实秋不针对具体的作家与文本不同,创造社与太阳社既批判重要作家,也批判重点作品。茅盾、周作人等虽然也在被批判之列,但他们主要的批判对象是鲁迅及其作品。而梁实秋否定新文学的古典主义批评很快与鲁迅发生了争执,1927年之后,鲁迅面临着来自梁实秋与创造社和太阳社两个方面的笔尖的围攻。论争的结果是鲁迅、茅盾等新文学的主力与创造社和太阳社联成了一条战线,共同批判梁实秋与新月派。冯乃超等左翼文人骂梁实秋为资本家的走狗,梁实秋说自己靠在大学当教授磨破嘴皮子吃饭根本不知道主子是谁,鲁迅就说他是"丧家的资本家的乏走狗"。鲁迅、茅盾等人与创造社和太阳社

---

① 梁实秋:《现代中国文学之浪漫的趋势》,《梁实秋文集》第1卷,鹭江出版社,2002年,第42页。

的联手,标志着新文学主流的向左转,梁实秋很快就被边缘化了。到了"抗战"时期,梁实秋在重庆主持《中央日报·平明副刊》,在编者按中说最欢迎抗战的,但也兼容"与抗战无关的",被以左翼文人为主构成的抗战文坛批判为"与抗战无关论"。抗战后期梁实秋陆续发表了不但"与抗战无关",而且与时代、阶级都无关的《雅舍小品》,以表明比"空洞的抗战八股"更有艺术魅力,左翼文坛居然不屑一顾,以至于国内长时间不知道存在着《雅舍小品》这种文体,还需要在80年代末从台湾"出口转内销"。从这个角度看,梁实秋尽管在文坛上的影响比学衡派大,但在现代中国的命运也是悲剧性的。

我们曾论及马克思与白璧德在批判现代而具有古典艺术趣味上的一致,那么,梁实秋与左翼文人就没有共同点吗?答案是肯定的。中国的左翼文人敌视马克思之后的西方现代哲学和文学,以唯意志论、唯心主义以及颓废主义等名称予以否定;而梁实秋则是肯定亚里士多德的古典理性,批判现代的颓废文学。左翼文人反对为艺术而艺术,强调文学的使命感和道德性;梁实秋也推崇文学的伦理性,反对文学的独立性。当左翼文人批判象征主义和其他形形色色的现代主义时,梁实秋在其批评文章中予以赞赏。然而,马克思主义与白璧德主义的差异是主要的,尤其是在与传统的关系上,马克思、恩格斯在《共产党宣言》中认为"共产主义革命就是同传统的所有制关系实行最彻底的决裂;毫不奇怪,它在自己的发展进程中要同传统的观念实行最彻底的决裂",[①]而白璧德则是毫无保留地维护传统的权威,无论这种传统是来自亚里士多德、耶稣基督,还是来自孔子、释迦牟尼。就新与旧的

---

① 马克思恩格斯:《共产党宣言》,《马克思恩格斯选集》第1卷,人民出版社,1977年,第271—272页。

对立而言，马克思主义站在新生事物的一面，对现代的批判是要朝向更新的共产主义，这与五四新文化运动开辟的以新为好、唯新是趋的文化倾向是吻合的；而白璧德的新人文主义对现代的批判则是要回归传统的信仰与古典理性。因此，五四时期马克思主义就是作为西方文化的一个支流而被新文化所容纳，随着苏联建设的成功与资本主义世界的经济大危机，新文化的主流终于选择了马克思主义，而将其他主义边缘化，以保守与回归传统著称的白璧德主义在现代中国更是没有立足之处。

(四) 白璧德中西弟子不同命运的原因及中国弟子的当代价值

白璧德的中西弟子在现代的命运确实是迥然相异：他的西方弟子艾略特等在两次世界大战所造成的荒原上，唱响回归传统信仰的恋曲，以文坛主流的姿态受到了一代人的尊崇；而他的中国弟子回国奋力维护传统，立刻就被当作"反动分子"而遭到边缘化。白璧德中西弟子的不同命运，表明了人文领域的理论学说与自然科学不同，很难具有放之四海而皆准的客观性与绝对性，其相对的价值往往是文化语境的需求使然。

在西方，挣脱传统而走向现代是从文艺复兴就开始迈步，而在启蒙运动中得到进一步确认的文化事件。在这个过程中，进步与发展是以反抗宗教的权威与基督教的上帝为特征的俗世化为主导的。从薄伽丘等作家对教会的讽刺而肯定世俗的人欲，到伏尔泰嘲讽耶稣、狄德罗宣扬无神论；从卢梭、康德摧毁了科学论证的上帝而将之放入情感的信仰领域，到雪莱宣扬无神论的必然性；从达尔文以科学的分析论证了上帝造人的虚妄，到马克思将宗教看成是以虚伪为本质的抚慰人民痛苦神经的精神鸦片，基督教的文化大厦已经是摇摇欲坠！在这种理性乐观的以进步与发展为追求的进程中，并不是没有哲人与作家察觉进步背后的荒诞。尼采与陀思妥耶夫斯基都发现，如果没有上帝，那么，整个西方人就会陷入没有价值依托的荒诞之中。于是，尼采试图寻找酒神与日神的价值来取代基督教的价值，从而避免使西方人陷入价值崩溃的荒诞之中；陀思妥耶夫斯基则始终在科学理性与宗教信仰之间痛苦挣扎，在"复调"的两极对立中徘徊彷徨。当两次世界大战真正将基督教的根基摧毁的时候，西方人才认识到尼采与陀思妥耶夫斯基的先知性。西方已经进入现代，然而现代却是令人感到孤独痛苦和荒诞的荒原，甚至进步与发展的价值也开始被怀疑，而揭示现代的弊病而回归传统，也就成为时代的强音。在上帝已死的时候，再像狄德罗、雪莱等人那样去抨击上帝又有什么意义呢？更何况上帝死了对习惯于依赖上帝实现精神超越的西方人而言，是令人非常绝望的大事件。正是在这样的文化语境中，白璧德与艾略特对传统的古典理性和宗教信仰的崇奉，才会获得在荒原上绝望的西方人的共鸣。

然而在中国，挣脱传统迈向现代的脚步却是非常迟缓的。1840年的鸦片战争虽然打开了中国的大门，但是中体西用的文化选择使中国社会仅仅是在坚船利炮等"用"的方面师法西方，而在典章文物、伦理道德、文学艺术等"体"的方面则仍然卫护传统的权威。1894年的甲午战争虽然使得中体西用的文化选择破产，严复、康有为、谭嗣同、梁启超等人走向现代的维新变法与文化启蒙随之而来，但是这个维新运动仅仅百日就被保守派扼杀了。1911年的辛亥革命为中国走向现代扫清了道理，但是，辛亥革命是在亚洲建立第一个共和国与"驱逐鞑房"之光复旧物的双重变奏，是"西化"与"国粹"的并举，而且很快革命的果实被袁世凯篡夺，不久又陷入军阀混战，使中国在迈向现代的进程中举步维艰。新文化运动的发起者认识到，中国几经维新与革命而社会仍然如旧的原因，就在于"盘踞吾人精神界根深底固之伦理、道德、文学、艺术诸端，莫不黑幕层张，垢污深积……此单独政治革命所以于吾之社会，不生若何变化，不收若何效果也"。①因此，新文化运动就想以思想观念上的摆脱传统而走向现代，促进整个中国社会的现代化。如果以现代化为标尺将那时的中国社会与西方进行类比的话，那么也就相当于西方从文艺复兴到启蒙运动的阶段，这也就是为什么胡适将以白话文为主导形式的文学革命与文艺复兴相提并论、而很多学者将新文化运动与启蒙运动进行比较的原因。而处于这样一个历史阶段，进步与发展显然压倒了一切，任何回归传统文化的企图都会当成是"反动的"保守主义而被抛弃。这也就是为什么梅光迪、吴宓和梁实秋等白璧德中国弟子，回国宣扬白璧德反思现代弊病而回归传统的学说到处碰壁的深层文化原因。因为从总体上看，当时的中国社会尚未进入现代，于是反思现代的弊病也就成了无的放矢。当然，认为当时的中国社会在走向现代的进程中相当于西方从文艺复兴到启蒙运动的阶段，仅仅是就历史整体而言。由于在走向现代的道路上中国是后起国家以及五四新文化运动的西化选择，对西方文化的现当代成果是敞开胸怀的吸取姿态，然而同样令人瞩目的是，西方浪漫主义作品的反科技倾向是很明显的，而中国的浪漫主义作品却讴歌科技。不但钟情于浪漫主义、现代主义并且兼容了现实主义的鲁迅推崇科技，而且以浪漫主义为旗帜的郭沫若在《女神》中不断使用英语的科技名词，如《天狗》中就有"我是 X 光线底光，/ 我是全宇宙底 Engergy 底

---

① 陈独秀：《文学革命论》，《独秀文存》，安徽人民出版社，1987 年，第 95 页。

总量"之类的诗句,《笔立山头展望》中还将工厂烟囱冒出的黑烟比喻成"黑色的牡丹",并赞之为"二十世纪底名花"与"近代文明底严母"。① 在这方面,五四人物还是保持了与推崇科学的启蒙理性的一致。而且与观念上的突进相比,当时中国社会的主要经济形式还是自给自足的小农经济,可能比启蒙运动时代的西方的现代程度还低。

我们说过,人文领域理论学说的价值往往是在文化需求中体现出来的。在现代中国,尽管胡先骕、梅光迪、吴宓、梁实秋等都曾传播过白璧德的理论学说,然而由于在传播过程中知音甚少,甚至遭到抵制与批判,因而白璧德的著述被译成中文的很少。而在当代中国,白璧德的《法国现代批评大师》(孙宜学译,广西师大出版社2002)、《卢梭与浪漫主义》(孙宜学译,河北教育出版社2003)、《性格与文化》(孙宜学译,上海三联书店2010)、《文学与美国的大学》(张沛、张源译,北京大学出版社2011)、《民主与领袖》(张沛、张源译,北京大学出版社2011)等主要著作,都被译成了中文,研究白璧德的学术论文与学位论文也是越来越多。而在现代备受冷遇的白璧德的中国弟子,在当代也是时来运转,他们比白璧德热得更早。其中,最早热起来的是梁实秋与吴宓。从1986年到2005年研究梁实秋的论文有244篇,从1991年到2013年出版梁实秋的传记、研究专著有32部,而梁实秋那些几乎与时代、阶级无关的小品散文热度更高,十多家出版社争抢出版,"雅舍"成了一张非常抢手的出版名片,2002年鹭江出版社还出版了全集性质的15卷本的《梁实秋文集》。从90年代之后吴宓也开始热起来,吴宓的创作与理论(《吴宓诗及其诗话》《文学与人生》《吴宓诗集》《吴宓诗话》《吴宓集》)著述先后出版,尤其是数十册的

---

① 郭沫若:《女神及佚诗》,人民文学出版社,2008年,第47、60页。

《吴宓日记》与《吴宓日记续编》的出版，使人们对现代史有了一个完全不同的观察角度。与此同时，对吴宓的研究也迅速升温，从 1992 年到 2012 年，出版有关吴宓的传记、回忆录、论文集和研究专著 24 部，研究吴宓的硕士与博士论文共计 20 余篇。甚至后来不谈人文而专治植物学与生物学的胡先骕，也得以重新发掘，1995 年以来，出版了包括他的古典诗词及有关人文社会科学方面的论文和讲演录的《胡先骕文存》、诗作《忏庵诗选注》以及《不该遗忘的胡先骕》等著作。"逆历史潮流而动"的白璧德的中国弟子，并没有被历史忘却，一时反而成为学界关注的热点。

为什么在现代中国四面楚歌的白璧德及其中国弟子，在当代又魂兮归来？换句话说，在当代的文化语境里，为什么又有这么多人热衷于介绍白璧德的学说，发掘其中国弟子的文化价值呢？细心的人一定会发现，对白璧德中国弟子的文化关注是从 80 年代末、90 年代初开始的，这与中国社会从 80 年代末、90 年代初真正进入现代有关。此时观念上受挫的现代焦虑症很快被经济上的全面现代化取代，外资大量流入中国，工业化以及随之而来的信息化浩浩荡荡地席卷中国，"中国制造"开始走向全球各地，中国很快成了一个巨大的世界加工厂。T. S. 艾略特等西方人所感受到的那种孤独、无根乃至荒诞的现代感，开始在中国人的精神中蔓延，人文精神的失落使眷恋传统的寻根意识也就随之而生。这才是白璧德及其中国弟子魂兮归来的深层文化原因。

钱锺书
对中西悲剧精神研究的合理性及其界限①

　　钱锺书与鲁迅、梁漱溟等都可以称得上是文化大师，但是他们的文化旨趣却相当不同。鲁迅、梁漱溟等注重的是中西文化的差异，而钱锺书则与他的清华老师吴宓同道，更注重寻找中西文化的共性与人类审美心理的普遍性。可以说，《诗可以怨》是钱锺书从《谈艺录》开始的"东海西海，心理攸同；南学北学，道术未裂"的一以贯之的注重寻找中西诗学共通性的结果。在钱锺书发表《诗可以怨》之前，中国没有悲剧与悲剧精神，缺乏产生悲剧的文化土壤，几乎是从五四新文化运动之后形成的定论，从这个意义上说，《诗可以怨》是对现代诗学进行反潮流的结果。那么，钱锺书的《诗可以怨》与"五四"之后的中国没有悲剧与悲剧精神的理论，究竟谁更有合理性？如果说《诗可以怨》具有合理性，那么这种合理性是有普遍意义的，还是有一个限度，而这种限度又在哪里？在讨论《诗可以怨》张扬中国文学的悲剧精神之前，

---

① 本文以《论钱锺书〈诗可以怨〉的合理性及其限度》为题发表于《复旦学报》2011年第4期。

让我们首先看看现代中国学人是怎样否定中国文学具有悲剧精神的。

五四新文化运动之后，胡适率先以西方诗学的悲剧观念对中国传统小说和戏曲中的大团圆进行了批判反省："中国文学最缺乏的是悲剧的观念。无论是小说，是戏剧，总是一个美满的团圆。"胡适认为这种"善恶分明，报应昭彰"的大团圆结局，是"闭着眼睛不肯看天下的悲剧惨剧，不肯老老实实写天工的颠倒残酷，他只图说一个纸上的大快人心。这便是说谎的文学。"①胡适的观点很快得到鲁迅的响应，鲁迅在《再论雷峰塔的倒掉》与《论睁了眼看》等文中，认为大团圆是中国文人"万事闭眼睛，聊以自欺，而且欺人"的"瞒和骗"结果，"有些人确也早已感到不满，可是一到快要显露危机的一髪之际，他们总即可连说'并无其事'，同时便闭上了眼睛。这闭着的眼睛便看见一切圆满……"鲁迅将中国这种美学上的大团圆上升国民性的角度来认识："中国人的不敢正视各方面，用瞒和骗，造出奇妙的逃路来，而自以为正路。在这路上，就证明着国民性的怯弱，懒惰，而又巧滑。一天一天的满足着，即一天一天的堕落着……"②鲁迅还从比较诗学的角度，将这种美学上的大团圆概括为"十景病"，认为"悲剧将人生有价值的东西毁灭给人看，喜剧将那无价值的撕破给人看。讥讽又不过是喜剧变简的一支流。但悲壮滑稽，却都是十景病的仇敌，因为都有破坏性，虽然所破坏的方面各不同。中国如十景病尚存，则不但卢梭他们似的疯子决不产生，并且也决不产生一个悲剧作家或喜剧作家或讽刺诗人。"③也就是说，鲁迅不但认为大团圆与悲剧无缘，而且与喜剧也

---

① 胡适：《文学进化观念与戏剧改良》，《新青年》五卷四号。
② 鲁迅：《论睁了眼看》，《鲁迅全集》第 1 卷，第 237—240 页。
③ 鲁迅：《再论雷峰塔的倒掉》，《鲁迅全集》第 1 卷，第 193 页。

无缘,而是在"致中和"的舞台上挤满了非悲剧非喜剧的人物。

稍后,朱光潜在国外开始了悲剧的研究,1933年斯特拉斯堡大学出版社出版了他在法国用英文撰写的《悲剧心理学》。他在深刻而系统地反省了悲剧的各种观念,并且分析了从亚里士多德到黑格尔、叔本华、尼采等人的悲剧观之后,认为"悲剧这种戏剧形式和这个术语,都起源于希腊。这种文学体裁几乎世界其他各大民族都没有,无论中国人,印度人,或者希伯来人,都没有产生一部严格意义的悲剧。罗马人也没有。假如从来没有希腊悲剧存在,没有希腊悲剧流传下来形成悠久的令人崇敬的文学传统,那么近代欧洲的悲剧能不能产生,还是一个值得考虑的问题。"① 他接着就开始分析中国为什么没有悲剧,认为中国的伦理学中那种乐天知命的智慧,与悲剧是格格不入的,自然对人生悲剧性的一面感受不深。不过,与鲁迅不同,朱光潜认为"戏剧在中国几乎就是喜剧的同义词。中国的剧作家总是喜欢善得善报、恶得恶报的大团圆结尾",他们不能容忍希腊悲剧那种死尸满台、血肉横飞的结尾。在中国,"随便翻开一个剧本,不管主要人物处于多么悲惨的境地,你尽可以放心,结尾一定是皆大欢喜,有趣的只是他们怎样转危为安。剧本给人的总印象很少是阴郁的。仅仅元代(即不到一百年时间)就有五百多部剧作,但其中没有一部可以真正算得悲剧。"② 如果说胡适、鲁迅以西方诗学的观念批判中国的大团圆和十景病,有着鲜明的西化企图,那么朱光潜对中西戏剧的比较则完全是学术性的分析,他们共同认定:中国不但没有悲剧这种文体,而且也缺乏这种文体赖以存在的悲剧意识和悲剧精神。

---

① 朱光潜:《悲剧心理学》,人民文学出版社,1985年,第210页。
② 同上书,第218页。

钱锺书也曾被这种理论所感染，1935年他在上海的《天下月刊》发表英文论文"Tragedy in old Chinese drama"（《中国古典戏曲中的悲剧》），认为"我国古代戏曲作家在作为戏剧最高形式的悲剧创作上，没有成功的先例"，因为中国古代戏曲没有表现出西方悲剧的"悲剧体验"以及"悲痛欲绝"的净化，更多的是同情式的哀伤、对美好世界的渴望以及因果报应。与朱光潜分析《赵氏孤儿》等不是悲剧一样，钱锺书也评析了王国维认同为悲剧的《窦娥冤》与《赵氏孤儿》等戏曲不是悲剧。① 然而，也许钱锺书觉得《中国古典戏曲中的悲剧》一文有违他的"东海西海，心理攸同；南学北学，道术未裂"的学术宗旨，临近晚年他重新反思这个问题，以《诗可以怨》做了一篇真正有力度的反潮流文章：中国文学理论与西方一样，都推崇一种悲剧精神。

钱锺书说：尼采曾把母鸡下蛋的啼叫与诗人的歌唱相提并论，说是"痛苦使然"，这种见解与中国从古形成的一种诗学观念正相符合：苦痛比快乐更能产生诗歌，好诗主要是不愉快、苦痛或穷愁的表现与发泄。钱锺书以孔子的"诗可以怨"打头，认为到司马迁则完全倒向了"怨"而没有兼顾其他："盖文王拘而演《周易》，伯尼厄而作《春秋》；屈原放逐，乃赋《离骚》；左丘失明，厥有《国语》；孙子膑脚，《兵法》修列；不韦迁蜀，世传《吕览》；韩非囚秦，《说难》《孤愤》。诗三百篇，大底圣贤发愤之所为作也。此人皆意有所郁结，不得通其道，故述往事，思来者。"② 钱锺书认为，在这种作诗者都是有所郁结的伤心不得意之士的理论影响之下，一些人对《诗经》中的"颂"的解释也更

---

① Ch'ien Chung-shu, "Tragedy in old Chinese drama", T'ien Hsia Monthly, I. l (August 1935), pp.37—46.

② 司马迁：《报任安书》，《古文观止》上册，中华书局，1981年，第225—226页。

关注其"刺"的一面。刘勰遵循着司马迁的见解，还使用了一个巧妙的比喻——"蚌病成珠"，刘昼《刘子·激通》的比喻与刘勰的也很相似："蚌蛤结疴而衔明月之珠"。钱锺书说：西方人谈文学创作取譬与此非常巧合，格里巴尔泽（Franz Grillparaer）认为诗好比害病不做声的贝壳动物所产生的珠子，福楼拜以为珠子是牡蛎生病所结成，作者的文笔却是更深沉痛苦的流露，海涅发问，诗之于人是否像珠子之于可怜的牡蛎，是使它苦痛的病料……而司马迁在列举了一系列发愤的著作最后把诗三百篇归结为"怨"的思想，在诗歌创作上又被钟嵘加以具体发挥。钟嵘不讲"兴"与"观"，虽讲"群"，但所举压倒多数的事例都是"怨"，认为"使穷贱易安，幽居靡闷，莫尚于诗矣"。从钟嵘到韩愈，中国诗学中形成了一种"欢愉之辞难工，而穷苦之言易好"、"诗必穷而后工"的传统。而这种观念在西方也很流行，钱锺书说他在做学生时就读到西方的这类名句："最甜美的诗歌就是那些诉说忧伤思想的"，"真正的诗歌只出于深切苦恼所炽燃着的人心"，"最美丽的诗歌就是最绝望的，有些不朽的篇章是纯粹的眼泪"。

钱锺书认为，既然"穷苦之言易好"，那么要写好诗就要当"憔悴之士"，然而"销魂与断肠"的滋味并不好受，于是就出现了"不病而呻"的现象，诗人企图不付出穷苦的代价或希望减价而写出好诗。小伙子作诗"叹老"，大阔佬作诗"嗟穷"，好端端过着闲适日子的人作诗"伤春"、"悲秋"。钱锺书举了三个例子，第一个是《张右史文集》卷五一《送秦观从苏杭州为学序》对秦观的调侃："世之文章多出于穷人，故后之为文者喜为穷人之辞。秦子无忧而为忧者之辞，殆出于此耶？"第二个是辛弃疾在《丑奴儿》中的自我表白："少年不识愁滋味，爱上层楼，爱上层楼，为赋新词强说愁。"第三个是名不见经传的李廷彦，写了一首百韵排律送给上司看，上司为其中的一句"舍弟江南没，家兄塞北亡"所感动，谁知李廷彦却说："实无此事，但图属对亲切耳。"钱锺书认为，假病能不能装得像真，假珠子能不能造得乱真，也许要看各人的本领或艺术，诗曾经与形而上学、政治并列为三种哄人的玩意儿，不是没有道理的。最后，钱锺书又把中国古代诗歌重视"穷苦之言"与中国古代音乐"以悲哀为主"联系在一起，让我们反思跨越中西与文体的这种共通的审美心理。①

显然，钱锺书的《诗可以怨》绝非中西文化的交汇初期那种无知者无畏的将外来文化扭曲变形以适合自己的文化认同。一般来讲，文明的接触有一个规律，就是从一厢情愿的生搬硬套到较为客观的对话。譬如，佛教初入中国，一般人就以道家的语汇去生搬硬套，后来才发现佛学与道家的差异。在近代，当林纾翻译小仲马的《巴黎茶花女遗事》时，中国人深深感到，泰西并非只有坚船利炮、奇技淫巧，而且还有属于文明人的细腻的感情、爱心和同情心。所以，尽管从甲午海战之后，中国开始涌动翻译热潮，但对于西方文学却是一种具有扭曲变形加以主体认同的心理。当时的所谓"豪杰译"在很大意义上就是"随意的翻译"——译者可以将原作中的人名、地名、称谓等中国化，删掉不符合中国人欣赏口味的大段的景物描写，而且可以随意增添原作中没有的文字，甚至把原作中的主题、人物、结构加以改造，有的还扮成章回小说家的面孔在叙述故事之余现身"说话"。随着对西方文化认识的逐步深入，人们越来越发现中西文化存在着巨大的差异。这种差异并不仅仅表现在表层的坚船利炮、奇技淫巧——这些反而是能够很快模仿的，而且表现在价值观念与审美观念的文化深层。钱锺书

---

① 钱锺书:《诗可以怨》，张隆溪、温儒敏编选《比较文学论文集》，北京大学出版社，1984年，第31—45页。

的《诗可以怨》不属于中西文化碰撞初期将自身文化投射到异域文化的认同结果，而是在现代中国人对中西文化的巨大差异比较反省之后，凭着他在博览中西文化与诗学的典籍时的悟性，从差异巨大的中西诗学中发现的一种共同的审美心理——无论中国还是西方，推崇的都是悲剧精神。

如果钱锺书的这一理论成立，那么，胡适、鲁迅、朱光潜的中国文化缺乏悲剧意识与悲剧精神的理论，李泽厚关于中国的"乐感文化"的理论，就都遭到了颠覆。然而，钱锺书的引经据典与博采群书，使人没有理由否定他所寻找到的中西诗学这种共同的推崇悲剧精神具有相当的合理性。张法正是从这里出发，写出了否定李泽厚的"乐感文化"的专著《中国文化与悲剧精神》。

然而，钱锺书《诗可以怨》的这种合理性并不具有普适意义，而是有限度的，正如胡适、鲁迅、朱光潜的理论是有限度的一样。而《诗可以怨》的贡献，就在于让我们真正看到了胡适、鲁迅、朱光潜理论的合理限度。这一点是那些没有真正发现者眼光，仅仅在中国传统戏曲中寻找悲剧因素就定为悲剧、寻找喜剧因素就定为喜剧的人所没有做到的。因为他们编选的《中国十大悲剧选》与《中国十大喜剧选》，文体形式都差不多——"十大悲剧"中有喜剧因素，"十大喜剧"中也有悲剧因素。譬如他们所选的十大喜剧之首的《救风尘》，是由正常的生活——宋引章与安秀才相互爱慕，在恶少周舍的诱惑下进入水深火热的悲剧角色，是结义姐妹赵盼儿巧设迷局，骗过了周舍，才救了宋引章并且惩罚了周舍，是一个大团圆的光明结尾。然而，这个套路是中国几乎大多数小说与戏曲的模式，正常的生活中染上悲剧色调，最后经过周旋而达到喜剧的大团圆结尾。而被他们选为十大悲剧之首的《窦娥冤》，也是由窦娥与婆婆相依为命的正常生活，进入被张驴儿陷害而死的悲剧角色，但是窦娥临刑时的六月雪、旱三年无不应验，后来父亲为官至此，在窦娥显灵的启示下冤案得以平反昭雪，又是一个大团圆式的光明尾巴。而且剧中其他喜剧因素也不少，譬如张驴儿企图霸占窦娥不成想毒死窦娥婆婆，谁知却毒死了自己的父亲。由此可见，《窦娥冤》仍然遵循的是中国戏曲悲喜混合最后来一条光明尾巴的团圆逻辑，而与西方的悲剧差异甚大。而所谓"十大悲剧"之一的《赵氏孤儿》，正是朱光潜在《悲剧心理学》中所举的中国戏曲家将"将悲剧题材也常常写成喜剧"的范例：孤儿"像哈姆莱特一样，他的敌人杀害了他的父亲，窃夺了本来属于他的荣誉，他必须复仇。这个剧本全名是《赵氏孤儿大报仇》，从名称上看，使人很容易想象成是像《哈姆莱特》那样的复仇悲剧，在第五幕里台上摆满死尸。但是，实际情形却完全不同。复仇只是帝王的一道命令许诺的，并没有在舞台上演出来。最后的报应使人人都很满意，连奸贼自己也承认这是公道。剧作者是要传达一个道德的教训——忠诚和正义必胜，而那胜利和戏剧的结尾恰好是一致的。"① 因此，这些所谓的"十大悲剧"与"十大喜剧"，断然不能驳倒胡适、鲁迅与朱光潜关于中国没有悲剧的论断。如果鲁迅再生，面对两个"十大"（"十大悲剧选"与"十大喜剧选"），他肯定会不以为然，感觉中国当代的选家又患了"十景病"。

相比之下，钱锺书的发现却让我们眼睛一亮，原来我们中国从古以来就有推崇悲剧精神的诗学，并经过历朝历代文人的阐发而形成了一种传统，只是我们没有加以注意而已。而如此一来，胡适、鲁迅、朱光潜等人关于中国没有悲剧精神的立论就难以成立。但是，仔细阅读《诗可以怨》，可以发现钱锺书所寻找的悲剧精神主要是在中国文学

---

① 朱光潜：《悲剧心理学》，人民文学出版社，1985年，第220页。

的正宗文体诗歌中，而不在不登大雅之堂的小说与戏曲中。尽管《诗可以怨》中也约略提及中国的小说与戏曲，但却一笔而过，是为了印证中国的小说与戏曲理论也符合弗洛伊德的梦之升华说，而不是论证中国的小说与戏曲也具有一种悲剧精神的传统。事实上，中国大量涌现的才子佳人小说，真的很符合弗洛伊德的《创造性作家与白日梦》一文的理论，一个穷酸才子由两个以上的佳人来爱，结尾还能够高中金榜与很多佳人一起享受良辰美景，确实是那些底层才子的白日梦，然而这些小说却是千篇一律的大团圆结尾。另一方面，胡适、鲁迅、朱光潜等人认为中国缺乏悲剧的理论，主要针对的是中国的小说与戏曲，而不是中国诗歌。中国的诗歌从《诗经》的"怨"，屈原的怨愤，贾谊的感伤，一直到宋词的哀怨切切，确实形成了一种显扬悲情的传统。

从这个角度看，朱光潜关于中国的戏曲没有产生悲剧，胡适与鲁迅对中国小说与戏曲缺乏悲剧精神而以大团圆收场的理论，都有其合理性。只是扩而大之，认为整个中国文学没有悲剧精神就显得不太妥切，因为钱锺书的《诗可以怨》以大量的理论例证与文学文本表明了"诗可以怨"是中国抒情文学的一个传统。而且，当产生于勾栏瓦舍之中的小说，真正进入文人之手的时候，也会具有悲剧精神，最为典型的就是《红楼梦》，王国维重视这部作品的正是其悲剧精神，鲁迅在《论睁了眼看》中也没有否定《红楼梦》的悲剧精神。但是，若是以《诗可以怨》的立论，认为整个中国文化充满的都是悲剧精神，无视中国大多数叙事文学文本几乎千篇一律的大团圆，以及中国人不习惯舞台上死尸成堆、血肉横飞，总想来一条光明尾巴的审美心理，忽略了中国文化强调"致中和"而排斥悲与喜的感情向两个极端发展，也会陷入谬误。而在这一方面，又显出胡适、鲁迅、朱光潜等人认为中国缺乏悲剧的合理性。

悖谬的是，批判小说与戏曲乐观主义大团圆的胡适，在诗歌创作的倡导中却以乐观精神否定屈原、贾谊诗歌中的悲剧精神，说是痛哭流涕于救国无补，"国之多患，吾岂不知之？然病国危时，岂痛苦流涕所能收效乎？"① 于是《尝试集》中就充满了乐观向上的基调，他的"为大中华，造新文学"的《誓诗》，就说"更不伤春，更不悲秋，以此誓诗。任花开也好，花飞也好；月圆固好，日落何悲。"爱情是最能激起人生的偶然性与无常感的主题，但是对于父母包办的婚姻对象江冬秀，胡适似乎也毫无怨言。而是充满了乐观精神。他收到尚不相识的未婚妻江冬秀的信，写出了这样乐观的爱情诗："病中得她书，不满八行纸。全无要紧话，颇使我欢喜。"在他身后的新诗人，又把他的乐观精神继承下来。读郭沫若的《女神之再生》，我们在结尾像看中国的大团圆小说一样听到黑暗之后是"晨钟在响"。《凤凰涅槃》中"欢唱"一词居然重复了43次，最后是"欢唱在欢唱"！新诗的乐观主义基调，使郭沫若创造出"欢唱在欢唱"，"同在笑中笑"这样极为乐观的语言……而鲁迅的小说除了具有西方现代小说的惨厉与对立动态的美学形态，倒是真正承传了中国文人文学的抒情性与悲剧精神，实践了在《摩罗诗力说》中所说的"以不可见之泪痕悲色，振其邦人"的文化夙愿，所以著名汉学家普实克提醒我们特别要注意鲁迅小说的传统诗歌渊源。这是诗歌与小说在传统向现代转型中发生的错位，由此也注定了这两种文体在现代的成就的大小。在鲁迅身后，郁达夫的《沉沦》、茅盾的《蚀》三部曲、老舍的《猫城记》《骆驼祥子》、巴金的《寒夜》等作品，将悲剧精神传承了下来。写作《诗可以怨》的钱锺书，在《围城》中也是以喜剧的形式唱出了一曲人生荒诞与孤独无依的悲歌。

---

① 胡适：《文学改良刍议》，《新青年》二卷五号。

钱锺书是在中西诗学的巨大差异中发现了推崇悲剧精神的审美共性，那么在这种共性中就没有差异了吗？西方人其实并不真正欣赏具有悲剧精神的《红楼梦》，原因就在于他们粗犷的性格对于细腻到病态的感情并不真正了然。因此，同样是悲愤，大海的怒涛与小河的呜咽不同，男性的悲伤与女性的伤感不同，贝多芬的《悲怆》奏鸣曲、柴可夫斯基的《悲怆》交响曲与中国的《江河水》的悲伤也很不相同。而这又涉及中西民族的文化性格的差异等更为深层的问题。但是，中西诗学要想进行有效的对话，共同话语的寻找是非常必要的。倘若是没有共同话语的对话，就可能是你说你的，我说我的。对中西诗学的共同话语的寻找，还会为真正的总体文学（general literature）的出现创造条件。正如钱锺书所教示的，中西文学惟其是在文化差异巨大的土壤中生成的，所以得出的结论更具有普遍意义。在这方面，《诗可以怨》对中西共同的审美心理的探寻，其意义和价值应该得到充分的肯定。

第五部分

西方批评家的理论矛盾与作家作品的价值重估

伯林批评理论的矛盾及文化身份的根源①

以赛亚·伯林的理论这几年在中国很热。热到什么地步呢？伯林是1997年去世的，他一生著述不多，《卡尔·马克思》算是比较规范的专著，他的很多著作都是讲演的文稿或者论文集之类的东西。可是，我们中国在他去世后的十多年间，就翻译出版了他九本以上的书。这几乎可以说是当代世界上任何一个伟大的哲学家和思想家都没获得的一种殊荣。相对于对伯林著作的大量翻译，批评和反思的声音却很低。伯林逝世后的十多年来，国内外对伯林都有一种不恰当的拔高性倾向，说伯林是"20世纪最伟大的自由主义思想家、哲学家、政治理论家和观念史家"。细考其实，伯林不过是一个具有敏感性的天才演说家，一个自由主义的散文随笔作家，说不上是一个能够与笛卡尔、洛克、康德、黑格尔、叔本华、尼采、德里达、福柯等人相提并论的伟大哲学家。

事实上，我觉得伯林本人倒是很有自知之明，当伯林的传记作家伊格纳季耶夫问他关于幸福问题的时候，伯林说他之所以幸福是因为他是一个肤浅的人。伊格纳季耶夫还强调了伯林不无矛盾的三种文化

---

① 原载《外国文学研究》2011年第1期。

身份：俄国人、英国人、犹太人。对于优秀的哲学家而言，多重身份并不导向逻辑的混乱，他们致力于建立一个能够自圆其说的体系，甚至故意以反抗体系著称的尼采也建构了一个深刻而又不自相矛盾的理论系统。但是，伯林的文学批评与思想理论的建构却是混乱的、经常是自相矛盾的，他在这篇文章中是这种观点，在另一篇文章中又是那种观点，甚至在同一篇文章中也有彼此不能兼容的矛盾，而且还伴随着对分析对象的误读与歪曲。这与伯林散文作家而非哲学家的文化角色有关，更与他多重文化身份的彼此矛盾有关。

伯林在极端推崇或者贬低某位思想家或文学家的时候，往往就会出现对推崇或者贬低对象的误读与歪曲。他在俄罗斯的思想家与文学家中特别推崇赫尔岑，陆建德在《阅读文学的政治——伯林论俄国思想家》一文中就指出了伯林对赫尔岑的歪曲。伯林在推崇意大利思想家马基雅维利和维柯时，同样充满了误读与歪曲。譬如他在《反启蒙运动》中极力赞美维柯的科学与人文的分野以及文化发展循环论、文化多元化时说："荷马的史诗是难以超越的巨著，但是它们只能产生于一个残酷坚忍、寡头统治的'英雄主义'社会。后来的文明无论在其他方面多么优越，都无法产生出必然比荷马更优秀的艺术。这种观点对永恒真理和不断进步——虽然它偶尔会被倒退到野蛮状态的时期所打断——的观念给予了沉重的一击。"① 然而《新科学》明明写得很明白：孩子的记忆力、想象力、模仿力都超过成年人，所以人类的童年时代就是诗性的，每个民族的童年时代都是如此。"儿童们的记忆力最强，所以想象力特别生动，因为想象力不过是扩大的或复合的记忆。……这条公理说明了世界在最初的童年时代所形成的诗性意象何以特别生

---

① 伯林：《反启蒙运动》，《反潮流：观念史论文集》，译林出版社，2002年。

动。""儿童们都擅长于摹仿,我们看到儿童们一般都摹仿他们所能认识到的事物来取乐。……这条公理显示出:世界在它的幼年时代是由一些诗性的或能诗的民族所组成,因为诗不过就是摹仿。"①而且,维柯从孩子不善于抽象而善于具体形象出发,全面反省了孩子生下来天生就是诗人,认为人类童年时代无一不是诗——诗性的玄学、诗性伦理、诗性经济、诗性政治,甚至是诗性逻辑:"人类的最初创建者都致力于感性主题,他们用这种主题把个体或物种的可以说是具体的特征,属性或关系结合在一起,从而创造出它们的诗性的类。"②因此,荷马的史诗就是人类童年时代智慧的集中体现。维柯之所以要否定《荷马史诗》是荷马的创作,就是要强调人类童年时代所有人都是诗性智慧的载体。但维柯如此立论,绝非伯林所说的荷马时代在文化上是多么完善,更没有以此"对永恒真理和不断进步"的观念给予沉重的一击。恰好相反,在维柯看来,孩子的智慧是不完善的:"最初的各族人民都是些人类的儿童,首先创造出各种艺术的世界,然后哲学家们在长时期以后才来临,所以可以看作各民族的老人们,他们才创造了各种科学的世界,因此,使人类达到完备。"③也就是说,人类要走向成熟,就必须摆脱童年时代的诗性,走向使人类达到成熟与完备的哲学。这与黑格尔的希腊与中世纪晚期艺术的辉煌时代一去不复返,哲学将代替艺术成为这个理性时代成熟的标志的论述简直一模一样,也是那个启蒙时代尊崇哲人与学者的表现。怎么维柯的话一到了伯林的笔下就完全变了一个样子?说到底,这是因为伯林要把维柯的思想与启蒙主义撇清关系,将之装扮成现代多元文化乃至相对主义的自由思想家。其实维柯

---

① 维柯:《新科学》,朱光潜译,人民文学出版社,1986年,第104—105页。
② 同上。
③ 同上书,第231页。

的《新科学》中充满了走出诗意蒙昧进入理性时代的启蒙主义，贯穿了人类在思维与心智上具有普遍性的历史哲学；马克思在《〈政治经济学批判〉导言》中都认为"有粗野的儿童，有早熟的儿童……希腊人是正常的儿童"，而维柯却认为人类各民族走的都是从诗性智慧到理性哲学的路径。伯林歪曲维柯而强调多元与相对的文化身份根源，是他要为犹太人在基督教世界中的犹太教信仰找到避免冲突的理论根据。

伯林生于犹太家庭，对他最好的母亲是坚定的犹太复国主义者。伯林和很多女性都有浪漫关系，最终选择的却是已经有三个孩子的犹太人艾琳为妻。在一段时间，伯林游刃于英国的保守党和工党之间，哪个党支持犹太复国，他就暗中支持谁。可以说为了支持犹太复国，伯林是不择手段，在这一点跟他推崇的马基雅维利非常相似。这也成为伯林思想上自相矛盾的一个根源。譬如他在多元主义与一元主义之间的矛盾，多半是他的犹太文化身份导致的。犹太人散居在世界各地，分散在不同的文化里面，很容易被其他民族和文化排斥。尤其是19世纪末期20世纪初期，世界上的排犹主义甚嚣尘上。伯林推崇民族文化的多元化与多样性，显然有为犹太民族文化合理性辩护的考虑。他认为价值不是普遍的，每个民族与文化都有独特的价值标准与行为方式。但是，当伯林为犹太复国主义辩护的时候，他的多元文化就有被颠覆的危险，狐狸尾巴下面就露出了刺猬的刺。多元文化的共存是世界上已有各民族文化的兼容，而不是一个民族驱逐另一个民族。如果说一个民族的祖先在那里生活过，这个民族就可以要回那里的土地，赶走那里的居民，那么首先倒霉的应该是美国人、加拿大人等白人殖民者，因为印第安人也有理由将他们赶出美洲大陆。所以我个人认为伯林的犹太复国思想有颠覆掉他自由主义思想的危险。1961年，斯特拉文斯基被邀请去以色列谱写宗教主题的大合唱，征求伯林用什么歌词合适，伯林居然选择了旧约当中以撒受缚向上帝献祭的故事。可以说，亚伯拉罕的故事是绝对信仰的证明，伯林对亚伯拉罕的推崇不仅颠覆了伯林对卢梭、黑格尔等人的指控，而且在很大意义上是为一种绝对主义张目。这与伯林反对暴力主张宽容却又支持以色列对巴勒斯坦人的暴力一样矛盾。

伯林经常引用古希腊的诗，说"狐狸知道很多的事，而刺猬只知道一件事"。狐狸代表着多元化、多样性，刺猬代表着一元化和绝对性。伯林在贬低刺猬而推崇狐狸的同时，把世界上伟大的文学家与思想家二分为刺猬阵营与狐狸阵营：柏拉图、但丁、黑格尔、陀思妥耶夫斯基、尼采和普鲁斯特等都是程度不同的刺猬，而亚里士多德、莎士比亚、蒙田、歌德、普希金、巴尔扎克和乔伊斯则是狐狸。按照伯林的逻辑，浪漫主义是狐狸而不是刺猬。然而问题就来了：为什么被称为刺猬的柏拉图却对浪漫主义发生了持续不断的影响，远远超过了亚里士多德这只狐狸呢？即以伯林所在的英国而论，无论是湖畔派诗人还是雪莱，可以说柏拉图对这些浪漫主义诗人产生了巨大的影响。问题还有：被称为刺猬的尼采不应该归入浪漫主义的范畴吗？在伯林的《反启蒙运动》中黑格尔不是也被伯林归入打破启蒙主义的浪漫主义洪流了吗？而最为伯林讨厌的卢梭难道不是哲学与文学上浪漫主义的鼻祖吗？反过来说，被巴赫金归结为以"复调小说"为创作特征的陀思妥耶夫斯基怎么又成了刺猬了呢？陀思妥耶夫斯小说的人物一方面站在科学的立场上反对宗教，另一方面又站在基督教的立场来反对科学理性，小说中各种人物的立场呈现一种多元的特征，而巴赫金正是这样理解的，他认为陀思妥耶夫斯基小说的"复调"特征就是人物形象的多声部，而不同于传统小说的单一性。关键的问题是：伯林这种彼此矛盾的狐狸和刺猬的分类有意义吗？

伯林思想中不可调和的内在矛盾还未止步，他对浪漫主义那种似恨又爱的态度，实在是让人难以弄懂他的葫芦里究竟卖的是什么药。他对浪漫主义似乎情有独钟，几乎在他大多数的著述中都有讨论浪漫主义的篇章。《俄国思想家》《现实感：观念及其历史研究》《反潮流：观念史论文集》《启蒙的时代：十八世纪哲学家》《扭曲的人性之材》与《伯林谈话录》等书中都有专门讨论浪漫主义的章节，而《浪漫主义的根源》则是专门讨论浪漫主义的。当然，钟情于浪漫主义可能与他张扬自由主义有关，因为浪漫主义是最崇尚自由的，那些无拘无束的孤独者、游离社会的野蛮人、与社会对抗的强盗，甚至是到处漂泊居无定所的吉卜赛人，都受到浪漫主义的推崇。所以伯林在《反潮流：观念史论文集》的《反启蒙运动》以及《浪漫主义的根源》第二章中，他热情拥抱哈曼、赫尔德等浪漫主义者，讴歌浪漫主义对启蒙运动的激进批判姿态。他甚至认为，浪漫主义改变了西方文化的根基，动摇了西方的理性传统，是西方历史上规模最大的一场观念革命——"它的全部意义和重要性即使在今天也没有得到应有的认识"。[①] 雄辩滔滔的伯林在论述问题的时候，总是喜欢夸大其词，他为了显示浪漫主义的排山倒海式的强大实力，不但不漏掉传统意义上的浪漫主义者，而且也拉狄德罗、康德、费希特、黑格尔等人入伙，并且还尊康德与赫尔德为浪漫主义之父。此刻，人们就会发现，他过度夸大了浪漫主义这一概念的外延，正如福柯在《什么是启蒙运动》中过度扩大启蒙主义的外延甚至把波德莱尔也纳入启蒙运动一样。问题是，当伯林把孟德斯鸠、狄德罗、卢梭、休谟、维柯、康德等启蒙运动的领袖或者与启蒙运动有着千丝万缕的联系的学者都看成是抵抗启蒙运动的勇士时，

---

① 伯林：《浪漫主义革命：现代思想史的一场危机》，《现实感》，译林出版社，2004年。

启蒙运动还存在吗？显然，启蒙运动与浪漫主义的共性被伯林抹杀了，而其差异则被其无限夸大了。事实上，康德的《什么是启蒙运动》一文既是对启蒙运动的理论总结，也是对自己哲学的画龙点睛式的说明。有时伯林也意识到了自己理论的矛盾，认为卢梭与康德"在很大程度上仍然属于启蒙阵营，这体现在无论理性的内在声音要求什么，在他们看来都是客观的、普遍的、永恒的"，①然而这样一来，两位浪漫主义之父（一位是公认的，一位是伯林封赏的）的位置又如何安顿？如果不是伯林把浪漫主义与启蒙运动看成是水火不容，而是像福柯那样更多地着眼于浪漫主义与启蒙运动的内在联系，那么也就不会出现如此自相矛盾的理论困境。

不过比较而言，在认知上伯林的矛盾不如他在价值判断上来得大。他发现从传统理性牢笼中飞出来而自由翱翔的那些浪漫主义者，并不是都合他的胃口，尤其是卢梭、康德、黑格尔的哲学结果使他这个移民英国的俄罗斯后裔痛苦万分。稍有逻辑感的人不能不对伯林的价值判断的混乱感到惊诧：既然卢梭、康德、谢林、费希特、黑格尔等等都在他所认同乃至推崇的浪漫主义阵营里，那么，他在《两种自由观念》与《自由及其背叛》中对他们导致个人自由丧失的控诉又是什么意思呢？其实，伯林在同一本书、同一篇文章中就出现了对浪漫主义截然对立的价值判断，即使是在《反启蒙运动》这篇文章中，你也不知道伯林是站在启蒙主义的一面，还是站在浪漫主义的一面。当他阐释哈曼、赫尔德等人的时候，你会觉得他是站在浪漫主义的立场上反抗启蒙运动；可是他在解释德·迈斯特的时候就开始描述浪漫主义跟极权主义合流导致了现代恐怖统治的可怕结果，明显是在贬低浪漫主

---

① 伯林：《浪漫主义革命：现代思想史的一场危机》，《现实感》，译林出版社，2004年。

义。在《浪漫主义的根源》中,他一方面认为"浪漫主义的结局是自由主义,是宽容,是行为得体以及对于不完美生活的体谅";另一方面又认为浪漫主义"以某种精神错乱而告终":"法西斯主义也是浪漫主义的继承人"。① 这不但不是他向往的自由主义,反而是对自由的扼杀,所以你都搞不懂伯林究竟想说什么,尽管他的文笔是那样优雅、雄辩滔滔!当伯林以为浪漫主义导向自由主义的时候,他热情地站在浪漫主义的立场上反抗启蒙主义,解构西方的理性传统,但是,当伯林看到浪漫主义导向极权主义的时候,他就站在自由主义的立场抨击浪漫主义。在《自由及其背叛:人类自由的六个敌人》一书中,伯林重点分析了爱尔维修、卢梭、费希特、黑格尔、圣西门和迈斯特的思想,除了迈斯特是公然反自由的,其他五位歌颂自由的学者导致的却是反自由的历史后果。伯林非常激烈地批判卢梭,认为卢梭追求的虽然是一种绝对自由,可是当这种绝对自由被人利用的时候,就把个人的自由剥夺了,最后变成了一种被奴役的状态。在这里,伯林跟罗素又握手言欢,罗素比伯林更早地认为现代的恐怖统治可以追溯到卢梭。于是,伯林认为罗素、维特根斯坦等人的哲学是正道,尼采、海德格尔等人则误入哲学歧途。在这里,伯林明显站在科学哲学的立场上,对非理性的浪漫哲学进行指控,从而又背离了他讴歌浪漫主义的初衷。

事实上,伯林推崇消极自由也与他的浪漫主义立场相矛盾,因为浪漫主义者追求的大都是积极自由。可以说,伯林的俄罗斯文化基因使他钟情于普希金开辟的广义的浪漫主义,伯林本人就是一个浪漫诗人式的思想家,演说起来排山倒海,非常富有激情,但是,苏联的政治实践使他更钟情于英国的自由主义。伯林很少大篇幅论述英国的

---

① 伯林:《浪漫主义的根源》,译林出版社,2008年,第144—145页。

浪漫派，他津津乐道的是德国和俄罗斯的浪漫派，不过英国的自由主义传统却给了他更多思想上的灵感，尤其是穆勒的《自由论》，伯林在讨论自由的时候可以随时引用。伯林对于英国古典的自由观的创造性，就在于对消极自由和积极自由的区分以及维护消极自由而抵制积极自由。消极自由就是"免于……的自由"，英文就是"liberty from..."国家、政权或者别的什么都不能干涉我的自由。伯林以贫困为例说明这个问题，由于自己的能力不够而导致贫困，这不是不自由，瞎子看不见东西不是不自由；但是因为有别人干涉而使你贫穷，这才是不自由，才是被奴役状态。一个人不顾别人的忠告而犯错比你逼着他去犯错，两者有着实质性的差别。前者是在自由的状况之下，后者是被奴役的状况，更应该被谴责。那么什么是"积极自由"呢？"我希望我的生活与选择，能够由我本身来决定，而不取决任何外界的力量。我希望成为我自己的意志，而不是别人意志的工具。希望成为主体，而不是他人行为的对象；我希望我的行为出于我自己的理性、有意识之目的，而不是出于外来的原因。"[①]"我是自己的主人"，"我不是任何人的奴隶"，这种想法没有害处可言。可是，我会不会是自然的奴隶？我会不会是我自己那种"不受约束"的激情的奴隶？我就是真正自由的吗？于是，自由的自我被欲望和激情左右，如果要达到一种"真实"本性的高度，就必须受到严格的纪律。而且这个真实的自我，还可以被看成某种比个人更广泛的东西，某一个庞大的团体，某个社会群体，这个"整体"于是被看成真实的自我，它将集体的独一无二的意志，强加于顽抗的"成员"身上，从而获得"更高层次"的自由。牺牲自己的个人自由而获得更大的自由是危险的，很容易从追求自由进入被奴役的

[①] 伯林：《两种自由概念》，《自由论》，译林出版社，2003年。

套子。伯林是有感于现代形形色色的极权统治无不是打着捍卫自由的旗号,实际上是对个人的奴役,使你更加得不到自由,甚至还不如在传统的政权形式之下能够获得更多的自由。在这个意义上,我觉得伯林抵制积极自由是有积极的现实意义的。但问题是,伯林虽然继承了英国自由主义的传统,却没有继承英国经验主义的逻辑明晰,两种自由的概念区分显得极为模糊。伯林的消极自由概念很容易转化成积极自由,除非你是没有自我意识和主体性的石头。积极自由的定义以及后来概念的转换也是极为含混的,而且几个概念的置换就把积极自由搞得灰头土脸。我觉得理论和实践之间,不能因为后来的实践不好,就把前面的理论完全否定了,甚至连追求自由都成了罪恶。伯林认为自由的多寡与专制和民主无关,那么,假如将来的独裁者以保护消极自由为名不让任何公民争取自由,按照伯林的逻辑是不是应该受到歌颂?耶稣被邪教利用过,孔子被袁世凯和很多专制君主利用过,是不是也该像康德一样受到清算?

伯林在浪漫主义与启蒙主义之间、在浪漫主义与消极自由之间、在多元主义与一元主义之间,都存在着不可调和的内在矛盾,而这些矛盾,与伯林的多重文化身份有关。他有很深的俄罗斯文化情结,面对他的英国同行和记者的采访,他很骄傲地说俄语是属于他的。但是他却流散到英国,成为英国公民,而他精神的归属既非俄罗斯,亦非英国,而是以色列,因为他是犹太人。面对苦难中的现代人,尤其是他的俄罗斯同胞,他在反省造成今日之世界的幸福与痛苦的根源。他试图弘扬英国古典的自由主义,以多元化与多样性诠释自由主义的兼容性。伯林背弃英国传统的是,洛克、穆勒等英国古典自由主义哲人大都是从自由经济立场来论述个人自由的,认为政府应该保护人的个体自由和个人权利,私有财产神圣不可侵犯,主张放任自流的经济政策。伯林仅仅从政治上来论述自由，这和他的英国前辈们有很大的不同。矛盾在于，哈耶克的自由主义经济思想本来应该与伯林的自由主义政治思想相映生辉，但是，伯林在经济上居然与主张以积极的财政政策和政府干预来影响市场经济过程的凯恩斯相近，而与主张放任自流的哈耶克的主张疏远。其实凯恩斯的经济主张近似于伯林的"积极自由"，而哈耶克的主张则更近"消极自由"，哈耶克甚至认为对计划的依赖和操纵导致了奴役的产生。所以有人推测，伯林这种非常矛盾的文化选择可能与以色列的利益有关，因为以色列情系伯林的精神归属。当然，伯林在责任感上，显然受到俄罗斯"知识阶级"的影响，在语言表述上也是俄罗斯文人的后裔，19世纪的俄罗斯文化在世界上众星闪耀，但不是康德、黑格尔式的，而是陀思妥耶夫斯基式的，换句话说，俄国思想的形式是文学而非哲学。与俄国思想家一样，伯林很少从概念到概念的逻辑演绎，而是旁征博引，文笔汪洋恣肆，排山倒海，犹如狂风暴雨。和真正的哲学家相比，伯林更像个诗人；当然和诗人相比，他更像哲学家和思想家。他这一点很像俄国思想家，因为俄国的思想几乎都是通过文学表现的。不过，伯林是清浅的，常识性的，尽管他发现了哈曼等浪漫主义者，而且经常重估历史。这种常识性也表现在他不欣赏陀思妥耶夫斯基和托尔斯泰，而更欣赏屠格涅夫与赫尔芩。然而，即使是陀思妥耶夫斯基传统的索尔仁尼琴，他也并不很排斥，尽管他更欣赏普希金传统的帕斯捷尔纳柯。他极力排斥的，是苏联的红色文学，他认为这是对19世纪的俄罗斯文学的一种断裂。他的那些倡导消极自由抵制积极自由的言论，也都与此有关。也许，我们的时代更需要常识，没有人不向在残酷的时代歌颂了自由的普希金致敬。

解构的解构：
德里达的理论支点与哲学怪圈[①]

被称为"解构主义之父"的德里达逝世了，这位曾在三年前到北京、南京与上海讲学的法国哲学大师对中国文化似乎很有好感，尤其是中国文言文的表意书写方式，被他认为是与源自希腊的西方语音中心主义不同的文化，而语音中心主义与逻各斯中心主义正是这位解构大师颠覆的对象。德里达说："逻各斯中心主义是人种中心主义的形而上学。它与西方历史相关联。当莱布尼兹为传授普遍文字论而谈到逻各斯中心主义时,中文模式反而明显地打破了逻各斯中心主义。"[②] 特别是在美国绕过联合国攻打伊拉克之后，德里达与哈贝马斯等欧洲知识分子联名发表公开信，要求复兴欧洲以制衡美国的全球霸权，这在有着反对霸权主义传统的中国人民心中无疑留下了很好的印象。但是从文化的角度看，德里达与中国传统文化仍然是格格不入的，换句话说，

[①] 原载《清华大学学报》2005年第2期，原题为《德里达：将西方文化的批判性推向巅峰的哲人》。

[②] 雅克·德里达：《论文字学》，汪堂家译，上海译文出版社，1999年，第115页。

中国文化中缺乏的就是德里达哲学的批判性与颠覆性。

屠格涅夫曾经将堂吉诃德精神与哈姆莱特精神看成是西方文学所表现的两种精神，堂吉诃德精神是一种执著追求的精神，乃至不惜为自己的追求目标献身殉道；而哈姆莱特精神则是不断怀疑与不断批判的精神。哈姆莱特否定性的批判精神，在歌德《浮士德》中的梅非斯托费勒斯、拜伦《该隐》中的罗锡福、陀思妥耶夫斯基《卡拉马佐夫兄弟》中的伊凡等恶魔性的形象身上得到了更为充分的表现。而在哲学上，从亚里士多德喊出"吾爱吾师而尤爱真理"开始，就拉开了"急匆匆你方唱罢我登场"的不断批判前人的帷幕。德里达是将西方文化的批判精神与颠覆精神推向巅峰的人，如果说结构主义表现了一种堂吉诃德精神，那么德里达的解构主义则是哈姆莱特精神的集大成者，他甚至将他的解构与颠覆从语言文字扩展到一切文化领域，矛头直指柏拉图乃至西方文化的本原。与此相反，中国文化最推崇的是一种连续性的传述精神，最反对的就是数典忘祖的批判与颠覆精神。孔子推崇的是"述而不作，信而好古"。① 而且为了反对这种批判与颠覆精神，在中国的哲学概念中也没有恶的概念，阴与阳、乾与坤、天与地、父与子、君与臣等二元概念中的阴、坤、地、子、臣等，并不就是恶的概念，因而中国哲学强调二元中和，而不像西方哲学那样强调二元对立。二元中和可以抹杀冲突、拒绝批判与颠覆，由此也使中国文化保持了巨大的稳定性与连续性。

当然，在基督教文化衰落之前，尽管西方的哲人是后起者必然批判前者以确立自己的学说，但是他们的文化统一性还是主要的。譬如亚里士多德虽然不同意柏拉图对史诗与悲剧的否定，但是他们都以史

---

① 朱熹：《四书章句集注》，中华书局，1983年，第93页。

诗与悲剧为模仿，并且都从知识论上加以否定与肯定——柏拉图因为史诗与悲剧和真实隔着三层而加以否定，亚里士多德则因为史诗与悲剧比历史更富有哲学意味而加以肯定。亚里士多德的"形式"固然不同于柏拉图的"理念"，但是在"形式"与"理念"概念的阐发中都表明了对本体世界的向往，并且都可以容纳后起的基督教上帝的概念。黑格尔的"理念"与"绝对精神"固然不同于柏拉图的"理念"与"理式"，但是经过调整都可以与基督教上帝的观念并行不悖。雪莱虽然宣扬"无神论"的必然性，但是他对爱和美的本体世界的深信不疑，又很合乎基督教文化的传统。但是，当康德摧毁了科学知识论上的上帝，而将上帝的概念仅仅放到信仰领域的时候，在科学主义传统深入人心的西方，上帝的概念就开始摇摇欲坠。

尼采是最早看到上帝概念的崩溃会给西方造成巨大价值真空的人之一，也是对整个基督教文化进行全面颠覆的解构主义先驱者。"上帝死了"，这是从文艺复兴到启蒙运动的西方文化世俗化的杰作，但是尼采发现，西方人没有意识到，如果上帝死了，整个西方的价值源泉将被切断，西方人将会被抛到没有价值依托的荒原上。尼采说："这件惊人的大事尚未传到人们的耳朵里，雷电需要时间，星光需要时间"，"而这件大事比星辰距离人们要更为遥远——虽然他们已经目睹！"① 尽管如此，尼采没有像后来的 T. S. 艾略特那样试图复兴基督教，而是对基督教的文化价值进行了全面猛烈的扫荡。他认为宣称博爱的"基督教的起源是来自于憎恨心理"，被视为"人心的上帝之声"的良心其实"是一种残忍本能"。② 在他看来，充满了粪便一样腐臭的气息的基督教

---

① 尼采：《快乐的科学》，北京：中国和平出版社，1986年，第140页。
② 尼采：《瞧！这个人》，北京：中国和平出版社，1986年，第94页。

的职能就是腐化与敌视生命。他在《善恶的彼岸》等书中对基督教的道德价值进行了彻底的颠覆，并且将颠覆的矛头直指苏格拉底以来的文化传统。

尼采这种颠覆传统的声音，在法国直到20世纪的存在主义，才被接续上。萨特就认为，西方文化的本体与现象的二元对立，都是本体决定并支配现象，人作为存在者是被上帝设计好了的，也就是本质先于存在。启蒙学者如伏尔泰、霍尔巴赫等尽管可以反对基督教讥讽上帝，但是在萨特看来，在他们那个自明而先验的"人性"的概念中还是可以容纳上帝，"本质先于存在的思想仍然没有碰"。① 于是萨特像尼采一样来了一个价值翻转：不是本质先于存在，而是存在先于本质。这就意味着每个人都不能依托上帝乃至先验的形式、理念，而是要在自由的选择中给自己的人生不断赋予本质和意义。然而人与文化是在不断地选择中的，艺术创作与批评也是不断选择中的，这样在学理上就给人一种不可言说的感觉。譬如你说女性是怎样的，那么存在主义会说你是本质主义者，因为女性的本质仍然在女性不断的选择中。这种不停的流变不利于科学的言说，于是在科学主义有着顽强活力的法国学术界，源自索绪尔共时性语言学的结构主义就取代了存在主义而风靡一时。

上帝死了，但是却给世界留下了一大堆语言符号，人们不借助这堆语言符号就无法与人沟通。人与人、人与社会、人与自然等各种关系，其实是一种语言关系。正如海德格尔所说的，语言是存在的家园。于是，结构主义就从词汇的能指与所指出发，力图寻找语言的恒定结构，寻找言语下面的语言系统，寻找词汇、句子下面的深层语法。列

---

① 萨特：《存在主义是一种人道主义》，上海译文出版社，1988年，第7页。

维—斯特劳斯将结构主义运用到人类学的神话研究中，认为一旦掌握了神话系统的语法规则，就能够读懂一切荒诞不经的神话。文学批评家则在寻找文学语言下面的"叙述语法"，故事下面的深层故事结构。他们把丰富多彩的感性世界归结为干巴巴的几条语法规则，而且在他们的结构——言语背后的语言、表层叙述背后的深层语法的后面，又隐含着上帝的身影。当一些结构主义者说一旦结构被发现人就会消失的时候，支撑他们的结构的恰好就是上帝。而且在基督教传统里，上帝是最终的言说者，这和结构主义的语音中心主义与逻各斯中心主义也是一致的。于是，德里达从语言学入手，一举颠覆了他们的结构主义大厦，也杀死了这个隐含的上帝。

尽管德里达是从现象学出发的，他最早的哲学著作之一就是《胡塞尔几何学起源引论》，但是使他成为解构主义之父的却是20世纪60年代中期，他从语言学出发颠覆结构主义的《写作与差异》《论文字学》等著作。结构主义建立了一个双项对立原则，认为词的意义是在区分与差异中显示出来的，但是德里达认为，能指与其他能指的区分在哪里能够停顿下来呢？而且语言的能指与所指也并不像索绪尔说的是对称的，能指与所指之间也没有固定的区别。如果每个能指是因为它不是其他能指所以才成为自身，那么这种区分将是无限的，很难在网状纵横的能指链上来给它划定一个边界，意义也就成为无始无终的符号游戏的副产品。而这样一来，索绪尔关于语言是一个共时性的稳定封闭的恒定结构的说法也就不攻自破。德里达造了一个法文词汇**differánce**（"延异"），来表示与结构主义的"区分"（difference）划清界限，因为"延异"与结构主义只着眼于共时性不同，也注意到了历时性。德里达告诉人们，符号的上下文始终不同，它从来就没有与自己统一，因此，语言不是一个界限明确的结构，而是纵横交错、无边无际、无始无终，其中任何东西都是流变的，都不是绝对的。德里达运用了"踪迹"（trace）一词，认为纵横交错之网状上的每个符号的相对意义，都留着先行符号以及后来符号的踪迹，其中没有一个符号可以"独善其身"。这就从本体的意义上摧毁了结构主义的象牙之塔。

德里达本来就是从事哲学的，他的语言学批判也绝不会停留在语言学层面上。德里达认为西方人习惯于将能指与所指割裂开来，推崇所指，以所指为本质与真理。而追求一种纯净实有的知识，是连宣称埋葬形而上学的海德格尔也不能幸免的哲学顽症。究其原因，就在于西方人有着一种单纯记录语言的表音文字，它使语言为尊，而使文字处于从属的地位。于是，德里达就将对"语音中心主义"的批判与对"逻各斯中心主义"的批判结合起来，矛头直指基督教神学以及西方从希腊开始的形而上学传统。海德格尔宣称他是西方形而上学的埋葬者，但是海德格尔在认为时间和空间不可分的时候，又认为空间是存在的意义之心境，时间是有限的绵延。可以说，时间在海德格尔那里还是线性的；而在德里达的"延异"里，时间则是多面多层次的，因而是与实在的空间相统一的实在的时间。于是，德里达的解构主义似乎没有为绝对性留下任何余地。在文学批评领域，这种解构就是从局部拆散文本整体，从而揭示文本的内在矛盾与模棱两可之处。德里达的解构主义从语言学、文学批评扩展到哲学、法律、宗教等人文与社会科学领域，乃至进入建筑、时尚、广告与大众文化领域，仿佛一切都需要置疑，一切都有待解构。这种解构主义使人以为德里达消解了启蒙运动以来的知识基础，一切都是相对而流变的，任何真理都有待质疑。

当然，批判性与颠覆性既然是西方文化的特色，那么，其批判与颠覆的支点也就很难说逃脱了西方文化的传统方式。尼采曾经以扫荡西方传统的形而上学的面目而出现的，为了不重蹈形而上学的覆辙,尼采甚至以诗意的言说方式去颠覆传统形而上学的言说方式。尼采宣称自己不干建构体系的蠢事,他的逆理悖论的格言是从山峰到山峰的言说。但是海德格尔却以煌煌几卷本的《尼采》一书,认为尼采的永恒轮回是现象,尼采推崇的意志是本体,从而论证出尼采是西方执著于本体与现象二分的最后一个形而上学哲学家。但是在德里达以及后来的哲人看来,海德格尔也可以说是最后一个形而上学哲学家,他的"存在"(Being)是本体,"存在者"(beings)就是现象。所以在德里达《论文字学》的《题记》中,将形而上学的历史看成是"自前苏格拉底到海德格尔"的历史,认为他们"始终认定一般的真理源于逻各斯"。① 但是从德里达之后的我们看来,尽管德里达颠覆西方的形而上学不遗余力,但是我们也可以把他说成是最后一个形而上学哲学家。他的"踪迹"就是本体,他的"延异"就是现象。在德里达的表述中,"踪迹"确实是很神秘的,它在太初已有,它不是符号,却又无处不在;不是在场(presence),也不是不在场(absence)。在《论文字学》中,德里达说踪迹"是一般意义的绝对起源",但又说"不存在一般意义的绝对起源",接着他就说踪迹"既非理想的东西也非现实的东西,既非可理解的东西,也非可感知的东西,既非透明的意义,也非不传导的能量,没有一种形而上学概念能够描述它"。文字是一般踪迹的代表但不是踪迹本身,因为踪迹"本身并不存在",但它却是"起源的起源",关于踪迹的思想"不可能与先验现象学决裂"。② 后来在接受访谈时,德里达对踪迹的解释也还是很神秘:踪迹"既不在场也不缺席,超越生命,因而甚至超越存在"。③

---

① 雅克·德里达:《论文字学》,上海译文出版社,1999年,第4页。
② 同上书,第88—92,240页。
③ 《一种疯狂守护着思想——德里达访谈录》,上海人民出版社,1997年,第34页。

因此，将德里达的解构主义称之为虚无主义是相当肤浅的理解。德里达晚年也竭力表明这一点，他认为自己是人文主义与启蒙传统的继承人，他甚至认为他的解构主义最早可以追溯到马丁·路德，因为路德颠覆了神甫对上帝的包围，可以根据自己的理解去信仰上帝。尤其是对于自己的核心词"解构"，德里达再三申明"解构"并非单纯的颠覆："解构不是拆毁或破坏，我不知道解构是否某种东西，但如果他是某种东西，那它也是对于存在（Bing）的一种思考，是对于形而上学的一种思考"。① 当然，人们可以根据自己的理解，将海德格尔对尼采的意志本体论诠释当作是一种"误读"，正如将我们对德里达的"踪迹"的本体论诠释看成是"误读"一样。但是，与德里达一样，尼采作为解构主义思想的先驱者，无疑并非只是破坏捣乱而没有建设，更非虚无主义而无理想之光。尼采礼赞日神，更钟情于酒神，试图复活希腊的狄俄尼索斯精神；尼采礼赞自由与人的完满发展，让人勇敢地进向超人。有趣的是，中国 90 年代热衷的德里达其实是 60 年代的德里达经典的解构主义，而德里达晚年到中国来讲学的时候，讲的主题却是"宽恕"、"公正"以及大学的人文精神。事实上，从德里达后来一些著作的题目如《友爱政治学》《信仰与认知》等，就可以知道这位解构主义大师是多么希望他的解构进入一切领域，清除腐败以期一个公正澄明世界的出现。

德里达作为法国哲学家是比较另类的。这种另类不是他的思想，而是他的表述方式。与德国哲学的晦涩深奥相比，法国哲学的特点就是其直接明快的感性特征。如果人们将卢梭、伏尔泰、狄德罗与康德、黑格尔进行比较，将萨特、加缪与海德格尔相比，这一点就尤为明显。

---

① 《一种疯狂守护着思想——德里达访谈录》，上海人民出版社，1997 年，第 18 页。

卢梭的《新爱洛伊丝》《爱弥尔》《忏悔录》等都是文学创作，即使是哲学著作也都富有诗情。伏尔泰的《老实人》、狄德罗的《拉摩的侄儿》等作品都是文学史上的名著。这些哲学家往往是以通俗易懂的文学形式向大众宣讲哲学。而同是存在主义哲学家，萨特的著作就比晦涩的海德格尔的著作明白晓畅，萨特还惟恐他的《存在与虚无》不被人理解，写了数量众多的小说与戏剧向大众宣讲他的哲学，而加缪的哲学几乎全是靠文学作品表现出来的。这就难怪当年歌德说："德国人真是些奇怪的家伙！他们在每件事物中寻求并且塞进他们的深奥的思想和观念，因而把生活搞得不必要的繁重。"① 但是具有讽刺意味的是，歌德的《浮士德》虽然是诗歌，却是深奥难懂的哲学式的诗歌。德里达的著作的一个特征，就是表达上的晦涩。叶秀山曾经有一篇评述德里达哲学的论文，标题就是《意义世界的埋葬——评隐晦哲学家德里达》，并且认为在西方哲学中德里达的晦涩超过了所有德国哲学家，直逼希腊哲学家赫拉克利特。② 但是，德里达晚年对政治的参与，却是继承了法国从启蒙哲学家到萨特的干预现实以图成为社会良心的哲学传统。

---

① 《歌德谈话录》，人民文学出版社，1978年，第146页。
② 叶秀山：《意义世界的埋葬——评隐晦哲学家德里达》，《中国社会科学》1989年第3期。

基督教文化的金秋硕果：
重估陀思妥耶夫斯基小说的文化价值[①]

陀思妥耶夫斯基小说创作的艺术成就是 19 世纪的所有基督教文化中的作家都无与伦比的，他在 20 世纪的庞大身影遮蔽了 19 世纪一些公认的伟大作家的光辉，包括歌德、拜伦、狄更斯、雨果、巴尔扎克、尼采、易卜生和托尔斯泰。不仅如此，如果超出文学界的范围，将陀思妥耶夫斯基作为一个文化巨人，那么，也很少有人能够和他比肩。施宾格勒在《西方的没落》中将西方文化的高峰说成是康德和歌德，但是，如果将信奉东正教的俄罗斯也包括进基督教文化之中，那么施宾格勒的论断显然要加以修正，康德和歌德也许应该让位于康德（哲学上）与陀思妥耶夫斯基（文学上）。

尽管现代的批评家越来越认识到陀思妥耶夫斯基的巨大价值，但是，无论是西方还是俄罗斯的批评家，都没有认识到陀思妥耶夫斯基这一巨大身影的深刻的文化内涵，也就是没有意识到陀思妥耶夫斯基之所以如此伟大的奥秘。西方的批评家与苏联的批评家对同一个陀思

---

① 原载《外国文学》2004 年第 6 期。

妥耶夫斯基几乎都是各执一端，他们都没有将陀思妥耶夫斯基杰出的艺术表现放到基督教文化的内在冲突中，进行结构性的总体认识，因而也就很难破译陀思妥耶夫斯基的伟大之奥秘。

我们先看西方对陀思妥耶夫斯基的价值发现及其偏颇。在陀思妥耶夫斯基逝世后的 27 年，著名法国作家纪德看到，"陀思妥耶夫斯基已经取代了易卜生、尼采和托尔斯泰。"[①]11 年后，著名德国作家海塞说："欧洲的年轻人，特别是德国的年轻人不是把歌德，也不是把尼采，而是把陀思妥耶夫斯基看作是他们的伟大作家"。[②] 陀思妥耶夫斯基曾经预言上帝死后的荒谬，而今他的预言仿佛变成了现实，加之法国的存在主义与德国的表现主义都把陀思妥耶夫斯基作为他们的先驱和旗帜，所以西方的批评家也多从现代主义的角度来阐发陀思妥耶夫斯基的价值。他们看重的是陀思妥耶夫斯基笔下那些显示灵魂之深的恶魔式的人物，如"地下室人"、拉斯柯尔尼科夫、基里洛夫、斯塔夫罗金、伊凡等，并在这些人身上发掘具有预言性质的现代性。加缪在《西西弗斯的神话》中以基里洛夫来论证世界荒谬的观点，在《反抗的人》中他又以伊凡作为反抗荒谬的辩护人。表现主义画家马克斯·恩斯特甚至把他自己画成坐在陀思妥耶夫斯基的膝上，以示表现主义对陀思妥耶夫斯基的热情拥抱。美国学者考夫曼（Walter Kaufmann）在他为存在主义写的一本导读性的小册子中，认为《地下室手记》的第一章是所有文献中最好的存在主义序曲，所以他把《地下室手记》的第一部分放在他小册子的第一篇加以导读，并将他的小册子取名

---

① 韦勒克：《陀思妥耶夫斯基评论史概述》，赫尔曼·海塞等著《陀思妥耶夫斯基的上帝》，斯人等译，社会科学文献出版社，1999 年，第 175 页。

② 海塞：《陀思妥耶夫斯基（1821—1881）》，同上书，第 55 页。

为《存在主义：从陀思妥耶夫斯基到萨特》(*EXISTENTIALISM' From Dostoevsky to Sartre*)。但问题是，陀思妥耶夫斯基作为一个现代主义者就能够获得如此崇高的地位？如果仅仅因为陀思妥耶夫斯基在传统的现实主义理性叙事中嵌入了现代主义文学的因素就显得崇高伟大，那么，19世纪中叶在创作上真正成为现代主义先驱的波德莱尔、马拉美、韩波、魏尔伦、爱伦·坡等诗人和作家，不是应该获得比陀思妥耶夫斯基更崇高的地位？事实上，现代主义是基督教文化没落的征象，它所表现的世界的偶然堆积和人生荒诞感，已经不能感动读者。而且从逻辑上看，表现一种文化的深度的代表性文本也不应该出现在这种文化已经没落的时候。

与西方的批评家不同，由于陀思妥耶夫斯基作品的宗教内涵以及艺术上并不符合严格的现实主义规范，加上高尔基等人对陀思妥耶夫斯基"恶毒的天才"等评语，陀思妥耶夫斯基在苏联批评家那里长期受到不应有的冷落，以致将他的文学地位不但放在托尔斯泰之下，而且竟至于还不如普希金、果戈理、屠格涅夫、契诃夫等人。但是，陀思妥耶夫斯基毕竟是俄罗斯的民族作家，又是一个立足本土的"土壤论"者，所以随着他的身价在法国、德国乃至整个欧美的大幅度提升，苏联的批评家基本上也加以认同，只不过他们是站在陀思妥耶夫斯基的理性的立场上，对西方非理性地解读陀思妥耶夫斯基进行清理。他们争辩说，陀思妥耶夫斯基的伟大无疑是现实主义的胜利——陀思妥耶夫斯基本人也说过他是最高意义上的现实主义者。苏联批评家虽然承认陀思妥耶夫斯基注重显示灵魂的深度，但是他们强调的是他站在同情"小人物"、"庄稼汉"、"被侮辱与被损害"的"穷人"的立场上，推展其大规模的历史画卷，因而他们重视的是陀思妥耶夫斯基文本中的社会内涵。从某种意义上说，苏联的批评家是将别林斯基对《穷人》

的激赏放在西方评论界挑战的语境下，进行了现实主义批评的创造性发挥，而且他们发挥的也确实是陀思妥耶夫斯基文本中蕴涵着的而为西方批评家所忽视的内容。但是，如果仅仅执著于陀思妥耶夫斯基对"小人物"的同情性描写，那么，陀思妥耶夫斯基比雨果、左拉以及与他同时代的俄罗斯作家高明在哪里？如果仅仅执著于推展其社会历史画卷，陀思妥耶夫斯基比巴尔扎克、托尔斯泰又高明在哪里？

当然，根据结构主义的原则，总体大于各部分相加之和。从这个意义上说，并非西方与苏联的陀思妥耶夫斯基评论加在一起，就可以使一个伟大得无与伦比的陀思妥耶夫斯基脱颖而出。譬如，存在主义与表现主义看重陀思妥耶夫斯基的都是深刻地洞察了上帝死后人生的绝望与荒诞的一面，他们都在《地下室手记》中的"地下室人"、《罪与罚》中的拉斯柯尔尼科夫、《群魔》中的基里洛夫，以及《卡拉马佐夫兄弟》中的伊凡那里发现了令他们感到共鸣的现代性。但是他们都忽视了陀思妥耶夫斯基对东正教的信仰，对未来天国和宗教救赎精神的向往。于是，《被侮辱与被损害的》中的相信基督教而忍从的娜塔莎、《罪与罚》中的感到没有上帝就没法生活的忍辱负重的索尼娅，以及《卡拉马佐夫兄弟》中的执著于救赎的佐西马长老和阿辽沙，都被他们忽略了。问题就在于，为西方批评家所忽视的陀思妥耶夫斯基的这个重要的思想着眼点，并没有被苏联的批评家所重视，反而经常成为苏联批评家批判的对象。因为陀思妥耶夫斯基在追求他的东正教神国天堂的乌托邦的时候，却把社会主义者梦想的集体主义乌托邦诋毁为一个巨大的"蚂蚁冢"，一座巴比伦通天塔。所以对于苏联批评家来说，消除陀思妥耶夫斯基的宗教梦想，就构成了其批评的一个重要内容。只不过陀思妥耶夫斯基的宗教神国的乌托邦，是建立在拯救人类的基础上，尤其是他对被侮辱被损害的下层穷人的真诚同情和真切描绘，与苏联批评家的"人民立场"还有极大的共同话语；否则，如果陀思妥耶夫斯基仅仅是对"地下室人"、伊凡等恶魔的深刻描绘以及对宗教神国天堂的向往，那么，也许陀思妥耶夫斯基早就成非理性的"反动作家"而被"人民"的铁帚一扫而光了。因此，要认识陀思妥耶夫斯基无与伦比的伟大的奥秘，就不能从西方与苏联的陀思妥耶夫斯基评论的综合着眼，而应该着眼于陀思妥耶夫斯基文本中所显示的基督教文化从成熟到衰落的内在危机及其全部复杂性。

从文化发生学的角度看，任何文化都有发生、发展、高潮和衰落的过程，这也是著名学者施宾格勒、汤因比的文化分析方法。基督教文化是由希腊的神学与希伯来的神话、圣史和仪式组成的，是融合了希腊的科学理性与希伯来的一神信仰的所谓"高级宗教"。在中世纪，二者是在一神信仰的主导下将希腊的科学理性与希伯来的神话密切结合在一起的。中世纪前几个世纪的神学是由圣奥古斯丁主导的，是柏拉图式的；后几个世纪是由圣托马斯·阿奎那主导的，是亚里士多德式的。文艺复兴就好像歌德笔下的浮士德走出书斋一样，开始了学成运用，它标志着基督教文化已经告别了青少年的学习时代而步入了社会。基督教文化发展到这里，从希腊到中世纪的"为知识而知识"、"为真理而真理"（学习阶段）已经变成了培根的"知识就是力量"（以知识创业）。由无所为而为的纯知识学习走向实用，正是青少年步入社会而成熟的明证。而要更好地创业从而获得更多的财富，人们发现不仅要复兴希腊人的科学理性，而且要把科学运用到实践中去。从英国的工业革命和伽利略开始，爱智慧走向爱发明、理论科学走向实用技术的文化转折意义是非常明晰的。随着科学理性与工具理性的扩张，一神信仰的地盘却在逐渐缩小，甚至无神论也开始抬头。譬如要建立理性王国的启蒙学者伏尔泰、霍尔巴赫等人，就站在世俗文化的理性立场上将基督教的上帝和救世主耶稣挖苦得要死。而达尔文的进化论，又从科学的角度对上帝创世造人的神话进行了致命的摧毁。基督教文化面临着科学理性与一神信仰的巨大冲突，而且这种冲突的暴风似乎要将基督教文化之船在科学理性的海洋上整个儿掀翻。正是在这种文化语境下，陀思妥耶夫斯基以其惊人的才华表现了假如上帝不存在会发生什么，以基督教原罪的眼光深刻地透视了人的行为和意识的深层罪恶，并且以大慈悲大仁德的襟怀描绘了被侮辱被损害的芸芸众生的苦难，试图以基督教对他们加以拯救。而在陀思妥耶夫斯基身后，基督教文化果然没落了，他的作品就成为基督教文化的一个绝响，而且也许是最响亮的。

在中世纪的书斋中，基督教文化中的作家是不会创作出什么像样的文学作品来的。在上帝、灵魂、理性对魔鬼、肉体、感性的斗争中，在中世纪是上帝、灵魂、理性处于绝对的优势，而文学离不开对感性生活的爱好，所以中世纪的一些颂神的赞歌和象征故事，基本上就没有多少文学价值可言。而在上帝死后的当代西方，当神已隐退，魔鬼出笼，对感性现世的沉醉已经使得人欲横流的时候，所产生的文学文本也很难再与基督教传统中的伟大作品比肩。前几年一些国人经常以"后现代"为时髦，但是西方的"后现代主义"产生了什么像样的作品呢？正如著名美籍华人学者夏志清指出的："目今西方社会已跨进了脱离基督教信仰（Post—christian）的阶段，大家信赖科学，上教堂做礼拜，对大半人来说，只是积习难改。"在基督教文化已经变质的时候，"今日的西方文艺也说不上有什么'伟大'。""曾在文学、绘画、音乐、建筑各种艺术方面充分透露精神之伟大的基督教文化，看样子不可能在下一个世纪（即 21 世纪——引者注）再有什么光辉的表现了。"① 因此，基督教文化最优秀和最伟大的文学作品，都产生在从文艺复兴到现代主义这一发展过程之中。如果说文艺复兴是基督教文化中文学的春天，那么，现代主义则是基督教文化中文学的残冬。从春到冬，基督教文化是文学大师迭出，美不胜收，而秋收季节最辉煌的果实正是陀思妥耶夫斯基的作品。歌德的《浮士德》也非常伟大，但是所表现的感性与理性、灵魂与肉体、上帝与魔鬼的对立还不像在陀思妥耶夫斯基作品中那么白热化。只有在陀思妥耶夫斯基的作品中，感性与理性、灵魂与肉体、上帝与魔鬼、恶人与圣徒、犯罪与忏悔、沉沦与拯救的激烈冲突才令人触目惊心。而正是在这种激烈的对立冲突中，陀思妥耶夫斯基空前地表现了基督教文化所可能达到的深度，深切地展示了人类的苦难和罪恶，绝望地显示了基督教文化的救赎精神。

陀思妥耶夫斯基笔下的"地下室人"、拉斯柯尔尼科夫、基里洛夫、伊凡等人，在科学理性的作用下对上帝的存在进行了不容辩驳的置疑。也许，《卡拉马佐夫兄弟》第二部第二卷中的《叛逆》和《宗教大法官》是历来反对上帝、控诉基督教的文字中最有深度的。伊凡问阿辽沙当一个无辜的孩子被将军支使的狗撕碎了的时候，这个将军应不应该枪毙，连圣徒阿辽沙也忘了基督教的宽恕精神而顺口说道"枪毙"。伊凡说："假使大家都该受苦，以便用痛苦来换取永恒的和谐，那么小孩子跟这有什么相干？"而这种受难又是多么令人触目惊心，除了在挪亚的时代上帝曾经剿灭过人类，甚至在末日审判的时候也要经受大灾难："那时必有大灾难，从世界的起头直到如今，没有

---

① 夏志清：《新文学的传统》，台北：时报文化出版事业有限公司，1982 年，第 44—47 页。

这样的灾难，后来也必没有。若不减少那日子，凡有血气的，总没有一个得救的……那些日子的灾难一过去，日头就变黑了，月亮也不放光，众星要从天上坠落，天势都要震动。那时，人子的兆头要显在天上，地上的万族都要哀哭。"① 难道这比现世的苦难和罪恶更容易令人承受？所以伊凡"决不接受最高的和谐，这种和谐的价值还抵不上一个受苦孩子的眼泪"。② 而且《圣经》描绘了世界有开头（创世），有堕落而被惩罚（现世），还有一个耶稣宣称的末日的审判（现世终结进入来世），但是伊凡在自己的诗作《宗教大法官》中一开始就写道，耶稣原来说的是天国马上就要来到，为什么过了整整十五个世纪，还一点音信都没有？

当然，在陀思妥耶夫斯基之前就有许多无神论作家，那么，陀思妥耶夫斯基的置疑比他们高明在那里呢？其实，萨特在《存在主义是一种人道主义》中已经讲得很清楚，即使在无神论的启蒙学者那里，也没有产生"存在先于本质"的观念，而是仍然沿用基督教"本质先于存在"的观念，只不过是以"理性"取代了上帝，而这一"理性"概念又容纳了上帝。诗人雪莱曾经因为宣扬"无神论的必然性"而吃尽了苦头，甚至被人称为"恶魔"；但是雪莱反对的仅仅是天启的上帝，并不反对爱和美的上帝，相反，雪莱对于在现象界之外的爱和美的理念世界和"一种精神"的永恒本体深信不疑。正如佩西神甫向阿辽沙所说的："世间的科学集结成一股巨大的力量，特别是在最近的一世纪里，把圣经里给我们遗留下来的一切天国的事物分析得清清楚楚，

---

① 《圣经·新约全书·马太福音》第 24 章，第 16 节—30 节。
② 陀思妥耶夫斯基：《卡拉马佐夫兄弟》，耿济之译，人民文学出版社，1991 年，第 365—366 页。版次下同。

经过这个世界的学者残酷的分析以后，以前一切神圣的东西都一扫而光了。……然而这整体仍像先前一样不可动摇地屹立在他们面前，连地狱的门都挡不住它。难道它不已经存在了十几个世纪，至今还存在于每个人的心灵里和民众的行动里么？甚至就在破坏一切的无神派自己的心灵里，它也仍旧不可动摇地存在着！因为即使是那些抛弃基督教反抗基督教的人们自己，实质上也仍然保持着他们过去一直保持的基督的面貌"。① 更重要的是，这些无神论者几乎都以为上帝的死去对于西方世界是无关紧要的事情，取而代之的将是一个光辉灿烂的更合理的世界。他们都没有看到，假如上帝死去，整个基督教文化也将随之崩溃。正如 T. S. 艾略特在《基督教与文化》一书中所感受到的，如果没有基督教，那么，生长在基督教文化背景中的人就要等青草长高了，羊吃了青草长出羊毛来，然后用羊毛再编织一件文明的衣裳，这样一来需要经过许多野蛮的世纪。而陀思妥耶夫斯基通过他的《群魔》和《卡拉马佐夫兄弟》等作品，已经深刻地表现了艾略特的这种现代感受。

　　对上帝死后的怪诞世界与荒谬人生的表现，使得陀思妥耶夫斯基成为基督教文化中的先知，成为西方现代主义文学的先驱。上帝这一概念对于整个基督教文化来说，含义是极为丰富的，绝非像无神论想象的那样可有可无。没有上帝，耶稣基督的救赎和复活完全就是一堆骗人的谎言；没有上帝，基督教文化中的伦理道德观念与判断善恶是非的价值观念就失去了根基；没有上帝，所谓灵魂不死就失去了凭据，每个个人都要面对死后的荒诞与虚无……陀思妥耶夫斯基的超前预见，就在于当其他人都忙于现世事务或者醉心于科学的时候，他深切地洞

---

①　陀思妥耶夫斯基：《卡拉马佐夫兄弟》，第 250 页。

察到没有上帝整个基督教文化将要面临的巨大的价值危机,陀思妥耶夫斯基的大慈悲大仁德,就在于他感到没有上帝对于那些"超人"或许还可以忍受,可是对于那些受苦受难的芸芸众生还值得活下去吗?加缪认为,哲学最根本的问题是关于自杀的问题,探讨人是否值得活着比探讨世界有几个概念几对范畴要重要得多。但是,加缪的观点几乎是从陀思妥耶夫斯基笔下人物的话语中抄来的,伊凡就说:"当对自己为什么活着缺乏坚定的信念时,人是不愿意活着的,宁可自杀,也不愿意留在世上,尽管他的周围全是面包。"① 当然,对于伊凡、拉斯柯尔尼科夫这一类具有"超人"品格的人来说,没有上帝或许对他们算不了什么大问题,而反对基督教摧毁上帝的也正是这些人。拉斯柯尔尼科夫不是曾经对没有上帝的世界感到自由选择的无拘无束吗?他可以随自己的便而杀死一个放高利贷的老太太,因为按照他给世界赋予的价值,进步永远是在犯法的具有破坏性的不凡之人(类似尼采的超人)对因循守旧、循规蹈矩、屈辱忍从的凡人(类似尼采的末人)的挑战中实现的。《卡拉马佐夫兄弟》中的富有哲学大脑的伊凡,以及那位爱写诗的拉基金,就都有毁灭上帝滥用自由的倾向。德米特里问拉基金:"既没有上帝,也没有来生,人将会变成什么样呢?那么说,现在是不是什么都可以容许,什么都可以做的么?"拉基金回答说:"聪明的人是什么都可以做的。"他还声称"我把钱从一个傻女人手里抢过来,以后可以造福社会",② 而这与拉斯柯尔尼科夫的自由选择几乎完全是一致的。伊凡似乎说得比拉基金更彻底:"人们对于不死的信仰一被打破,就不仅是爱情,连使尘世生活继续下去的一切活动都将立刻灭绝。不

---

① 陀思妥耶夫斯基:《卡拉马佐夫兄弟》,第381页。
② 同上书,第890—892页。

但如此:那时也将没有所谓不道德,一切都是可以做的,甚至吃人肉的事情也一样。……而利己主义,即使到了作恶的地步,也不但应该容许人去实行,而且还应该认为这在他的地位上是必要的,最合理的,几乎是最高尚的一种出路。"①

陀思妥耶夫斯基确实是预见到了尼采所能预见到的一切,然而与尼采不同的是,他没有为此欢呼雀跃,而是被上帝死亡的事实压得喘不过气来;他个人也许曾经是拉斯柯尔尼科夫、斯塔夫罗金、基里洛夫、伊凡等恶魔式的人物,或者至少为这种思想所吸引,但是陀思妥耶夫斯基同时也在思考,那些不能在思想和艺术中陶醉,那些仅仅以劳动为谋生手段的被侮辱被损害的穷人、庄稼人等小人物失去上帝该怎么办呢?《卡拉马佐夫兄弟》中的伊凡对阿辽沙说:"你要知道,修士,这大地上太需要荒诞了。世界就建立在荒诞上面,没有它世上也许就会一无所有了。"但是,当伊凡为失去上帝而导致的荒诞欢呼的时候,《罪与罚》中身陷火坑的索尼娅就感到没有上帝无法生活,而《卡拉马佐夫兄弟》中的那个喜欢酒色而穷困潦倒的德米特里对阿辽沙说:"假如没有上帝,那可怎么办?……要是没有上帝,人就成了地上的主宰,宇宙的主宰。妙极了! 但是如果没有上帝,他还能有善吗? 问题就在这里! 我一直想着这个。因为那时候叫他——人——去爱谁呢? 叫他去感谢谁? 对谁唱赞美诗呢? 拉基金笑了。他说,没有上帝也可以爱人类。只有流鼻涕的傻子才能这样说,我是简直没法理解。"② 陀思妥耶夫斯基之所以比尼采更伟大,就在于尼采仅仅执著于一端,而陀思妥耶夫斯基则同时并写两面。事实上,在上帝死了的文化背景下产

---

① 陀思妥耶夫斯基:《卡拉马佐夫兄弟》,第93页。

② 同上书,第364,896页。

生的现代主义作品,正是对伊凡和德米特里这两种不同的文化倾向的扩展。萨特、加缪的作品似乎是从对伊凡的道路走来的,卡夫卡、艾略特仿佛是对从德米特里的道路走来的,他们都在陀思妥耶夫斯基的身后,痛苦地正视着上帝死后的偶然堆积和荒诞世界,在没有价值依凭的荒原上走着孤独的路,或者焦虑地"等待戈多"。

陀思妥耶夫斯基在秋收季节真切地感到了拉斯柯尔尼科夫、基里洛夫、伊凡等人带来的凉意,他在这种凉意中预言性地透视了严冬的全部残酷性和荒诞性,并且以基督教原罪的眼光,将人间的罪恶、恶毒和残酷刻画得令人触目惊心。他把他们放在心灵的拷问台,一层一层地拷问他们灵魂深处的罪恶,直至把他们拷问得发疯或者自杀。于是,各种各样的精神失常者、歇斯底里者、癫痫者、发疯者、谋杀者、虐杀者、自杀者便爬满了他的作品。但幸运的是,陀思妥耶夫斯基并非站在艾略特所描绘的残冬的荒原上,他在基督教文化的秋收季节还在盼望春天的温暖能够温煦落叶的大地。于是,忏悔和救赎的主题一直作为一个重要的组成部分显现在他作品中。他让拉斯柯尔尼科夫悔罪,让基里洛夫自杀,让伊凡发疯,以便不使深秋的凉意变成严冬。他甚至让伊凡的理论化做斯麦尔佳科夫的行动,使得酿成弑父的惨剧。而表现陀思妥耶夫斯基救赎主题的重要人物,就是《白痴》中的梅思金公爵以及《卡拉马佐夫兄弟》中的佐西马长老和阿辽沙。在《卡拉马佐夫兄弟》中,如果说伊凡、拉基金、斯麦尔佳科夫代表着恶魔的阵营,那么与之对立的佐西马长老、阿辽沙则代表着上帝的阵营,后者一直试图对前者进行救赎。伊凡的"什么都可以做"象征着上帝死后人的自由,可是佐西马长老却对这种自由进行了控诉:"他们有科学,但是科学里所仅有的只是感官所及的东西。至于精神世界,人的更高尚的那一半,人们却竟带着胜利甚至仇恨的心情把它完全摒弃、赶走了。世界宣告了自由,特别是在最近时代,但是在他们的自由里我们看到了什么呢:只有奴役和自杀。……当他们把自由看作就是需要的增加和尽快满足时,他们就会迷失了自己的本性,因为那样他们就会产生出许多愚蠢无聊的愿望、习惯和荒唐的空想。他们只是为了互相嫉妒,为了纵欲和虚饰而活着。"佐西马长老对《圣经》的毫无保留的推崇,甚至在他的故事中也出现了类似《圣经》中曾出现过的奇迹:一只狗熊走近一位大圣徒,大圣徒给他一块面包说:"你去吧,愿基督和你同在。""这只凶横的狗熊竟服服帖帖地走开了,不加一点伤害。"① 如果说佐西马长老和阿辽沙作为艺术形象不如伊凡等恶魔的形象生动的话,那么,梅思金公爵的形象则是一位丰满而杰出的拯救形象。世界已经彻底为邪恶所浸染,于是梅思金发自善良心地的自然真诚的话语,在这个为城市文明所毒化的社会看来竟是"白痴"的话语。女主人公娜斯塔西娅·费利波夫娜虽然被邪恶所包围而成为一朵"恶之花",但她并未完全丧失内在的善良,只有他看出了梅思金的善良、真诚和救赎的爱心,却因为不忍心让他采摘带毒的花朵而嫁给了大商人罗果静并被他杀害。美毁灭在邪恶中,梅思金的拯救反而促使悲剧快速的到来,他在绝望中癫痫病复发,只有离开城市而到瑞士养病。尽管对苦难的拯救没有成功,但是梅思金那种面对邪恶背起十字架的精神着实是很感人的。梅思金这一难得的艺术形象,是不可能出现在20世纪的现代主义作家笔下的,基督教文化的没落已经使梅思金后继无人了。

在陀思妥耶夫斯基那里,基督教的救赎立场是与他的人民立场一致的。他曾经借着佐西马长老的口说:"凡是不相信上帝的人,也不相信上帝的人民。相信了上帝的人民,就能明察上帝的神圣……人民要

---

① 陀思妥耶夫斯基:《卡拉马佐夫兄弟》,第469,442页。

没有上帝的话，会活不下去，因为他们的心灵迫切需要他的话和一切愉快美好的事物。"① 陀思妥耶夫斯基对人民苦难的深切描绘，就是和那些口里不离人民的革命作家相比，也是非常优秀和突出的。高尔基写道："这样的人出现了：他在灵魂深处体现着人民对一切苦难的追忆，而且把这可怕的追忆反映出来——这个人就是陀思妥耶夫斯基。"②《诚实的小偷》中那个"瘦得像一张纸一样"的主人公麦利扬，无依无靠，寄人篱下，衣衫褴褛，在台阶上睡觉，并悲惨地死去。《被侮辱与被损害的》中被瓦尔科夫斯基公爵欺凌的两个家庭，到最后几乎都是一贫如洗，家破人亡。《罪与罚》中的小公务员马尔美拉多夫失业后无力养家糊口，只能痛苦地看着女儿索尼娅卖淫，后来自己横死街头。在《卡拉马佐夫兄弟》中，阿辽沙通过与孩子的交往，发现了那些孩子家庭的沉重苦难。如果说大受别林斯基赞赏的《穷人》继承的还是果戈理的传统，那么，从《被侮辱与被损害的》开始，陀思妥耶夫斯基自觉地把他的基督教救赎立场与对人民苦难的深切同情和真切描绘密切地结合了起来。在上层社会的堕落与下层社会的不幸的对比之中，陀思妥耶夫斯基发现，正是在下层苦难的人民身上，还具有善良美好的品德。《穷人》中的杰弗什金为了接济不幸的姑娘瓦莲卡，愿意牺牲自己的体面而卖掉礼服。《被侮辱与被损害的》中的娜塔莎虽然被人拆散了姻缘，流落贫民窟，但是她在忍从中体验到了一种净化性的甘美。而所有这些美德，都被陀思妥耶夫斯基赋予了《罪与罚》中的妓女索尼娅。索尼娅为了继母和妹妹能够生活下去，自己甘愿沦落风尘，她相信上帝的救赎，力劝拉斯柯尔尼科夫忏悔自己的罪恶。人们可以看到，佐

---

① 陀思妥耶夫斯基：《卡拉马佐夫兄弟》，第441页。
② 高尔基：《俄国文学史》，上海译文出版社，1979年，第433页。

西马长老和阿辽沙没有能够做到的事情，索尼娅做到了：伊凡发了疯，斯麦尔佳科夫杀了父亲，只有拉斯柯尔尼科夫在索尼娅的拯救之下走上了忏悔罪恶重新做人的道路。在这里，陀思妥耶夫斯基是把整个相信东正教的俄罗斯人民作为对罪恶和苦难进行救赎的主体。

陀思妥耶夫斯基对基督教文化的深刻呈现及其心灵的内在冲突，令人想到被施宾格勒作为西方文化的高峰来推崇的康德。中世纪一神信仰与科学理性统一的局面，在康德那里彻底被打破了。康德虽然推崇理性，但是他却要推究理性的限度，他认为理性认识的范围仅仅是现象界。康德无意摧毁上帝，他认为如果没有上帝，自由和不朽等生命要义都不能保证，所以他就把上帝留给了信仰；但是，康德却摧毁了关于上帝存在的目的论的、本体论的和宇宙论的所有理性证明。这样一来，一神信仰与科学理性就分裂了，认知理性与实践理性也分裂了：康德一方面认为人作为自然现象要受经验世界与事实世界的一切客观规律的支配，一方面又认为人在伦理实践上是属于由上帝保证的自由世界和价值世界。于是，在嗜好科学实证与理性事实的现代，上帝观念的衰落也就成了必然。与此相似，陀思妥耶夫斯基给上帝留下的位子也仅仅是信仰，只是由于在他的时代上帝的位子处于更摇摇欲坠的危局，所以他才借助佐西马长老、阿辽沙等人比康德更加强烈地希望上帝的存在，以拯救只有靠基督教的上帝才能保证的自由、不朽等伦理价值，否则，整个基督教文化就存在大厦倾覆的危险。问题是，尽管陀思妥耶夫斯基让拉斯柯尔尼科夫走上忏悔罪恶的道路，让基里洛夫为证明自己最高的自由意志而自杀，让伊凡在诱导斯麦尔佳科夫弑父之后在巨大的内心冲突中发疯，但是，除了像索尼娅那样以情动人的例外，所有与"地下室人"、拉斯柯尔尼科夫、斯塔夫罗金、基里洛夫、伊凡等人进行理智辩论的人，都找不出足够的理由，都显示出理论上的苍白。换句话说，陀思妥耶夫斯基的作品已经雄辩地表明，从科学知识上，从认知理性上，从理论论辩上，恶魔已经彻底击败了上帝，上帝的存在仅仅是靠一种传统和人们的向善之心的纯粹信仰，而真理已经为恶魔所掌握。难怪对法国存在主义产生过巨大影响的舍斯托夫在考察《罪与罚》中的"超人"思想时写道："如果拉斯柯尔尼科夫的思想标新立异得除了他的塑造者之外，谁也没有想到，那么陀思妥耶夫斯基为什么又要反对这一思想呢？为什么要争吵呢？又是同谁争吵？回答是：同自己，仅仅是同自己争吵而已。"① 从这个意义上说，陀思妥耶夫斯基既是伟大的救赎者，同时又是伟大的恶魔。尽管他本人对于上帝恋恋不舍，甚至以为是未来天国的必要保证，但是他的理智又告诉他，上帝无可挽回地死去了！从真理的意义上讲，上帝确乎是死去了！但是，每当走到这个思想的边缘上，陀思妥耶夫斯基立刻就又回到基督教的救赎立场，因为他感到随意抛弃上帝的浅薄，他看到随着上帝死去的将是整个基督教文化的崩溃。可是他又找不出任何能够让上帝活下去的理由和证据，只是绝望地执著于神的救赎。于是他的思想就在这两个极端之间激烈地冲突、循环性地震颤，而正是在这种循环性的震颤中，成就了陀思妥耶夫斯基的小说艺术无与伦比的伟大。

人们或许会问，基督教文化最辉煌的金秋果实为什么不是产生在天主教和新教的英国、法国、德国、美国等国家，而是产生在东正教的俄罗斯呢？这个问题涉及俄国形式主义批评推崇的陌生化技巧。如果把陌生化作为一种艺术视野，那么它确实是许多作家成功的奥秘。

---

① 格·米·弗里德连杰尔:《陀思妥耶夫斯基与世界文学》，施元译，上海译文出版社，1997年，第220页。

英国的萧伯纳、詹姆斯·乔伊斯、叶芝等文学巨匠，其实都是爱尔兰人，他们到了英国所产生的陌生化的艺术视野成就了这些艺术天才。与英国、法国、德国等国相比，俄罗斯是一个后起的具有东方色彩的国家，从普希金开始才真正与西方文学接轨。一方面是西欧的科学理性与文艺思潮的涌入，一方面是俄罗斯民众仍然像许多世纪之前那样生活，改革的结果是更增加了民众的苦难，使他们只能在东正教的未来天国中寻找一丝情感的抚慰。于是，科学理性与基督教信仰在俄罗斯的对立比在西欧各国更加令人触目惊心，这正是陀思妥耶夫斯基成就其伟大的艺术天才的文化土壤。

一个温情的生态神话：
《查太莱夫人的情人》的哲理意蕴[①]

劳伦斯的《查太莱夫人的情人》刚由湖南人民出版社出版的时候，人们将之当成了《金瓶梅》，甚至学术界也忽视了小说深在的哲理内涵。林语堂的《谈劳伦斯》与郁达夫的《读劳伦斯的小说》，虽然将这部小说抬到《金瓶梅》之上，并着力肯定劳伦斯纯洁的性观念与丰富的心理描写，但是二人也没有对小说的象征技巧表现的深刻哲理进行分析。侯维瑞的《现代英国小说史》（1985，上海教育出版社）则将主要笔墨描述小说对资产阶级的批判，并以小说的性描写妨害了这种批判而加以排斥，认为这是道德堕落的表现。这都没有把握住小说深在的哲理意蕴。事实上，除了性描写以及由此引发的查禁，《查太莱夫人的情人》与《金瓶梅》甚少可比之处。《金瓶梅》于冷眼写实之中，含有大量的讥讽；《查太莱夫人的情人》则以象征的技巧表达了深刻的哲理。《金瓶梅》是明代一家暴发户的详尽的日记，《查太莱夫人的情人》则是

---

① 本文原载《外国文学》2000 年第 5 期，原题为《一个温情的反异化神话——论〈查太莱夫人的情人〉的哲理意蕴》，内文字句略有改动。

为生活于噪音煤烟之中的现代人制造的一个温情的反异化神话。甚至二书在唯一可比的"性"上，也迥然不同。《金瓶梅》的性描写是写实的，《查太莱夫人的情人》的性描写则蕴含着哲理意味，是实现自我价值和审美创造力的表现。《金瓶梅》的性描写令人生厌，表现的是东方人对性的一种态度；《查太莱夫人的情人》的性描写，令人想到的是古希腊的裸体雕塑……在《查太莱夫人的情人》中，古老而又温情的男女交合，是对工具理性、机械主义阉割人的原始本能的抗议，是对工业文明造成的异化的反叛。可以说，《查太莱夫人的情人》以象征的技巧，集中地表现了"劳伦斯哲学"的伦理取向。

《查太莱夫人的情人》中有两个世界。

一个世界的代表是克利福·查太莱，康妮的丈夫。这是个文明的世界。克利福整天捧着书读，埋头于写作当作家，精于算计地驱使工人为他赚钱。克利福对于康妮也是彬彬有礼，一副文明人的姿态。然而正是这个文明社会，导致了人的异化：人成了工具，成了阉人，连人之为人的古老而原始的自然本能也丧失了，连一点温情也被机械主义的马达赶走了，于是剩下的只有算计、诈取、贪婪地赚钱……克利福出场不久，就在现代战争中"伤得一身破碎"，只有依靠轮椅或小车，才能活动。而且克利福只剩下了一个有理性的会思考的大脑，其性功能完全丧失，其夫人康妮等于守着活寡。这里的象征意味在于，现代以工具理性和机械主义为特征的工业文明，已经使人成了支离破碎、残缺不全的人，使活生生的人成了工具的奴隶和阉人，丧失了温情和性欲。克利福以文明的方式，将一切充满活力的东西弄得僵死。"紫罗兰拿来比朱诺的眼睑，白头翁拿来比被奸污的新妇。……这些现成的字眼，便是奸污者。它们吮吸着一切有生命力的东西的精华。"劳伦斯为这个文明世界设置的环境，是噪音、煤烟、污染：这世界虽然是在沉睡中,还是不安的,残酷的,给火车声和大路上经过的大货车的声音搅扰着,给高炉的玫瑰色的光亮照耀着。这是一个铁与煤的世界,铁的残忍,煤的乌烟和无穷无尽的贪婪,驱使着世上的一切。

与这个文明的铁与煤的世界相对立的,是美的充满生机和活力的自然的世界。守猎人梅乐士,便是自然世界的代表人物。梅乐士精力充沛,富有生命力。这里一切都充满了生机:鲜花,绿叶,树林,鸡蛋里蹦出来的活泼的小鸡……梅乐士的小屋就埋在这富有生机的青枝绿叶中。与文明人的残缺不全又善于进行虚伪的包装不同,梅乐士甚至在屋子外裸体而浴。他厌烦有人来侵扰这个自然的世界,有文明人来,就用一口模糊不清的土语与之交谈……这里的黄昏,树林是静息而幽秘的,半开着的叶芽,半开着的花,和孵化万千的卵子,充满着神秘。……小雏鸡差不多都藏到母鸡的毛羽下去了,只有一两只较为冒失,还在那草棚下的干地上啄食着。……细雨轻柔地被风吹着,但是风并没有声音。一切都没有声息。树木站立着,像是些有权威的生物,朦胧、幽明,静谧而有生气。一切都多么地有生气!

不过,这两个世界并非平等,克利福役使着梅乐士,就象征着文明人在役使着自然,工具在役使着人。但是,劳伦斯告诉我们,工具并不是万能的,只依赖工具就会陷入困顿,在人的生命力面前,工具会显得苍白无力。劳伦斯不是说理,而是以象征的技巧表现出来的。有一次,克利福开着小车子上山"散步","在后面跟着的康妮,望着车轮打小铃兰和喇叭花上面碾过,把爬地藤的带黄色的小花钟儿压个破碎",但是,"车子好像给药丛绊着了,它挣扎着,跳了一跳,停住了"。康妮让克利福吹号,将梅乐士召来推一推,克利福只相信机器,不相信人,甚至康妮要帮忙推一下,克利福都不让。但是那机器无论怎样开,也只像个病人似的发着怪声不动。在康妮的再三请求下,克利福终于同意让梅乐士来看一看机器是否出了故障。梅乐士来看了，说似乎并无毛病。克利福上了齿轮，车子还是不动，加大马力，车子蠕蠕而动。梅乐士说推一推，克利福生气地喝退了他，但车子却完全停住了。在克利福翻来覆去的倒腾下，机器完全坏了，车子向路边的壕沟滚去了，幸亏梅乐士将车子抬起，制动机不绊着了，车子才走。小说的这一情节，从写实的角度毫无趣味，若从象征的角度理解，意味就深长了。小车在破坏自然，自然也报复了小车。克利福只相信机器，不相信人，立刻受到了惩罚。相信机器的人对人是何等冷酷，但是人是胜过机器的。

在工业文明与美的自然这两个世界，康妮是进行选择的人。在文明的世界，康妮是男爵夫人，过着英国贵族体面的生活。丈夫是贵族，又是作家，企业家，但就不是一个有温情和性欲的人。康妮只得在体面的生活中，守着活寡。于是，"一种渴慕着什么，不满着什么的感觉，充满着她。"她觉得与克利福过的"精神生活"变得空洞和虚无；她觉得"一切都衰败了"，而"不满的心情，比那些小山还要古老"。她需要温情和性的满足。于是，她与蔑克里斯通奸了，但是，她在这个作家——文明人身上并没有实现自我，宁愿离弃他，与克利福过空虚的"精神生活"。渐渐地，她愈来愈厌烦克利福的刻板、文明和"精神生活"，厌烦克利福的金钱、煤矿和算计。有一天，她无意中偷看了梅乐士的裸体，使她固有的生活信条更陷入崩溃的边缘。那天回家，她在镜子里观看自己美丽而日渐消瘦的胴体，她倒在床上悲痛地哭了。从此，她价值选择的天平开始倾斜。她主动去找梅乐士，在自然中，在与梅乐士的温情交合中，她找到了自己。

《金瓶梅》是以小说中三个女主人公的名字为书名的，但西门庆、吴月娘、宋惠莲等重要人物并未被书名所涉及；而《查太莱夫人的情人》这一书名,将全书中三个主要人物和盘托出。康妮在中间,一边是丈夫,赚钱的作家,能干的企业家,残缺不全的文明人;一边是情人,精力充沛的自然人。在与情人做爱的开始,康妮并未想要离弃丈夫,她想让肚子里的孩子姓查太莱,她甚至想使丈夫和情人成为好朋友。康妮挣扎于丈夫与情人之间,也就是在文明与自然之间难以选择,而想两全其美。毕竟,当男爵夫人,有财富和地位,有体面的生活。但是,康妮愈是到自然中与情人在一起,就愈是厌恶丈夫及其承担的文明。特别是"小车子事件",更让康妮看清了机械的无能,相信机械者的横暴,以及自然人的活力。在工业文明的异化吸尽一切有生命东西的精华时,康妮只有在狩猎人的小屋里,在生机勃勃的树林中与梅乐士做爱,才能实现自我。在梅乐士的怀抱中,康妮被烈火一般的情欲熔化了,熔化成虚无,从虚无中诞生了一个真正的妇人!劳伦斯之所以用大量的篇幅描写男女交合的过程,就在于不是任何方式的男女交合都能实现自我。一旦文明和理智对男女交合作冷眼旁观,一旦男女交合被看成是"占有"与"被占有"、"主动"与"被动",男女交合就会与自我的本质力量分离,变成异己物。只有自然的充满创造力的男女交合,才会使男女双方实现自我,才会得到生命的大欢喜的极致。这种男女交合可以视为"劳伦斯宗教"。而劳伦斯正是以梅乐士与康妮做爱的小屋,作为洪水时代挪亚的方舟,来启示和拯救现代人的。因此,随着康妮与梅乐士在自然中一层深似一层的情欲汇流,她与丈夫的距离也就一天天拉大,直到大得疏离了丈夫而选择了情人。

从某种意义上说,狩猎人梅乐士是劳伦斯的代言人。康妮价值选择的改变,与梅乐士的教示也有关系。梅乐士对康妮说:他们的血气都死了。他们所剩下的一点,都给汽车、电影院和飞机吮吸了。相信我:一代人比一代人更不像样了,食道是橡胶管做的。脸和两腿是马口铁做的。这是马口铁做的群众!……金钱,金钱,金钱!所有现代的人只有个主意,便是把人类古老的人性的感情灭掉,把从前的亚当和夏娃切成肉酱。……给他们钱,叫他们去把世界的阳具割了。给他们钱,钱,钱,叫他们把人类的血气消灭掉,只剩下一些站立不稳的小机械。

在梅乐士看来,近百年来"人变成工作的昆虫了",所以他诅咒机器,他甚至"要把地球上的机器扫个干净,绝对地了结了工业的时代,好像了结了一个黑暗的错误一样"。梅乐士拯救病态的现代人的方法,是以直觉排斥理性,以审美排斥金钱。所有这些,集中体现于与异性自然而温情的做爱中。在梅乐士的教示下,康妮复活了古老的狄俄尼索斯精神,赤裸裸地投向大自然中。当康妮在野外的滂沱大雨中像希腊酒神的女祭司那样撒野的时候,梅乐士也赤条条地赶到了。他们在大自然的雨声怒号中进行了野性的交合,梅乐士"好像一只野兽似的"。"金发野兽"、酒神精神、审美的人生观,令人想到尼采哲学。与尼采不同的是,劳伦斯的哲学,都体现在男女相互实现自我的做爱中。而尼采是贬低女性的,见了女性要扬起手中的鞭子,以女性为男性危险的玩物,甚至认为"爱的基础是交战,是男女间不共戴天的仇恨"。这显然是劳伦斯所不能认同的。

在大自然和梅乐士的怀抱里,康妮的价值选择愈来愈远离克利福。一个突发的事件,使康妮在丈夫和情人之间必须做出选择,二者必选其一。当康妮去威尼斯的时候,梅乐士的尚未离婚的女人白黛,到梅乐士的小屋里撒赖,并发现了他与康妮通奸。克利福虽然不相信康妮会与狩猎人通奸,但他辞退了梅乐士。康妮或者回到克利福那里去,为克利福生下梅乐士的孩子,以后带着孩子,守着克利福度日;或者选择梅乐士,与克利福离婚。小说的结尾,康妮宁愿舍弃体面、财富和贵夫人的生活，而跟从一文不名的梅乐士。康妮的最终选择，代表着整部小说的价值取向：应该舍弃工业文明、金钱、异化，而选择自然的、审美的生活。

弗洛伊德在《创造性作家与白日梦》一文中说，在现实中实现不了的东西就进入梦中实现，而文学创作就是作家的白日梦。就劳伦斯的小说而言，虽然《儿子与情人》几乎被公认为以"俄底浦斯情结"来描述儿子与母亲的关系，但是，最能体现弗洛伊德"白日梦"之宗旨的，要算《查太莱夫人的情人》了。劳伦斯是个言行一致的人。从青年到晚年，他都极端仇视破坏大自然的工业文明，反金钱，反机械，反异化，是他终生的主题。他曾与奥·赫胥黎企图在北美建立一个乌托邦式的自然庄园而告失败，此后，他在世界的各个角落，寻找未被工业文明侵扰的充满生机和活力的纯自然地区。劳伦斯在现实中找不到的，在《查太莱夫人的情人》中找到了。康妮不再像《虹》中的厄秀拉，在冲突和探求中奔走，而是找到了爱欲与审美的自然归宿。从某种意义上说，《查太莱夫人的情人》作为劳伦斯的晚年之作，集中地体现了以反异化为特征的劳伦斯哲学。

由反对异化而导致的非理性和直觉主义，并不始于劳伦斯。中国两千年前的庄子，就反对文明对人的束缚，将文明看作人的异己物，从而让人舍弃文明，而回归自然。与劳伦斯一样，庄子特别厌恶工具，以为使用机械的人必有"机心"。于是庄子与劳伦斯都由反工具、反理性、反异化，而走上了直觉主义和反文明的道路。但在伦理的角度，劳伦斯与庄子极为不同。劳伦斯与庄子都要返归自然，但是，庄子要返归的自然是人的个性的萎缩，萎缩到无欲、无知直至无人的地步；而劳伦斯要返归的自然，则是人格的张大，意志的强化，因而就有点儿纵欲的倾向。在庄子看来，人的欲望、意志是文明社会的标志，但也是使人不能作逍遥游的囚笼,使人烦恼不已的根源,只有返归自然,人的欲望和意志才会泯灭。而在劳伦斯看来,人的欲望和意志在文明社会中受到了压抑和扭曲,人已变成了支离破碎的动物,只有返归自然,人才能免除压抑,欲望和意志才会健全发展。因此,劳伦斯没有投入庄子的怀抱,而想恢复前苏格拉底的希腊精神,恢复狄俄尼索斯精神。

　　反文明而追求一种自然状态,是自卢梭以来的浪漫主义的传统,劳伦斯在《查太莱夫人的情人》中无疑是承继了这一传统。而且这一反异化而返归自然的浪漫传统,与中国的庄学传统不同:不是让人的个性消融到自然中去,而是以张大个性、追求自由为指归的。但是,与19世纪初的浪漫主义相比,《查太莱夫人的情人》具有明显的现代特性。19世纪初的浪漫主义小说、诗歌,只是对现实社会进行了笼统的否定;《查太莱夫人的情人》则将批判的矛头对准了机械主义和工业文明。在19世纪的浪漫主义作品中,代替理性和上帝的是一种感情,这种感情可以从肉体独立出来,完成"本质先于存在"的命题。且不说那些回归中古的浪漫派,就是在"无神论的革命家"雪莱那里,美和爱的感情也会流入永恒绝对的实体之中,正如泉水流向河流、河水汇入海中从而交汇成"一种精神"一样。只有在拜伦等极少数人那里,才能洞见一点"存在"。而在《查太莱夫人的情人》中,不基于肉体的纯感情的消失,使传统的命题颠倒了过来,成了"存在先于本质"。康妮与梅乐士不是在"谈心"中恋爱的,而是在做爱中相互爱慕的。他们在做爱之前,几乎没有说什么话,是肉体的相互吸引导致了他们的做爱。他们在做爱中,实现了自我,达到了生命的极大欢喜,由此而谁也离不开谁了。一旦"存在"发生变化,就立刻引来了情感上的波动。譬如康妮没能在与梅乐士做爱中享受自己而作冷眼旁观的那一次,她就感到是"丑恶的紧抱","怪诞的后臀的冲撞",连他的身体也"有点令人讨厌"。做爱完毕,康妮哭了,对梅乐士说:"我很想爱你,我却不能。那是可怕的!"劳伦斯借康妮的口说:诗人和世人真是一些骗子!他们使你相信你需要情感,其实你最需要的是这尖锐的、消蚀的、有点可怖的肉感。……所谓"精神的无上快乐!"……那不过把精神弄得一塌糊涂而且卑鄙罢了。甚至想把精神纯洁化,灵魂化起来,也得要这唯一的肉感才能成功。唯一的火似的肉感,而不是混沌一团的幻想。

在这里,我们听到了存在主义的先驱者尼采谴责"灵魂轻视肉体"而祷求"忠实于大地"的声音。

在现代西方小说中,《查太莱夫人的情人》也是独树一帜的。与现代主义小说不同,《查太莱夫人的情人》保留了现实主义小说的传统叙事框架;但是就小说整体上象征、写意大于写实来看,它又背离了现实主义。典型的现代主义作品是敌视自然的,天空是一块尸布,风景用线条表明它不过是一具巨大的尸体;而《查太莱夫人的情人》美化自然,返归自然,则是一种浪漫主义的笔法,只是在机械文明过于繁盛的现代更具有返归自然家园的生态意义。而且传统的浪漫主义不会以男女交合为返归自然、审美人生的途径,倒是在某些现代主义作品如《巴黎最后的探戈》等中,将"性"看成是人与人之间沟通的唯一的途径。《查太莱夫人的情人》激烈地反异化,反机械主义和工业文明,也与现代主义的特征相合,甚至以其生机盎然的生态姿态与后现代不谋而合。因此,可以这样说,《查太莱夫人的情人》是以象征的技巧,在现实主义的叙事框架中将浪漫主义导向了现代的深度,并且以对现代文明的强烈否定和对生态神话的温馨神往而具有后现代意义。当劳伦斯时代的许多西方作家陷入悲观绝望、荒诞无依的时候,《查太莱夫人的情人》给西方人描画出一个走出异化的温情动人的崇尚自然的神话。

《哈姆莱特》
在当代中国的研究、改编与艺术重构①

《哈姆莱特》提供了一个文本跨文化旅行的典型案例，这个从英国到中国漫长的文化旅途从严复就开始了。然而就对《哈姆莱特》的研究、改编与艺术重构的总体成绩而言，是当代中国的成就最大②。从古装戏、实验话剧到电影，当代中国以多种艺术形式对《哈姆莱特》进行了改编与艺术重构。在跨文化的语境中运用不同的文体表现莎士比亚的代表性悲剧本身，就是东西方文化对话的一种形式。而中国读者与学者从异域文化的视野对《哈姆莱特》的解读，以及以多种方法对《哈姆莱特》的研究，也会使对世界名著的审美欣赏与学术研究具有跨文化的共性与独特性。

在莎士比亚剧作中，一般认为悲剧比喜剧、历史剧等其他文体的剧作更加伟大，《哈姆莱特》则是其悲剧中最伟大的作品，被别林斯基

---

① 本文原载《外国文学研究》2014年第6期，与蒋永影合作。
② 本文的当代是指新时期以来30多年的历史，参见高旭东《近代、现代与当代文学的历史分期须重新划定》，《文艺研究》2012年第8期。

称为"前无古人后无来者、全体人类所加冕的戏剧诗人之王的灿烂王冠上面的一颗最光辉的金刚钻"。① "一千个读者有一千个哈姆莱特"(There are a thousand Hamlets in a thousand people's eyes),这是西方的审美箴言,那么,当《哈姆莱特》走出西方来到中国,在跨文化的遥远旅行中又会发生什么呢?

虽然鸦片战争就打开了中国的国门,但由于中体西用(文学属于"体")的文化选择方案,莎士比亚在国门洞开的50多年里与中国无缘,尽管1879年驻英公使郭嵩焘等曾看过这部悲剧。甲午战争惊醒了中国人道德文章天下第一的迷梦,严复在《天演论》中首提狭斯丕尔(莎士比亚),1903年上海达文社首先以文言文翻译出版了索士比亚(莎士比亚)著《澥外奇谭》,第十章为《哈姆莱特》,当时的译名为《报大仇韩利德杀叔》,但更为知名的是1904年林纾与魏易合作将兰姆的《莎士比亚故事集》翻译成《英国诗人吟边燕语》,其中颇具志怪色彩的题目《鬼诏》便是《哈姆莱特》的林译名称,直到1921年才有田汉翻译的《哈孟雷特》剧本。不过,莎士比亚的戏剧表现的是带有永久性与普遍性的人性,而现代中国更需要那些具有鲜明时代特征的反抗挑战的文学。于是从梁启超、章太炎、马君武、苏曼殊、鲁迅对拜伦的推崇,到《小说月报》的拜伦专号,在某种意义上拜伦比莎士比亚受到了更多现代中国文人的重视。然而,由于马克思对莎士比亚无以复加的推崇,即使在向左转的现代中国文人那里,也不能无视莎士比亚。因此,《哈姆莱特》的翻译并没有因为现代中国注重感时忧国的时代性而搁浅。虽然《哈姆莱特》的译名不尽相同,田汉之后有邵挺(1924)、

---

① 别林斯基:《别林斯基选集》第1卷,满涛译,上海:上海译文出版社,1979年,第442页。

梁实秋（1936）、周庄萍（1938）、曹未风（1942）、朱生豪（1947）、萧乾（1956）、卞之琳（1956）、张燕（1960）、何潜（1969）等多个译本。

当代中国已不像现代那样注重感时忧国的时代性，很多作家公然宣称其作品表现的就是普遍的人性，在这种文化语境中莎士比亚就更受追捧。在林同济（1982）、孙大雨（1991）、杨烈（1996）、彭镜禧（2001）、李爱梅（2001）、北塔（2003）等人的《哈姆莱特》译本之外，最令人关注的是两部《莎士比亚全集》的出版。虽然朱生豪的《莎士比亚全集》在1947年由世界书局出版过，然而这是缺少了莎士比亚六个历史剧与全部诗歌的"全集"；而名副其实地成为《莎士比亚全集》是在1978年，由方平、吴兴华、方重等学者对朱生豪的译文进行了校正，在相当程度上改正了漏译误译以及故意删削的文字，由方平、章益、方重、杨周翰将六个历史剧译出，并由张谷若、杨德豫、梁宗岱、黄雨石将莎士比亚的诗歌译出，这样才成为人民文学出版社在中国大陆出版的第一部真正的《莎士比亚全集》。而海峡对岸的梁实秋以一人之力耗近40年心血翻译的《莎士比亚全集》，也是到了20世纪60年代末才真正大功告成。当梁实秋翻译的《莎士比亚全集》传入中国大陆时，历史已进入当代。朱生豪与梁实秋的译本是华人社会中最通行的。具有讽刺意味的是，当年梁实秋曾与鲁迅有一场关于"硬译"的笔墨官司，梁实秋嫌鲁迅的译文是"硬译"而呼唤通顺的译文，而与朱生豪的译文相比，梁实秋的译文却忠实于原著而显得有些"硬译"色彩，不如朱生豪的文笔灵动漂亮；朱生豪为了神韵的追求在很多地方并不忠实于原文。如果鲁迅复活，按照其翻译理论的逻辑就会站在梁实秋的翻译立场指责朱生豪的翻译。可以说，这两部《莎士比亚全集》为当代中国《哈姆莱特》的研究、改编与艺术重构，奠定了坚实的基础。

(一) 哈姆莱特的形象定性与"to be, or not to be"的研究

译介、研究、改编与艺术重构都是《哈姆莱特》跨文化旅行的重要表现形式,不过,比起改编与艺术重构面对的是包括普罗大众在内的多层次人群,研究面对的是知识阶层,因而更是一个民族较高心智的表现。当代中国30多年的《哈姆莱特》研究,就成果的数量、学术质量而言不在此前近百年之下。莎学研究队伍聚集了老中青三代,对《哈姆莱特》这一经典悲剧的探讨的活跃程度达到了空前的盛况,呈现出百家争鸣的局面。

关于哈姆莱特形象定性与性格归属问题的论争一直贯穿着当代中国莎学的始终,并将一直持续下去,哈姆莱特已经成为一个各家都欲探究的谜;而这正吻合了"一千个读者有一千个哈姆莱特"的审美箴言。

在1978年之后的几年里,《哈姆莱特》的研究基本上还是沿袭了苏联的批评模式,强调文学的时代性、人民性和阶级性。一批资深的莎学家杨周翰、王佐良、孙家琇、索天章、张泗洋、顾绶昌、张君川和周骏章等,尽管在当代开放的环境中对《哈姆莱特》的解读时有新见,然而其总体解读模式与传统的苏联批评模式大致相近。这种解读模式结合了蒙田等文艺复兴文人对哈姆莱特怀疑主义的人文主义解读,具有相当的合理性,即认为哈姆莱特是一个人文主义者,他与叔父克劳狄斯的矛盾不仅仅是单纯的杀父之仇,而且还是人文主义理想与黑暗的封建君主的矛盾。然而新生的资产阶级的软弱性与妥协性,使哈姆莱特在行动上徘徊迟疑最终酿成悲剧。

从80年代中期开始,这种批评模式逐渐遭到质疑,并试图对哈姆莱特重新定位。陶冶我在《"哈姆雷特想要改造现实说"辨惑》中指出

哈姆莱特并不是一个理想的人文主义者。叶舒宪认为在哈姆莱特的内心深处有着旧的封建意识和鲜明的骑士精神。① 高万隆在《哈姆莱特是人文主义思想家吗？》一文中则彻底否定了现有的批评模式，认为哈姆莱特形象的不朽在于他自身展示出的复杂性，而非一个人文主义者。这些文章的观点未必正确，但在当时的语境下，其意义在于打破单一的文本评价体系，瓦解苏联的批评模式，迈开《哈姆莱特》批评多样性建构的第一步。

80年代末至今，对哈姆莱特形象的探讨呈现出多元化的批评特征。从丛1989年第1期《河北大学学报》开始，陆续发表了《论哈姆莱特并非人文主义者》《再论哈姆莱特并非人文主义者》等"《哈姆莱特》人物形象系列论文"，对哈姆莱特形象、"愚忠"形象以及国王形象等几乎所有男性形象进行了分析，他在否定了哈姆莱特的人文主义者身份的同时，也否定了对剧中人物的简单二分法，使人物显示出复杂的艺术魅力，从而揭示出经典作品经久不衰的奥秘。孟宪强在《文艺复兴时代的骄子——哈姆莱特解读》中认为哈姆莱特是一个复杂的艺术形象，从社会思想、人性道德和个性特征层面重新评价了剧中的人物。事实上，《哈姆莱特》一剧对时代与历史背景交代的都不是很清楚，而是深刻探索了人类的背叛、复仇、疯癫、乱伦、堕落等具有跨时代、跨文化的永久性的主题，很多学者由此去颠覆哈姆莱特的时代性与阶级性特征，并非没有道理。而且即使是哈姆莱特的"人类是一件多么了不得的杰作！……宇宙的精华，万物的灵长"等对人类的崇高赞美，与基督教文化也并行不悖，费尔巴哈在《基督教的本质》中认

---

① 叶舒宪：《从哈姆雷特的延宕看莎士比亚思想中的封建意识》，《陕西师大学报》1985年第2期。

为基督教与异教的差异就是对人的极端推崇。当然，还有更为另类的观点，《王权与表演——论〈哈姆莱特〉中的君主政体焦虑》（《外国文学评论》2013年第4期）一文认为"哈姆莱特的悲剧并非在于其优柔寡断的性格，而在于其身为丹麦王位继任者却洞见君主政体统治的虚构本质与黯淡前景。"也有学者继续坚持哈姆莱特是人文主义典型的观点，张晨在《哈姆莱特所受封建思想影响述论》中对近年来学界对哈姆莱特的身份定位持批判态度，不同意对人文主义进行简单否定；还有的学者对哈姆莱特作为人文主义者的内涵进行了重新的阐释，如孙伟科的《重释哈姆雷特——兼及莎士比亚评价中的是是非非》。

由人物形象的争鸣，继而衍生出关于哈姆莱特"延宕"之谜的讨论。袁宪军在《〈哈姆雷特〉与阿里奇亚丛林中的仪式》一文中从弗雷泽的《金枝》中寻找资源，认为哈姆莱特因为惧怕国王才迟迟不动手。罗文敏在《综观哈姆雷特性格延宕批评之得失——兼论哈姆雷特延宕之因》中则认为哈姆莱特之所以延宕，因为他处在新旧秩序的交替中，思维对接产生了短暂的断裂。关于《哈姆莱特》的"延宕"研究已经成为《哈姆莱特》研究的一个重要方面，有关它的种种阐释很难获得某种公认的定论，尽管30多年来学者们一直在不断地尝试挖掘它。

与对哈姆莱特的形象定性与性格归属相联系的，是对"to be, or not to be"一语的学术追问。这句哈姆莱特的经典独白是《哈姆莱特》研究绕不过去的坎，在当代中国被学者讨论得最多，也最令人困惑。在历史进入新时期的当代以前，诸多翻译家对此作了不同的翻译，新时期之后国内学者对以往译文的理解和翻译各说一词，分歧很大。

以朱生豪为代表的一批翻译家将"to be, or not to be"的翻译与"生存"字眼相关联。如曹未风译为"生存还是不生存"，蓝仁哲译为"生存还是死亡"，朱生豪译为"生存还是毁灭"。朱生豪的译文影响最大,传播最广。但也有学者对其持批判态度,卞之琳认为朱译文"不是翻译,只是译意"①;张松林在《还 to be, or not to be 一个真我》中,认为朱译本在字面上给读者造成了误读。但多数学者认为朱译本体现了译者在翻译中的美学追求,将原文固有的文学性和美感展现出来,再现了原作的"神韵",这也是这个译本之所以脍炙人口的原因。

以卞之琳为代表的一批翻译家受18世纪学者埃德蒙·马隆的影响,对"to be, or not to be"的翻译与自杀论相联系。如方平译为"活着好,还是死了好",许国璋译为"是生,是死",卞之琳译为"活下去还是不活"。卞之琳认为自己的译文无论在节奏上,还是音步上都是契合原文的。研究界对卞之琳的译文却褒贬不一。张松林在《还 to be, or not to be 一个真我》中认为卞译本的"正确性和可靠性,无庸置疑";但也有学者持相反态度,认为独白不仅仅谈到了生或死,还有"思考和行动,报复或忍耐"②,译为"活下去还是不活"是一种片面狭隘的理解,冲淡了原文背后的深刻价值。

梁实秋受到了英国莎学家约翰逊的影响,他将这句独白译为"死后还是存在,还是不存在"。有的学者指责他的译文过于注重直译,但他自己解释道,"以浅显平易之解释为近事,故译如本文","旨在引起读者对原文的兴趣"。而孙大雨译为"存在还是消亡",林同济译为"存在,还是毁灭",又令人想到朱生豪等人的译文。"to be, or not to be"仿佛是几个神秘字母组成的魔圈,关于它的翻译正如方平在《眼前有诗译不得》一文中所说:"无论怎样翻译都不能让人满意","此句浑然天成,译文难于传神,几乎无从下笔"。

---

① 卞之琳:《莎士比亚悲剧论痕》,北京三联书店,1989年,第117页。
② 莎士比亚:《哈姆莱特》,裘克安注,北京商务印书馆,1984年,第123页。

从学术的层面看,"to be, or not to be"的重要性在于这句话联结着哈姆莱特的"延宕",是其犹豫、怀疑性格的典型表现,从而又与哈姆莱特的形象定性与性格归属联系在一起。过去一般认为哈姆莱特性格中延宕的原因,是新兴的资产阶级的软弱性与妥协性。而聂珍钊从伦理本体上提供了可以与国际学术界对话的新见解,认为"'To be, or not to be'表达的核心问题就是关于复仇还是不复仇,是行动还是不行动,杀死国王还是不杀死国王的伦理判断。"① 对"to be, or not to be"做出与传统观点不同的解释的还有陈嘉,他在《〈哈姆莱特〉剧中两个问题的商榷》一文中认为从整段独白的思想内容来考察,可以译为"干还是不干"或"反抗还是不反抗"。不过,陈嘉对译文论证的过程过于简单化,同时也将原文背后的其他内涵割舍掉了,学界很少有人赞成这样的译文。

(二)研究方法的多样性与《哈姆莱特》研究的新局面

当代《哈姆莱特》研究最突出的特点,就是打破过去单一的研究方法,以精神分析、心理分析、女性主义、原型批评、文学伦理学批评、比较文学等多种新的方法对《哈姆莱特》进行探讨,力图开拓中国莎学的新局面。其中从比较文学的角度研究《哈姆莱特》的论文涵盖了平行研究、影响研究、形象学等比较文学的多个研究领域。

早在 1980 年代初,一些学者就开始将《哈姆莱特》与中国名著进行平行比较,并且着眼于文本的题材、主题、人物、情节等方面的异

---

① 聂珍钊:《文学经典的阅读、阐释和价值发现》,《文艺研究》2013 年第 5 期。

同，譬如将《哈姆莱特》与《窦娥冤》《赵氏孤儿》《雷峰塔传奇》《牡丹亭》《雷雨》《屈原》等文本与进行比较的多篇论文。此外还有不少学者从比较的角度揭示主人公的复杂性格和审美内涵。魏善浩在《世界文学中悲剧性格的两极和两座高峰——哈姆莱特与阿 Q 的比较研究》中比较了哈姆莱特和阿 Q，认为作为人类精神历程中的两个不同人物代表了不同的悲剧风格。苏晖在《超越者的悲剧——〈哈姆雷特〉与〈狂人日记〉》中比较了《哈姆莱特》和《狂人日记》，认为两个人物都是悲剧性的超越者。张直心的《〈孔雀胆〉与〈哈姆莱特〉》则比较了《哈姆莱特》与郭沫若的《孔雀胆》，探讨了主人公的主体意识和所关照的人类精神。张玲霞的文章《"王子复仇"的差异——比较莎士比亚的〈哈姆雷特〉与萨特的〈苍蝇〉》对《哈姆莱特》和《苍蝇》两部作品做了同构分析。这些文章的比较研究多采用平行研究的方法，在没有影响关系的文本中寻找相似点或类同性及其差异，这就不免带来了关于可比性问题的讨论。虽然因确立了比较的对象而取得了相当的学术成绩，然而有的文章似乎是为了比较而比较，甚至个别文章由比较而堕入比附，譬如《陕西师范大学学报》2009 年第 1 期《试析英雄主义在〈哈姆雷特〉与〈哈利·波特〉中的体现》以及《华章》2011 年第 13 期的《〈哈姆雷特〉与〈哈利·波特〉英雄式人物比较论》等文。

相比之下，比较文学的影响研究就更有学术价值。研究《哈姆莱特》与其他国家文学之间的影响关系，当然是影响研究的使命；然而，除了《拉下圣坛的哈姆雷特——论〈漂浮的歌剧〉对〈哈姆雷特〉的戏仿》(《外语教学》2006 年第 5 期) 等文章，这类的研究论著较少，更多的是从媒介学与译介学的角度对《哈姆莱特》不同汉语译本的研究，从接受的角度对《哈姆莱特》在中国的传播以及与中国文学关系的研究。桂杨清在《中国翻译》1985 年第 6 期发表的《浅谈翻译的忠实性》，在"学习朱生豪译《哈姆莱特》"的副题下实际上给朱译本的《哈姆莱特》提出了很多问题。这方面的成果还有黄觉的《从文化翻译的角度看梁实秋、卞之琳〈哈姆雷特〉译本》(《文艺理论与批评》2011年第4期)，刘满芸等的《生态翻译学视阈下的文学译本比较探究——以朱生豪、梁实秋之〈哈姆雷特〉汉译本为例》(《淮北师范大学学报》2012年第5期)等文。从接受角度对《哈姆莱特》在中国的传播以及与中国文学关系的研究，有方平的《曹禺和莎士比亚》(《莎士比亚研究》第2期)、陈启明的《莎剧〈哈姆雷特〉在中国的译介和研究》(《文教资料》2008年第13期)、从丛的《〈哈姆莱特〉中国接受史研究的路径整合及其当下价值——一个复调的接受史研究论纲》(《艺术百家》2014年第1期)等文。随着形象学研究的兴起，哈姆莱特在中国的形象变化也为学者所注意，如孔繁星的《从光辉高大的圣者到血肉丰满的凡人——浅析哈姆雷特的中国现象变化》(《世纪桥》2008年第1期)，张吉轶等《哈姆莱特形象在中国的成长》(《当代教育理论与实践》2013年第10期)。李伟民的研究成果涉及影响研究的译介学、接受学与形象学各个方面，如《读孙大雨译〈罕秣莱德〉》(《外语研究》1996年第2期)、《东西方文化交流中的〈哈姆莱特〉——莎士比亚〈哈姆莱特〉的一个特殊译本〈天仇记〉》(《国外文学》2008年第3期)、《莎士比亚传奇剧研究在中国》(《外语研究》2005年第3期)、《从人民性到人文主义再到对二者的否定——莎士比亚的哈姆莱特中国形象再研究》(《重庆大学学报》2004年第1期)等文。

1993年，时代文艺出版社出版了钱理群的专著《丰富的痛苦——"堂吉诃德"和"哈姆雷特"的东移》，从屠格涅夫关于堂吉诃德和哈姆莱特的论述中得到启发，结合中国当下的现实，以比较方法考察了堂吉诃德和哈姆莱特这两个对立统一的经典艺术形象向德国、俄罗斯的东移（上篇），尤其是向中国的东移（下篇）。单就哈姆莱特来说，他从切身的丰富的痛苦上升到对理性和自我的怀疑，成为中国知识分子自我审视、自我批判的镜子。很显然，堂吉诃德和哈姆莱特在这里已成为类似尼采的酒神与日神的哲学概念，在比较考察中更多的是对中国文人及其文化精神的批判反省。

随着改革开放的深入与西方多种文艺思潮的涌入，很多学者运用精神分析、存在主义和神话原型批评等多种批评方法对《哈姆莱特》进行探讨。肖锦龙在分析多种意象基础上，揭示出《哈姆雷特》的"欲望"主题，并指出西方学者意象分析孤立单一的形式主义弊端。① 也有学者从神话原型批评角度对《哈姆莱特》这一带有天意的命运悲剧进行了分析。陈炎在《第一千零一个哈姆雷特：〈哈姆雷特〉新解》一文中从存在主义命题出发，结合文艺复兴时期的历史，揭示哈姆莱特的性格内涵。还有几篇论文从心理分析和精神分析的角度对《哈姆莱特》进行了探讨，罗志野在《重评〈哈姆莱特〉》一文中对西方用"俄狄浦斯情结"分析哈姆莱特的观点进行了批判。尽管这些文章中不乏个别的主观臆断之作，但对于打破《哈姆莱特》研究的单一模式，出现百家争鸣的研究新局面还是有积极意义的。

新世纪以来，中国学者在探寻能够与国际学术界对话的创新路径，鲁迅提出的"取今复古"仍然具有适于当代的方法论意义。中国从古就有"经夫妇，厚人伦，美教化，移风俗"的文学批评，聂珍钊将之与西方当代的文学伦理学批评方法相结合，在对《哈姆莱特》等西方文学的研究中提出了独创性的观点。对于"to be, or not to be"的解释，聂珍钊认为，这是"哈姆莱特为父复仇面对伦理禁忌的难题而关于自己行

―――――――
① 肖锦龙：《〈哈姆莱特〉的意象模式及蕴意》，《外国文学研究》1994年第2期。

动对与错的追问，而不是对生和死的思考"。他分析说：作为父亲的儿子，他有义务为父复仇；然而"克劳狄斯由于娶了王后而使自己的身份转变为王后的法律和伦理意义上的丈夫、丹麦王国的国王，以及哈姆莱特伦理上的父亲，而哈姆莱特也因此而变成了叔父的王子和继子。"这就是哈姆莱特的二难选择与延宕的伦理奥秘。[①]

（三）从古装到后现代：《哈姆莱特》在当代中国的舞台改编

与近现代相比，当代中国对《哈姆莱特》进行改编所取得的成绩前所未有。而且对《哈姆莱特》的改编呈现出多元化的面貌，包括戏曲、实验话剧、影视等多种形式，经历了从舞台到银幕的变迁。

我们先看《哈姆莱特》在当代中国舞台艺术上的呈现。当代中国的莎剧演出已经逐渐摆脱前苏联模式化的理论指导，开始依靠自己的力量进行精彩的排演。而对《哈姆莱特》进行戏曲形式的改编引起了广泛的关注，这客观上促进了中国戏曲与西方戏剧的交流和融汇。然而，问题也随之出现了：用中国以歌唱为主的戏曲改编西方以对话为主的悲剧是否可能，就成为一个争论的焦点。事实上，中国莎剧的演出就是要"努力找出一条最能表达莎士比亚的意愿，又能为中国观众理解的道路。"[②] 1979 年，香港的何文汇改编了《哈姆莱特》剧本，采用

[①] 详见聂珍钊：《文学批评与价值发现》，《人民政协报》2013 年 7 月 8 日；《文学伦理学批评：基本理论与术语》，《外国文学研究》2010 第 1 期。

[②] 曹禺：《莎士比亚属于我们——首届中国莎士比亚戏剧节闭幕词》，《戏剧报》1986 年第 6 期。

一系列的处理手法将故事背景迁至中国的五代十国，古装戏的演出方式呈现出本土化的文化变异趋势。1994年，上海越剧院明月剧团首演越剧《王子复仇记》，该剧将中国戏曲的抒情性与西方戏剧的写实性融为一体，演员服装和场景都进行了中国化的包装，同时结合越剧的唱腔与旋律，于是，一个带有悲剧性格的王子形象虽被塑造得栩栩如生，然而却减少了热情奔放与刚健性格，而增多了凄恻徘徊与九曲婉转。2005年，上海京剧院演出新编京剧《王子复仇记》，试图在"莎味"和"京味"的处理中找到一个平衡点，让诗剧和京剧在"诗化"的审美上达成了共通的追求，由此展示出一个全新的具有东西方文化和美学融汇意义的哈姆莱特。《哈姆莱特》的原著已去除了希腊悲剧中"山羊颂"的歌咏，但是与狄德罗之后的纯粹现实化的对话形式相比，仍饱含激情的诗意。这也是能够与以抒情性为特征的中国戏曲彼此融汇的一个原因。

在当代中国《哈姆莱特》的舞台艺术改编中，话剧形式是莎剧在中国传播的一个重要分支，也构成了莎剧在中国经典化的重要一环。话剧的形式而称改编，就是对传统悲剧进行了现代与后现代的艺术处理。1989年，导演林兆华改编的话剧《哈姆莱特》，一反传统思维定式，打破对人物的僵化理解，用荒诞派戏剧理论重构《哈姆莱特》的悲剧主题，并对剧本结构有所调整，他将哈姆莱特的痛苦归结为他是有思想的人，并以人人都是哈姆莱特的论调来消解传统的篡位复仇主题。尤其是结尾处哈姆莱特与叔父的互换，在传统悲剧那里是不可思议的。1994年，在上海举办的莎士比亚戏剧节上，既有中国雇佣外国演员忠实地演出莎士比亚的历史剧《亨利四世》，英国推出的《麦克白》《第十二夜》，德国推出的《罗密欧与朱丽叶》，也有大陆和台湾的艺术家合作的具有后现代主义风格的实验话剧《莎姆雷特》。进行这种艺术改编的还有谷亦安，1998年他导演的《谁杀死了国王》在上海国际小剧场戏剧节上的演出引起了观众的强烈反响，该剧再次解构了作为经典的《哈姆莱特》，对剧本结局做了四种开放性的艺术处理，使其具有多种阐释的可能性。这些导演对舞台话剧的探索表现出了新时代语境下的艺术意识，是借着莎士比亚说现代话、说中国话。当然，这种改编受到国外的启发，1977年东德剧作家海纳·米勒的短剧《哈姆莱特机器》问世，剧中几乎只剩了哈姆莱特与奥菲丽亚在"欧洲的废墟"上轮番的独白，唯一的对话出现在第三个场景，奥菲丽亚问哈姆莱特："你愿意吃我的心吗"，哈姆莱特回答说："我想成为一个女人"。

从1937年劳伦斯·奥立弗（Laurence Kerr Olivier）出演的电影《哈姆莱特》、1948年自导自演并获奥斯卡金像奖的电影《王子复仇记》，到1996年哥伦比亚广播公司出品的四小时巨片，《哈姆莱特》已被多次改编搬上银幕。1979年电影《王子复仇记》在国内上映，万人空巷。这部引进的电影并不是当代中国艺术家的改编，不过，电影台词的翻译却是属于中国的。电影艺术不像话剧那样充满对话，而是要以画面的蒙太奇切换进行表现。对话的减少就更容易使文本的误译凸显出来，譬如电影中哈姆莱特劝奥菲丽亚"进尼姑庵"的对话，显然是参照了朱生豪的《哈姆莱特》第三幕的译文，但在朱译《哈姆莱特》的大篇幅的对话中很容易被人忽视过去，而电影中几次重复"进尼姑庵去吧"，就使此处跨文化的误译显得特别突出。因为在莎士比亚时代的英国以及更早的丹麦，既没有和尚庙也没有尼姑庵，准确的翻译应该是"进修道院去吧"。

（四）舍形似重神似：《哈姆莱特》在当代中国银幕上的艺术重构

影视与戏剧虽然是相近的艺术形式，但毕竟是不同的艺术形式，过多的对话会妨害电影的艺术表现，而删削对话又会失去原作的旨趣与诗意，从而出现一个不同于原作的艺术文本。哥伦比亚广播公司的巨片《哈姆莱特》，一方面追求对莎士比亚原著的忠实，一方面却又把故事发生的时间下移到19世纪，就是这种矛盾的表现。因此，日本电影导演黑泽明就抛开对戏剧原著的忠实，在电影《乱》中以莎士比亚的《李尔王》为由头，随意点染成日本古代征战中家族伦理的矛盾与人性的残酷，电影不以背离原作的细节为意，而在情节框架与表现神韵上又让人想到原作。改编已经不能恰当地表达两个文本之间的艺术与精神联系，因为这已是一种艺术重构。中国的著名电影导演也在尝试这种艺术重构，张艺谋的《满城尽带黄金甲》与曹禺的《雷雨》就属于这种艺术重构。2006年冯小刚导演的电影《夜宴》与和胡雪桦导演的《喜马拉雅王子》，遵循的就是这一路数，是对《哈姆莱特》进行叛逆性创造式的艺术重构。这种电影文本充分尊重电影的表现特性，完全拉开了与原剧的距离，然而，其故事情节与人物形象又让人想到是源自莎士比亚的《哈姆莱特》。

中国宫廷一向不乏争权夺利的杀戮，著名的就有隋炀帝杀父、李世民杀兄、武则天与唐明皇杀子，因而将《哈姆莱特》故事转到中国宫廷一点也不突兀；只不过在《夜宴》中时代背景移到了国人所知甚少的五代十国时期，以便于根据《哈姆莱特》的故事进行虚构。于是丹麦国王变成了中国皇帝，哈姆莱特变成了皇太子无鸾，皇叔弑君自封厉帝执掌朝政，婉后为了保护皇太子及攫取更大的权力附和厉帝，无鸾被追杀却逃出而回到宫廷，而青女则是奥菲丽亚的变身，结局也如《哈姆莱特》一样是死尸满台，在夜宴上心怀鬼胎争斗或者为恋情而出现的厉帝、青女、皇太子、婉后等统统死去，虽然死法与《哈姆莱特》很不一样。还有一个重大的差异，就是婉后并非皇太子的亲生母亲，却是皇太子青梅竹马的情人，这大概是参照了弗洛伊德一派认为哈姆莱特对母亲有俄狄浦斯情结而杜撰出来的。这部电影动用了章子怡、葛优、周迅等大牌明星，既有宫廷争夺权力的尔虞我诈、勾心斗角，又有纠缠不清的三角恋爱，加上打斗场面，充分体现了当代电影的娱乐性和消费性，实现了从经典符号向大众文化的转向。在叙事策略上讲求商业性，影片对故事背景、主题、情节和人物等都进行了迁移，以主题的简约和叙事的紧凑力图迎合大众的审美趣味和接受心理，以便达到视听的狂欢和经典的娱乐化。

如果说冯小刚的电影《夜宴》是《哈姆莱特》的中国宫廷版的艺术重构，那么，胡雪桦的《喜马拉雅王子》则是《哈姆莱特》的中国少数民族版的艺术重构。《喜马拉雅王子》没有《夜宴》那些大牌明星，商业气息不如《夜宴》浓重，胡雪桦对《哈姆莱特》的原著吃得也比冯小刚透，包括从波斯回国奔丧的哈姆莱特的变身拉摩洛丹看到在父亲丧期叔父克洛朗登基成为新王，并且与母亲成婚，父亲的鬼魂告诉王子弑君的秘密，以"戏中戏"揭穿国王弟弟杀害国王，王子的出走与父亲的被杀使奥菲丽亚的变身奥珠精神失常，溺水而亡，奥珠的哥哥雷桑尔从珠峰登山回来要为父亲和妹妹报仇等，并且结局也是死尸满台：雷桑尔在决斗中重伤拉摩洛丹后被克洛朗一刀砍死，王后服毒而死，克洛朗自刎而死。但是，胡雪桦在电影的艺术重构中与莎士比亚的原著也有重大的差异，就是王后早在老国王在世的时候就与小叔私通，王子并非老国王的儿子，而是王后与新王私通的爱情结晶，因而与原著中叔父时时要加害哈姆莱特不同，叔父作为实际上的父亲暗中时时保护王子。值得一提的是，电影中的人物都穿上了藏族服装，电影画面中那些让人赏心悦目的高原大山，天葬时蓝天上翱翔的雄鹰，美丽的湖泊——奥菲丽亚的变身奥珠就飘在这静美的水面上，再加上山地的神秘与少数民族的咒语，就使《喜马拉雅王子》徜徉在一种特殊的诗意之中。如果说在冯小刚的《夜宴》中《哈姆莱特》的天意与命运基本上被消解，那么在《喜马拉雅王子》中又借着高山民族的神秘在某种意义上再度复活。

不难看出，无论是翻译、研究还是改编与艺术重构，《哈姆莱特》在当代中国的跨文化旅行都取得了丰硕成果，在本土化过程中完成了跨文化经典的重构，我们期待着有更多的创新性研究部成果、有更好的改编与艺术重构的作品问世。

6

第六部分

学科的反思与名家的追忆

世界文学的跨文化反思与学科重估[1]

"世界文学"在文化上是由马克思、恩格斯提出来的,在文学上是由歌德提出来的,但是对于这一重要的文学概念,向来就充满歧义。在国外,将"世界文学"与比较文学等同者有之,与"总体文学"(general literature)等同者有之,韦勒克(Rene Wellek)在其《文学理论》中就介绍了这两种观点,并且他认为还有一种观点,认为"世界文学"就是"指文豪巨匠的伟大宝库,如荷马、但丁、塞万提斯、莎士比亚以及歌德,他们誉满全球,经久不衰。这样,'世界文学'就变成了'杰作'的同义词"。[2]

在中国,"世界文学"的概念也出现了各种不同的阐释。在很多人眼里,"世界文学"的概念等同于外国文学,仿佛只要是研究外国文学就可以归入世界文学的范畴。而教育部对文学学科的规划与细分无疑也在强化这种观念,譬如把中文系开设的讲授外国文学(有的高

---

[1] 本文原载《外国文学研究》2012年第4期。
[2] 关于韦勒克对世界文学三种观点的评述,详见刘象愚等翻译的韦勒克、沃伦《文学理论》第一部第五章《总体文学,比较文学和民族文学》,北京:三联书店,1984年,第40—48页。

校仅仅是欧美文学,有的高校以西方文学为主兼及东方文学、拉美文学、非洲文学)的课程,给予一个"世界文学"的学科名称并且设置了硕士学位点。当时,比较文学设置在外国语言文学学科,北京大学乐黛云教授申请中国第一个比较文学博士点的时候,就是在外国语言文学学科申请的。后来教育部又把外国语言文学学科的"比较文学"与中国语言文学学科的"世界文学"进行学科合并,以"比较文学与世界文学"的二级学科名称,置于中国语言文学学科这个一级学科之下。自然,这一过程一直伴随着反对的声音。有学者质疑以世界文学称呼外国文学的合理性,认为这是中国自外于世界的文化表现,他们认为"中国走向世界"、"走向世界文学"等都是一些伪概念,因为中国本来就在世界之中,中国文学本来就是世界文学的一部分。但是,这种质疑并未动摇将世界文学等同于外国文学的观念,而且这种观念也并非是中国的特产。哈佛大学比较文学系主任大卫·达姆罗什(David Damrosch)认为,随着斯皮瓦克(Gayatri Spivak)的近著《一门学科的死亡》(*Death of a Discipline*)的出版,"美国的世界文学研究不再如长期以来那样把美国自己排除在外"。[①]可见在西方也存在着本国文学自外于世界文学的现象。

从以上的论述不难看出,中外学术界对"世界文学"这一概念的

---

① 大卫·达姆罗什:《比较的世界文学:中国和美国》,高旭东主编《多元文化互动中的文学对话》,北京大学出版社,2010年,大卫·达姆罗什文章的英文原文是"There are signs in recent scholarship of a change in the longstanding occlusion of America in American presentations of world literature, as we can see in Gayatri Spivak's recent book Death of a Discipline—which, appropriately, began life as the 2000 Wellek Library Lectures at the University of California at Irvine." David Damrosch, Comparative World Literature: China and the United States.

阐释，充满了歧义、含混与不确定性。甚至像大卫·达姆罗什这样的著名学者，也发表过这种似是而非的观点："世界文学可被视为：自从书写被发明以来，世界上各个时期的文学之汇总。"[①] 这一观点的症结在于，将世界文学看成是世界各国文学的汇总或相加之和，因为无论是自然科学的系统论还是社会科学的结构主义，都告诉我们一个真理：整体大于各部分相加之和，并非各个部分简单地汇总起来就具有整体的功能。而且达姆罗什的观点容易让人觉得世界文学自古就是不可动摇的，而这样一来，歌德关于世界文学时代性的断言自然就是谬误的。那么，应该怎样看待世界文学的时代性和历史性？世界文学是否就是世界各国文学的相加之和？它能否等同于外国文学？它与比较文学、总体文学又是怎样一种关系？怎样使用这个概念才会更为有效地解决问题？在回答这些问题之前，让我们先回到歌德和马克思、恩格斯那里，考究这个概念的原初含义。

比较文学与世界文学的概念最早都起源于 19 世纪初。比较文学的概念诞生于法国，1816 年法国的诺埃尔（F. Noël）与拉普拉斯（E. Laplace）编了一部欧洲各国文学的选集，名为《比较文学教程》，1827 年维里曼（F. Villemain）把在巴黎大学的讲座命名为比较文学研究，后来，经过法国学者的不断努力，比较文学逐渐成为一门学科。而世界文学的概念诞生于德国，最早是歌德 1827 年提出来的，英文的"world literature"正是从德文的"Weltliteratur"翻译过去的，而德文的

[①] 大卫·达姆罗什：《比较的世界文学：中国和美国》，高旭东主编《多元文化互动中的文学对话》，北京大学出版社，2010 年，英文原文是"world literature can be considered to be the sum total of the world's literatures from every period since the invention of writing." David Damrosch, Comparative World Literature: China and the United States.

"Weltliteratur"是 1827 年歌德在与爱克曼的谈话中创造的一个词汇。后来马克思、恩格斯又对世界文学产生的原因进行了分析。

然而，世界文学与比较文学并不是同一概念在不同国度的不同表述。比较文学与世界文学的诞生背景与应用范围是不同的。在中世纪的欧洲各国，文学的思想大都是颂神的，文学的形式是清一色的拉丁文写作，在这种背景下比较文学没有存在的余地。比较文学产生于浪漫主义运动之后是有深刻文化原因的：欧洲各国早就摆脱了拉丁文一统天下的局面，随着各民族语言的兴起是各民族文化个性的确认，浪漫主义运动与古典主义最大的不同就是从追求理性的共性到崇尚情感的个性，而拿破仑对欧洲各国的入侵又强化了各国的民族意识，于是他们想撰写本民族的历史，尤其是以文学为主的精神史。然而他们发现，欧洲各国的文学发展是相互贯通、相互交融的，在这个网状的影响链条上试图关起门来单独撰写民族文学史根本就不可能，于是作为"国际文学关系史"的比较文学就诞生了。但是，这里的"国际文学关系"在当时仅仅是欧洲文学关系，后来法国比较文学的"欧洲中心论"特征也是由于将视野局限于欧美而产生，以至于到了 20 世纪中期，当西方之外的文学要介入比较文学时，韦斯坦因（U. Weisstein）仍然对文化差异巨大的东西方比较文学表示怀疑。然而，世界文学的概念一开始就突破了欧洲的地理界限，而将目光洒向全球。歌德之所以能够提出世界文学的概念，就是因为传教士把对于欧洲而言是遥远的东方（他们称之为"远东"）的文学介绍过去的结果。1827 年 1 月 31 日，歌德兴致勃勃地与爱克曼谈论中国的才子佳人小说《好逑传》，认为小说中的人物是欧洲人能够理解的，所描绘的人与自然的和谐、人的道德情操都是值得欧洲人借鉴的，接着歌德就说：

> 我愈来愈深信，诗是人类的共同财产。……我们德国人如果不跳开周围环境的小圈子朝外面看一看，我们就会陷入上面说的那种学究气的昏头昏脑。所以我喜欢环视四周的外国民族情况，我也劝每个人都这么办。民族文学在现代算不了很大的一回事，世界文学的时代已快来临了。现在每个人都应该出力促使它早日来临。①

显然，歌德的"世界文学"概念并非指获得世界声誉的伟大杰作，因为即使不具有全球视野，在欧洲的世界里也有荷马、但丁、莎士比亚等伟大杰作。韦勒克也不认同把世界文学等同于比较文学的做法，而是对世界文学进行了独特的阐发，他认为歌德使用这个概念"是期望有朝一日各国文学都将合而为一。这是一种要把各民族文学统起来成为一个伟大的综合体的理想，而每个民族都将在这样一个全球性的大合奏中演奏自己的声部。"不过，我们在《歌德谈话录》中却没有读出韦勒克的理解，歌德并没有抹杀中国文学的个性，他在与爱克曼谈论《好逑传》时，充分肯定了中国人的道德情操与中国文化的天人合一。因此，韦勒克接着得出的结论就有点无的放矢：他说歌德自己也认为他的世界文学"是一个非常遥远的理想，没有任何一个民族愿意放弃它的个性。今天，我们可能离开这样一个合并的状态更加遥远了，而且，事实可以证明，我们甚至不会认真地希望各个民族文学之间的差异消失。"②事实上，歌德正是因为肯定中国文学的文化个性，才要求欧洲人跳出民族文学的圈子，在与世界文学的交流中求得发展，他自己模仿中国诗歌的创作，就与《浮士德》一类的欧洲传统的诗风极为

---

① 爱克曼辑录：《歌德谈话录》，人民文学出版社，1988年，第113页。
② 韦勒克、沃伦：《总体文学，比较文学和民族文学》，《文学理论》第一部第五章，北京：三联书店，1984年，第43页。

不同,颇得中国文化的神韵。因此,我们不能对歌德的"世界文学"进行过度阐释与附会,而是可以这样认定:歌德以其无可匹敌的直觉,跳出了欧洲中心论的樊篱,以世界文学的眼光,预言了文化全球化时代的到来。可以说,歌德"世界文学"概念的时代性就在于,以前局限于区域的文学,即局限于部落、民族或国家的文学,已经不能独善其身,由于基督教与资本主义的全球性扩张,已经预示着世界文学时代的到来。稍后,马克思、恩格斯进一步分析了文化全球化不可避免的社会经济动因。在《共产党宣言》中,马克思、恩格斯说:

> 资产阶级,由于开拓了世界市场,使一切国家的生产和消费都成为世界性的了。使反动派大为惋惜的是,资产阶级挖掉了工业脚下的民族基础。古老的民族工业被消灭了,并且每天都还在被消灭。它们被新的工业排挤掉了,新的工业的建立已经成为一切文明民族的生命攸关的问题;这些工业所加工的,已经不是本地的原料,而是来自极其遥远的地区的原料;它们的产品不仅供本国消费,而且同时供世界各地消费。旧的、靠本国产品来满足的需要,被新的、要靠极其遥远的国家和地带的产品来满足的需要所代替了。过去那种地方的和民族的自给自足和闭关自守状态,被各民族的各方面的互相往来和各方面的互相依赖所代替了。物质的生产是如此,精神的生产也是如此。各民族的精神产品成了公共的财产。民族的片面性和局限性日益成为不可能,于是由许多种民族的和地方的文学形成了一种世界的文学。①

---

① 马克思恩格斯:《共产党宣言》,《马克思恩格斯选集》第1卷,人民出版社,1977年,第254—255页。

马克思、恩格斯的预言性分析，现在已经完全变成了现实。今天，即使欧洲人眼中遥远的而且曾经将他们看成是半人半鬼的"洋鬼子"的中国人，如果不知道荷马、但丁、莎士比亚、托尔斯泰、陀思妥耶夫斯基这些名字，就会被当作没有文化的标志。这就充分印证了歌德的"诗是人类的共同财产"以及马克思、恩格斯"各民族的精神产品成了公共的财产"的命题。马克思、恩格斯在《共产党宣言》中的最后呼吁："全世界无产者，联合起来"，就是一种以共产主义意识形态为主导的全球化，因为在马克思、恩格斯看来，由于资本的全球性，无产阶级要获得彻底解放，就不能局限于一个民族一个国家，而要靠全世界无产阶级的大联合。从《共产党宣言》扉页上的"全世界无产者，联合起来"，到《国际歌》的最后一句"英特纳雄耐尔就一定要实现"，都是一种共产主义的全球化理想。从这个意义上说，歌德与马克思、恩格斯是当代文化全球化的真正先驱。

世界文学的概念在西方的产生不足二百年，而在中国，世界文学概念的产生就更晚。各大文明民族在其独立自足发展的"前世界文学"阶段，就像《庄子·秋水》寓言中的河伯一样，往往以为"天下之美为尽在己"。"天下之美"仿佛是"世界之美"——中国古代人的"天下"就是那个时代的"世界"，但是，"天下文学"只可以说是传统中国人心目中的"世界文学"，绝非今天以全球化为特征的"世界文学"，而仅仅是西周、秦汉、唐宋等朝代的文学。换句话说，汉、唐等朝代的所指，并不就是一个国家、一个民族的意思，而是具有"天朝文明"的意义，也就是说，在汉、唐帝国之外，中国人并非不承认还有人，但是在我们的古人眼里，那些都是介于动物与文明人之间的野蛮人，根本就不可能产生文学。尽管顾炎武明辨"天下"与国家的不同，认为国家是各个不同姓氏的朝代更替，而"天下"则是具有血脉相传的文明意义，但是他心目中的天下仍是华夏文明。印度佛教的传入本来应该改变中国人的观念，使中国人心目中的"世界文学"由东亚扩展到南亚。但是，在信佛的人那里，印度是西方极乐世界，而在不信佛的人那里，印度仍然是蛮夷。明末传教士的来华，本来可以使中国人像歌德提出世界文学那样实现东西方对接，但是，传教士送来的西方文化对中国文化产生的影响就更小，甚至与印度的影响相比都显得微不足道。这就使得中国人的文明世界始终局限于华夏九州，以至于到了1840年之后，当西方文明的资本全球化浪潮袭来而强迫性地把中国拖入现代世界的时候，中国的半推（拒斥对西方文明开化的认同）半就（因战败而学习西方的坚船利炮），以及由此而产生的中体西用的文化选择，仍然是这种局限性的顽强表现。直到甲午战败而产生的戊戌变法与辛亥革命失败而产生的五四新文化运动，中国人才真正将文明的视野跳出华夏九州，以"今日庄严灿烂之欧洲"的文学为师法对象①，中国文学才真正被纳入了世界文学的大格局中。"五四"一代人的努力，就是中国文学怎样与世界文学的大势相接，唯恐中国被挤出现代世界，到20世纪30年代，我们就看到了郑振铎主编的《世界文库》这样的书。与此同时或更早，由于东方各文明民族的文化资料被传教士源源不断地输入到西方，西方的哲人与人类学者越来越认识到基督教文明并不是放之四海而皆准的普世文化，人类各民族的文化不但是多元共存的，而且是从不同路向发展而来的。在这样的文化语境中，西方中心论就被打破了。人类的历史只是发展到这个时期，克服各文明民族以自己的尺度衡量其他文明之文学的狭隘性，而以世界文学的眼光容纳各个民族、各个区域的世界文学，才真正在东西方站立起来！

---

① 陈独秀：《文学革命论》，《独秀文存》，安徽人民出版社，1987年，第95页。

尽管世界文学这一概念具有鲜明的时代性，但是很多近代产生的概念，都有一个"前学科"的历史。人类学、美学等概念都是在西方近代产生的，然而要撰写人类学史、美学史，不可能不上溯到远古的人类及其精神产品。以全球化为特征的世界文学尽管是在 19 世纪才被人类才意识到，但是，在日益发达的通讯与交通使地球变得越来越小，而各民族的精神产品成了人类的共同财产的今天，人类撰写世界文学史的冲动就会非常强烈。而要真正撰写出具有学术价值的世界文学史，必须以比较文学的视野追溯各个文明民族的远古发生及其现代由来。事实上，德国文化巨匠的世界文学构想，很快就影响到热心于构筑比较文学学科的法国。法国学者洛里哀（Frederic Auguste Loliee）的《比较文学史》，并不是比较文学这门学科的历史，而是具有比较意识的世界文学史。书中也多次提到"世界文学"，而甚少提及比较文学，所以这大概也是人类历史上第一部世界文学史。书的第一章正是从上古讲起的，主要内容有："人类思想最初的痕迹"、"古世界开幕的埃及"、"多数文明的萌芽出现于迦勒底的尘埃中"、"并存于幼发拉底及底格里斯两河岸诸民族人种的文明"、"中国的居民"、"吠陀经时代的印度"等[①]，完全是一种全球视野的世界文学史。而且洛里哀对全球一体性的世界文学抱有过于乐观的估计："我们现在已将近思想上世界大同的时候了，因为现在无论何事已都有这样的趋势。世界各民族都将不复能抵制这种趋势……从此世界的全人类将由文学，艺术，商业，实业等等，表现出他们的大同精神，将不复为从前的国别所限制。……从此智识上的世界主义将渐渐扩大，而民族间的差别将逐渐被铲除。""一切文学上之民族的特质也都将成为历史的东西了。总之，世界主义和

[①] 洛里哀：《比较文学史》目录，傅东华译，商务印书馆，1931 年。版次下同。

国际主义将成为世界思想的生命，各民族将不复维持他们的传统；而从前一切种性上的差别必将消灭在一个大混合体之内"。① 可以说，尽管韦勒克对歌德"世界文学"概念的理解并不准确，但是，用来解释洛里哀的"世界文学"倒是很恰切。因此，尽管洛里哀否认了世界文化中心的说法："无论那个民族，即使一时间道德上有优越于人的地方，这也决不是能够遗传的"，② 尽管他认为"东西方的文化将来必相互吸引，相互接近"，③ 但是，由于他认为"人类是按着一条规律的线进步的"，④ 在进化的乐观理性的导引下，还是以西方为叙述的线索，以中国与日本的西化作为世界大同的前提。他虽然肯定了中国文学所受到的尊崇以及在没有西方影响的前提下的独立发展，但是给中国文化与文学的篇幅总共不超过 2 页，提到的文人除了孔子外，仅仅有李白、杜甫、王维、骆宾王，而遗漏了庄子、屈原、司马迁、陶渊明、白居易、苏轼、辛弃疾、关汉卿、王实甫、汤显祖、曹雪芹等很多一流的文学家。也就是说，在全书的总体架构上，西方中心论的意味是很浓的。

经过两次世界大战，尤其是在冷战结束之后，19 世纪那种理性乐观的全球大同的理想反而离我们更远了。尽管全球化浪潮汹涌澎湃，但是没有任何一个民族愿意放弃自己的文化个性，因为种族、语言和文化的差异而发生的政治与武力冲突层出不穷，亨廷顿也因"文明冲突"论而闻名天下，"9·11"恐怖事件又反过来对他的冲突论进行了印证。但是，人类要想避免由文化冲突论导致的民族战争，就要从反对二元对立思维的东方智慧中寻找资源，那么，在承认差异的基础上

---

① 洛里哀：《比较文学史》，第 467 页。
② 同上书，第 428 页。
③ 同上书，第 460 页。
④ 同上书，第 456 页。

寻求各个文化和解的中国文化及其所推崇的"和而不同",就是一种可贵的理论资源。而且由于当代世界资讯的发达,地球变成了村落——"地球村",歌德和马克思当年预言的世界文学的时代,真正成为当代文学的标志性特征。这和浪漫主义时代比较文学产生的背景有相似之处,地球的变小以及全球化浪潮使得每个国家和民族都在全球化的网状结构中互动而难以独善其身,也就是说,当年欧洲的状况变成了全球的状况。因而在多元共生与和而不同的文化语境中撰写一部世界文学史,就很有必要。近二十年来,中国的"世界文学史"教材的大量涌现,也预示了这一点。1996年中国国际广播出版社出版了《新编世界文学史》,2004年复旦大学出版社出版了《世界文学史纲》,中国戏剧出版社出版了《世界文学史》,2006年浙江大学出版社出版了《世界文学史》,2008年复旦大学出版社出版了多媒体版《世界文学史》……但是,这些"世界文学史"的编写套路几乎与"外国文学史"没有任何差别,个别的甚至写成了"欧洲文学史"。那么,"世界文学史"与"外国文学史"的差异何在?

上述的"世界文学史"之所以写成了"外国文学史",是因为这些教材描述的是中国之外的其他国家的文学史,是其他很多国家文学史的罗列与相加。而世界文学史绝不能把中国排除在外,中国文学史不能自外于世界文学史,而应该昭显于世界文学史之中。这样,就把中国文学与世界上其他民族的文学连接起来,使比较文学与世界文学这门学科真正成为中国文学与外国文学的桥梁。当然,也不能因为强调中国文学的介入,而与西方中心论的世界文学史对着干,譬如洛里哀的世界文学史以欧洲文学史为主体,只讨论了李白、杜甫、王维、骆宾王四位诗人,那么我们中国人撰写的世界文学史就以中国乃至东方文学史为主体,把西方文学史放在可有可无的地位,从而导致荒谬的中国中心论。我们应该以互为主观的文化视野,平等地对待世界各民族的文学。而且也绝不能像现在流行的那些世界文学史那样,将世界文学史写成列国文学史的相加,因为整体大于各部分相加之和。于是,怎样以比较文学的方法与视野,将各民族文学的发生、发展以及相互之间的影响渗透探究清楚,理清世界文学的发展脉络,使世界文学史成为一个有机的人文整体,就成为世界文学史撰写的重要条件。比较文学不但在世界文学的相互影响的研究上可以发挥重要作用,以便理清各国文学发展的脉络,而且不同国家的文学特征的论述是世界文学史的重要内容,比较文学在这里也大有用武之地。这样就把比较文学与世界文学密切结合起来了。就跨学科一面而言,世界文学史的写作应该与世界美术史、音乐史乃至经济史、政治史等的写作进行比较,从而抽象出世界文学史发展的独特规律,使世界文学与总体文学(general literature)相结合。就跨文化一面而言,世界文学史应该与世界文化史、文明史结合起来,因为很多跨文化的文学现象,离开了文化根源仅仅就文学论文学,是说不清楚的。此项工作至艰至伟,没有很多人的合作是难以完成的。然而将来,一定会出现令人比较满意的世界文学史,因为历史已经提出了这个要求。从这个意义上说,比较文学与世界文学这门学科不但不会消亡,而且会随着世界文学时代的真正到来而重现辉煌。

季羡林：
比较文学学科复兴的主将、跨文化研究的典范[①]

　　一般学者的生平事迹往往很平凡而缺少大波大澜，然而围绕着季羡林却有很多传奇。历史际遇的传奇是：季羡林生在长年吃不饱的清末临清的赤贫之家，成长、求学于军阀混战的民国济南与北京，1935年开始的留德十年，历经纳粹从勃兴到覆灭，回国后又经历国共内战、1949年后的历次运动，尤其是"史无前例"的"文革"，还住过牛棚，即使是作家与艺人，也很少有这种丰富的阅历。生活细节方面的传奇有：有一位北大新生走进燕园后，见到一位老农模样的老人，就让他为自己看东西，老人也就乖乖而长久地守着这位新生的东西；当开学典礼请著名专家讲话时，这位新生顿然呆住了：原来为自己看东西的竟然是身兼多个官职的大学者季羡林！爱情方面的传奇是：美丽可爱

[①] 本文以《季羡林：学科复兴的主将 跨文化研究的典范》为题发表于《中国比较文学》2009年第4期，发表时有删节，现在予以增补，并且在收入本书时又加以增益。另，本文第二节经过改写以《吐火罗学：季羡林文化成就的象征》为题发表于《光明日报》2009年8月4日，并被《浙江日报》以及30多家网站转载。

的德国姑娘伊姆加德深深爱上了季羡林，在他回国后居然终身不嫁。当然，能让西方女性终身不嫁的中国男性还有胡适，然而胡适与美国姑娘韦莲司（M. E. C. Williams）虽非夫妻，却有夫妻之实，单因纯情能让西方女性终身不嫁的只有季羡林。当季羡林九十寿辰时收到伊姆加德万里之外寄来的贺卡与八十岁的照片时，这是怎样悲壮的爱情！文化方面的传奇有：铺下纸能写出高端的学术论著，创作出优美的诗文，翻开书又能翻译——既能翻译德文等西语著作，也能翻译印度古史诗、吐火罗文剧本。在学术上他既精于语言学与考据学，又能头头是道高瞻远瞩地谈义理；既通梵文、巴利文等印度语言乃至旷世绝学吐火罗文，又通德、英、法等西语，还被称为"国学大师"。即使在盛产复合型文化大师的民国时代，这种出类拔萃者也并不多见。富有传奇意味的是，季羡林是最后一位复合型的文化大师，随着他在2009年的逝世，当代中国再无这种复合型的文化大师！如果现行的教育结构不发生改变，将来中国也不会再有这种复合型的文化大师。

对于这样一位国宝级的文化大师，我们殷切期望着他能够挑战人类生命的极限。然而2009年7月11日上午，朋友发来短信，说是季羡林先生逝世了……我感到悲痛异常，虽然我知道季先生近年一直住院，而且已是望百高寿了，然而突闻噩耗，仍然抑制不止自己的哀痛。也许，学术文化界的朋友都希望这位学术泰斗能够挑战百岁大关吧。打开电脑，想把超星数字图书馆"名师讲坛"给我发来的讲课记录整理成书，但是眼前总浮现出季先生慈祥的面容……季先生对比较文学学科的贡献，在跨文化研究中的杰出成就，对年轻学子的培养，仗义执言的仁者形象，都涌现在我的脑海中。

（一）引领我走上比较文学之路的导师之一

1983年，我读研究生2年级的时候，有一天接到通知，季羡林先生明天到山东大学来做一个比较文学的学术讲演。在那个年代，"比较文学"还是一个新名词，季先生给我们讲了比较文学的基本理论和方法，在讲到比较文学的"影响研究"时，给我们举的例子，就是孙悟空形象源自印度古史诗《罗摩衍那》中的神猴哈努曼，后来我买到《罗摩衍那》中译本时，发现译者就是季羡林先生。记得先生在讲演时并不用讲稿，随心而谈，却是妙语连珠，先生在追溯比较文学的法国学派、美国学派之后，还展望了中国学派的乐观前景。季先生这次到山大来，促成了以孙昌熙先生为会长的山东大学比较文学研究会的成立，成为山东省比较文学研究学会的前身。就我而言，从一个中国现代文学的研究生成长为今天的中国比较文学学会副会长，季先生是最早的把我领进门的导师之一。

1985年，我出席在深圳举办的中国比较文学学会成立大会暨国际学术讨论会时，又见到了季先生。记得分组会议上有学者搬出鲁迅来否定《西游记》中的孙悟空所受哈努曼的影响，遭到了先生不客气的批评，同时也表现了先生唯真是求的精神。当时在会下听说，国家正在压缩学会和研究会，比较文学研究学会之所以能够成立，是得力于季羡林、钱锺书两位先生的鼎力支持。钱锺书先生没来出席这次盛会，我们便认为中国比较文学学会的会长非季先生莫属，因为当时北大的比较文学研究机构也是以季先生为中心的。就在学会成立之前，杨周翰先生刚刚当选为国际比较文学协会的副主席，季先生让贤了，杨周翰先生担任了会长，先生则担任了中国比较文学学会的名誉会长。这个名誉会长从 1985 年的深圳，一直到先生辞世，一方面表明了先生对中国比较文学学科的开创之功，另一方面也表明了先生在学术事业上"春蚕到死丝方尽"的精神。

深圳会议后，很长时间没有见到季先生。1989 年河北人民出版社牵头搞了一套"中外文化比较丛书"，后来汪帆兄告诉我，他去找季先生谈了出版"中外文化比较丛书"的设想，季先生非常支持，担任丛书顾问，并亲笔题写了祝词："讲文化交流，就要强调一个交字，出入应该基本等同。入超和出超，都不恰当。我们现在的问题是入超严重。我们这一套丛书的目的，就是想纠正这个偏颇，而这一点是非常正确的。我祝它成功。"这套丛书前后出版七本，其中有我个人撰写的《生命之树与知识之树》《文化伟人与文化冲突》2 本专著，第一作者的《孔子精神与基督精神》合著 1 本，这 3 部著作的前面都有季先生的墨宝。也可以说，是季先生把我们这些年轻人推上学坛的。而且季先生的确是高瞻远瞩，他在学界西化浪潮汹涌澎湃的 1988 年，想到的是 21 世纪众多孔子学院所做的工作；然而很惭愧的是，在这 7 种书中我的 3 种书都具有浓重的西化倾向，与先生题辞的教诲并不吻合。

90 年代之后，倒是有一次当面聆听教诲的机会。那是《文史哲》召开纪念会，邀请到季先生出席。会议期间，我作为山东比较文学学会的负责人，专门去请教先生对山东比较文学发展的意见。先生住在山东大学的留学生楼，我敲门进去后，他热情地让我坐在沙发上，微睁双目，听我讲山东比较文学的发展情况。我感觉季先生的听力不是很好，我的发音又不很准，先生究竟听懂了多少，我心里一点底也没有。先生话不多，听罢我的介绍，先生说了几句希望的话。临别前我说了几句景仰的话，从先生与我告别的微笑中，他究竟听清了我的话没有，我也表示怀疑。因为我知道，先生学问很大，架子很小，并且非常谦虚。

2001年我调到北京工作后，虽然很少去拜见季先生，但却经常得到季先生的鼓励和帮助。2004年下半年，我牵头组织"梁实秋与中西文化学术讨论暨海峡两岸梁实秋研究学会成立大会"，想让季先生做学会的顾问且为大会题词。那时，季先生已长期住在解放军305医院。我把想法在电话里告诉了季先生的秘书李玉洁女士，很快李玉洁女士就给我回话，说季先生答应做学会的顾问，并且将为大会题写贺词。11月初，我们收到了季先生亲笔签名的贺词："欣闻'梁实秋与中西文化学术讨论会'即将召开，我表示祝贺，而'海峡两岸梁实秋研究学会'的成立，必将推动对一代散文大师、著名批评家、翻译家和教育家梁实秋先生的研究，增进海峡两岸人民的义化血脉关系。"2008年上半年，我们筹备北京语言大学世界宗教研究中心的成立，鉴于季先生在佛教研究上的巨大贡献，我们想聘请他为研究中心的顾问。我打李玉洁女士的电话，但是这次接电话的却是季先生的新秘书杨锐女士，她说把我的想法告诉季先生。大约5月初收到杨锐女士的短信，说季先生答应做世界宗教研究中心的顾问……其实这一个学会一个研究机构，分别是比较文学向个案研究和跨学科研究的拓展，我后来分别担任了海峡两岸梁实秋研究学会的会长和北京语言大学世界宗教研究中心的执行主席，如今与先生阴阳相隔，以后遇见难题，我们再也无法向这位德高望重的顾问请教了！

作为历史的见证人，我们看到，季先生不但是中国比较文学学会的创始人之一，而且一直到逝世对于各种比较文学活动都予以支持。季先生为什么会成为改革开放以来中国比较文学复兴的主将？因为他在德国留学的时候，就深受比较文学的学科浸染，40年代就发表过比较文学方面的论文。1946年回国之后，发表了《梵文〈五卷书〉：一部征服世界的寓言童话集》《"猫名"寓言的演变》《柳宗元〈黔之驴〉取材来源考》《中国文学在德国》等比较文学论文。1949年之前他最得意的两篇论文之一《〈列子〉与佛典》，也属于比较文学的研究课题。所以改革开放之后，他急切地为比较文学在中国的复兴而呼吁。我们翻开《季羡林文集》，会发现在24卷之中几乎很少几卷和比较文学没有关系。从第15卷到24卷的10卷是季先生以《罗摩衍那》为主的翻译作品，是比较文学研究的对象，第13、14卷的序跋集中包含了很多比较文学的理论思想或者干脆就是为比较文学论著写的序跋，第4卷"中印文化关系"、第6卷"中国文化与东方文化"以及第8卷"比较文学与民间文学"，都是比较文学与文化方面的学术成果。值得注意的是，季先生在理论倡导上的一个重要特点，就是反对西方中心论，要求把比较文学的研究转向被西方忽视的东方。这显然具有得风气之先的先驱意义。2012年我出版了《中西比较文化讲稿》，其中对中国文化之现代价值的阐发取代了先前中西比较文化专著中的西化倾向，可以告慰先生的在天之灵。

（二）作为跨文化研究的学术大师

季先生在留德十多年间，广泛涉猎了东西方学术，尤其是在梵文、巴利文方面造诣深厚，而所学的吐火罗文则是一门绝学。吐火罗文是我国新疆地区一种失落的语文，从重新发现的1890年到现在也不过100多年。这种文字发现后，很长时间被视为难以破译的天书。1908年德国语言学家西克（Emil Sieg）与西克灵（Wilham Siegling）完成了对吐火罗文的突破性的识认，发表了关于吐火罗文的学术论文，认为吐火罗文分为两种方言，焉耆地区的可称之为吐火罗文 A，龟兹地区的可称之为吐火罗文 B。此后西克、西克灵经过长期的努力，加上比较语言学家舒尔兹的相助，合作的巨著《吐火罗文文法》终于在 1930 年问世，成为跨入吐火罗学的第一个门槛。天书终于有了破译者，而破译天书的西克教授，无疑也成为吐火罗文之父。正是这位吐火罗文之父，看上了来自吐火罗文出土国的季羡林。他认为季羡林是一位可塑的语言天才，而近乎武断地硬将自己的看家本领全部传授给这位异国学子。

　　1946 年季羡林回国就任北京大学教授和东方语言文学系主任后，发表了一些论文，但是在学界引起较大关注的论文却是《浮屠与佛》，这也是先生本人在 1949 年之前最满意的两篇论文之一。当时北京大学校长胡适与北京师范大学校长陈垣就"浮屠"与"佛"谁先谁后的问题，论争非常激烈，似乎动了感情，季羡林就利用自己的吐火罗文知识，澄清了"浮屠"与"佛"的长期存在的不正确的认识。季先生认为，"浮屠"是梵文 Buddha 的音译，而"佛"则来自吐火罗文，二者意同而渊源不同，"佛"并非"浮屠"的简称。由于吐火罗文是以佛教为主题的文本为多，在季先生后来的印度学和佛学研究中，认为早期的佛教并非直接由印度传入中国的，而是经过了中亚细亚的中介。1974 年春，在新疆焉耆县千佛洞附近发现了 88 页吐火罗文残卷，新疆博物馆副馆长李遇春了解到，在现今世界上只有 20 多人懂吐火罗文，而在中国就只有季羡林懂。李遇春便来到北京，将携带的残卷交给季先生。季羡林经过 10 多年的研究，终于破译了全部残卷，原来这是一部宣扬佛法、名为《弥勒会见记》的 27 幕的剧本，季先生的破译也终结了吐火罗文出土在中国、识认在外国的屈辱历史。尤其是先生的《吐火罗文〈弥勒会见记〉译释》英文本在德国出版后，在国际学术界引起巨大反响。由于先生在吐火罗文研究方面的杰出成就，被聘为在冰岛出版的世界上唯一一种《吐火罗文及印欧语文研究》杂志的顾问。

那么，季羡林在中国开创的吐火罗学，对于季先生的文化成就有什么象征意义呢？

首先，吐火罗文是一种失落的语文，是世界上没有几个人能懂的绝学。"为往圣继绝学"，是"仁者"的文化使命。如果说学习吐火罗文是由于偶然的机遇，那么，学习梵文和巴利文却是先生的自觉选择。虽然梵文在印度和尼泊尔仍然没有完全消失，但是运用这种语言的人已经很少了，在印度只有14000多人，所以梵文与巴利文基本上也属于失落的古典语文。对于中国学者而言，精通梵文和巴利文并且熟练运用到佛教和印度学研究中，以比较语言学的方法对于佛教传播中的历史进行创新性的研究，与国际学术界对话，举世并无几人。季羡林也曾学习过希腊语、拉丁文，还有学习古埃及语文的想法，这都表现出一种"为往圣继绝学"的文化使命。先生临终之前，还有一种复兴国学的企图，就是读古书必须读原文，不要读译文，不要读简化字的文本，而且复兴国学要从娃娃抓起。古书用白话文翻译之后，意义也会随之发生变化，很多古典词汇根本就没有现成的现代汉语对应词汇，就此而言，季先生的提醒具有警示意义。至于复兴国学从娃娃抓起，表现出先生的一种更深层次的文化忧虑。为什么"五四"之后那一代、包括季先生这一代人，即使是研究西方或印度学问的，国学的功底也都很过硬，而现在即使那些研究中国文学、哲学的学子，国学底子仍然不过硬？就是因为没有从娃娃抓起。先生临终之前复兴国学这几点想法，有没有现实可行性完全可以讨论，但是表现出先生"为往圣继绝学"的文化忧患感，则是很明显的。

其次，吐火罗学作为一种文化纽带，具有联结各大文化的象征意义。换句话说，吐火罗文的出土地，向东是中国文明的发源地，向南是印度文明、阿拉伯文明的发源地，向西是阿拉伯文明、西方文明的发源地，并且在古代中国，作为中国与世界各国交往的丝绸之路，具有重要的文化纽带作用。而吐火罗文作为中亚细亚的语文，在中国境内却属于印欧语系，在地理上与印度、伊朗接近、在词汇上受到印度—伊朗族语较大的影响，但在语音与动词词法上却与邻近的印度—伊朗族语差异较大，而与欧洲人使用的印欧语言相近。这都对季先生的文化成就富有象征意义。先生通晓国学，他曾在哥廷根大学从事汉学的教学与研究，在 90 年代以后倡导国学，认为中国文化的特色在于人与人、人与自然和谐的世界观，思维的直观性，审美的品味性。但是，季先生对国学的通晓与倡导，乃至传统文化的使命感，仍和"国学大师"的牌子不符，因为先生的主要学术成就不在国学这一方面。即使从所谓"大国学"的角度，也不宜称先生为"国学大师"，因为先生的主要学术成就是运用西方现代的学术方法研究印度学。"国学"这一概念是与"西学"、"印度学"等概念相伴而生的，如果把所有学问都囊括到国学之中，实际也就取消了国学。因此，即使是偏重于国学的《季羡林文集》第 9 卷和第 10 卷的《糖史》，也具有跨文化交流的学术眼光。他认为世界许多国家的"糖"字有相同的读音，例如英文 sugar、法文 sucre、德文 Zucker 等都来自梵文 sarkara 与巴利文 sarkkhara，由此推断蔗糖是从印度通过波斯传入欧洲，所以《糖史》（一）作为单行本出版的时候名为《文化交流的轨迹：中华蔗糖史》，通过糖史的叙述展示了古代中国、印度、波斯、阿拉伯、埃及、东南亚之间的文化交流与融会，从而具有跨文化研究的意义。季先生通晓西学，他在清华念的就是西洋文学系，留学德国受到了严格的西方学术训练，他在比较文学研究中所运用的民俗学、民间文学的视野以及主题学、母题研究的方法，就是从德国学到的。而且先生除了通晓德文、英文、法文、俄文、南斯拉夫文等现代语文，还学习过希腊文和拉丁文，没有人会说季先生不懂西学，但是又不能说季先生是"西学大师"。鉴于季先生精通梵文、巴利文以及在印度学方面的巨大贡献，称他为"印度学大师"、"东方学大师"，可能比"国学大师"更恰当一些，但是，他在研究佛教及印度文学对中国影响的时候，经常会注意到中国对印度的影响这一回流现象。因此，注重各大文化之间交流的季羡林，是名副其实的跨文化研究的学术大师。

诗歌翻译介乎研究与创作之间，不深入研究原语文本的语言与风格，没有诗歌创作的才能，都很难做到翻译的信达雅。季羡林的诗歌创作虽然不多，但都很有表现力，如十分钟内写就的白话诗《1993年5月31日目送德国友人赵林克悌乘救护车赴医院》，还有为当代诗歌开辟新路在形式上半文半白的《小山赋》。精通印度古代语言加上他的诗歌天才，使得印度古史诗《罗摩衍那》以诗歌的形式输入中国，这部对《西游记》的孙悟空形象产生重大影响的史诗到20世纪后半才译成中文，季羡林居功至伟。季羡林的散文随笔风格独特、匠心独运，而且从1929年写到2009年，在现当代散文史上留下了光辉的一页。当代散文我读得最多的是巴金以《随想录》为代表的散文与季羡林的散文，窃以为就艺术表现力而言，季羡林的散文超过了巴金的散文。就此而言，称季先生为复合型的文化大师也很恰当。当然，巴金最有艺术表现力的作品不是《随想录》等散文，而是以《寒夜》《憩园》等为代表的中长篇小说。

(三) 道德文章：作为中国文人的良心

季先生是道德文章都堪称一流的杰出学者。80 年代末，当时我在济南就听了季先生很多感人的故事，那些故事足以表明先生是中国知识分子的良知。上文说到 90 年代初借着《文史哲》的会议，我去看望季先生临别说了几句敬仰的话，那是为了表达对先生作为中国之道德良知的敬意，说先生是"齐鲁文化的骄傲，中国学人的楷模"。人们评价季先生"敢说真话，直抒己见"，但先生却回答，"假话全不讲，真话不全讲"，而且承认自己也说过一些假话，只是说的真话更多。季先生就是这样实事求是，从不文过饰非。现在一些含泪自称大师的人，其实都是一些文化垃圾，尤其是在人格操守上。我相信这些人，如果有季先生的文化素养、学术贡献与创作成就，可能副委员长也干上了。也是在 90 年代，我读到季先生的《我所认识的乐黛云》，眼前顿然一亮。文章非但画龙点睛地描绘出乐先生做事大刀阔斧决不扭扭捏捏的个性，而且在描述乐先生崎岖的人生历程时写道，从 50 年代走到今天，若是一帆风顺而没有遭遇任何不测，往往是那些投机钻营、阿谀奉承的毫无良心之人。今之自称大师者往往对自己的过去文过饰非，而季先生的《牛棚杂忆》偏要把自己在那个年代的认知谬误而害自己的历史写得明明白白，没有摆出一副无辜受害者的样子。季先生最敬佩的当代武将和文人是彭德怀和梁漱溟，他欣赏彭德怀的直言敢谏、为人民鼓与呼的精神，欣赏梁漱溟的"三军可夺帅也，匹夫不可夺志"，他也欣赏陈寅恪的"独立之精神，自由之思想"，欣赏马寅初的"宁为玉碎，不为瓦全，宁鸣而死，不默而生"……就此而言，季先生称得上是中国知识分子的良心！

后来，季先生感人的故事听了很多。第一，听乐黛云先生讲，季先生在"文革"的时候作为"池浅王八多"的"王八"典型，被强迫背上一口大锅，绳子拴在脖子上勒出血痕，乐先生迎面看见季先生的目光，既非愤怒亦非冤屈，而是闪动着悲悯的光芒。乐先生的讲述令我想到耶稣受难的形象……第二，"文革"之后，季先生做过北大的副校长，又是老学部委员，地位不可谓不高，但却是一点架子也没有，在北大校园里平凡得就像一个普通校工，而且真有刚入学的学生把他当成校工让他看东西，而他居然不恼不怒，忠实履行了校工的职责，直到开学典礼季先生发言，学生才知道自己搞错了。第三，季先生的夫人彭德华女士识不得几个字，一生没有给季先生写过信，而且一辈子不知道丈夫搞的这一套是什么玩意。季先生在德国留学的时候，那位给他打印博士论文的少女伊姆加德却是痴心地爱上了他。当年季先生完全可以像今天那些以拿绿卡为荣并傲其邻人的学人那样，留在德国并且与热爱他的伊姆加德结婚，以没有共同语言为由抛弃妻子彭德华。但是，对祖国的热爱使季先生毅然回到战乱频仍的故土，与"没有共同语言"的夫人相伴终生，也使得那位热爱他的德国少女终生独身不婚。季先生说，他有两个母亲，第一个是他的生身母亲，第二个就是他的祖国。1989年10月，季先生在《中国知识分子的爱国传统》中写道："中国知识分子是世界上最爱国的知识分子，是世界上最好的知识分子。"这些故事都具有传奇色彩，将来肯定会成为文学作品的描写对象。

季先生交友也很有道，而且从不背叛师友，这在政治风云变幻莫测的当代中国，并不是很容易做到的。陈寅恪与胡适都是有恩于自己的师友，在批判胡适和陈寅恪的时候，尽管有人说服季先生积极参与，但季先生守住了沉默的道德底线。在改革开放的新时期，最早为胡适、梁实秋等人说话的，也是季先生。而对于在政坛上青云直上的老同学和朋友，他也保持了不卑不亢的气节。譬如，清华的老同学胡乔木多次到北大看他，但他从不去拜访，绝不有意表示亲近。只有一次例外，就是在1986年，他为了给学生正名才去中南海拜会胡乔木，他告诉胡乔木青年学生都是爱国的，个别人的过激言论可以忽略不计。但是，当胡乔木逝世后，一些人把所有脏水都泼到胡乔木身上的时候，他又替胡乔木说了一些好话。其实，刘再复在胡乔木逝世后也说过类似的好话。也许，那些脏水与这些好话结合在一起，才能见出一个完整的胡乔木。

季先生谦虚的美德在请辞"国学大师"、"学术泰斗"、"国宝"三顶桂冠上，表现得尤为突出。在我看来，先生请辞"学术泰斗"、"国宝"是谦虚，所谓"学术泰斗"就是当下的学术界至尊的人物，一个精通近10种外国语、担任了4个以上国家一级学会的会长、对印度文化、中国文化与西方文化都颇通晓的学者，在中国还有第二人吗？而中国只有季羡林一人通晓吐火罗文这一点，就可以称得上"国宝"。不过我认为，季先生请辞"国学大师"是真诚的。季先生不像一些根本不够大师级别的人那样，安然地以"大"不如"老"——既然别人可以称"国学老师"，我为什么不可以称"国学大师"来文过饰非，而是真诚地觉得自己不够"国学大师"的格。当然，季先生请辞"国学大师"，可能与当下在电视台上讲了几句孔子就妄称国学大师的学术歪风有关，先生不屑于与这些人为伍。季先生试图表明，要成为大师，不是随便流流泪，在电视上动动嘴就成的。他也严格剖析自己："说到国学基础，我从小学起就读经书、古文、诗词，对一些重要的经典著作有所涉猎。但是我对哪一部古典，哪一个作家都没有下过死功夫，因为我从来没想成为一个国学家。后来专治其他的学术，浸淫其中，乐不可支。除了尚能背诵几百首诗词和几十篇古文外，除了尚能在最大的宏观上谈一些与国学有关的自谓是大而有当的问题比如天人合一外，自己的国学知识并没有增加。"季先生认为王国维、陈寅恪等人才是国学大师，自己"不过是个杂家，一个杂牌军而已"，所以季先生说听到别人喊自己国学大师，"浑身起鸡皮疙瘩"。

我们不能否认先生请辞"国学大师"的真诚与实事求是，但不是"国学大师"，并不表明不是别的什么学的大师。请注意季先生"专治其他的学术"以及"杂家"和"杂牌军"的用词，按照前者，季先生是印度学或东方学大师；按照后者，季先生则是跨文化研究的学术大师。事实上，中国大陆当代学术界目前也就两个人可以称为大师，一位是离开我们已经十年半的钱锺书先生，另一位就是季羡林先生。当然，还有一些大师，但是他们的主要成绩在现代而不在当代。两位先生的共同特点都是学贯中外，博古通今，既通晓多国语言与文化，又对国学有深厚的造诣，并且在文学创作上都很有成就。钱先生的小说创作与季先生的散文创作，都达到了相当高的艺术境界。他们都是当之无愧的文化大师和跨文化大师。但是两位大师在做人上却有着很大的差异。钱先生很少见客，甚至一些名人据说也吃了他老人家的闭门羹。而季先生虽然怕见官，但是对青年学子则是关怀备至。一些人也抓住了季先生的这个特点，不断地请季先生为自己的书写序写评，甚至为此遭到了一些人的诟病。如果没有秘书挡驾，季先生可能会为自己的热心而累病。比较而言，钱先生的做人风格让人觉得可敬，季先生的做人风格让人觉得可敬又可亲。而且，季先生也并不是什么人的书都加以推荐的好好先生，我就看到他为一位比较文学前辈写的序，其中说的几乎没有一句好话，从中也可以看到先生的风骨。